笔藏
一个古村庄

李沪 著

暨南大学出版社
JINAN UNIVERSITY PRESS

中国·广州

图书在版编目（CIP）数据

笔藏一个古村庄/李沪著 . —广州：暨南大学出版社，2019. 10
ISBN 978 - 7 - 5668 - 2742 - 5

Ⅰ. ①笔…　Ⅱ. ①李…　Ⅲ. ①散文集—中国—当代　Ⅳ. ①I267

中国版本图书馆 CIP 数据核字（2019）第 219871 号

笔藏一个古村庄
BICANG YIGE GUCUNZHUANG
著　者：李　沪

· ·

出 版 人：徐义雄
策划编辑：潘雅琴
责任编辑：刘碧坚
责任校对：苏　洁
责任印制：汤慧君　周一丹

出版发行：暨南大学出版社（510630）
电　　话：总编室（8620）85221601
　　　　　营销部（8620）85225284　85228291　85228292（邮购）
传　　真：（8620）85221583（办公室）　85223774（营销部）
网　　址：http：//www. jnupress. com
排　　版：广州良弓广告有限公司
印　　刷：广东信源彩色印务有限公司
开　　本：787mm×960mm　1/16
印　　张：17. 25
字　　数：242 千
版　　次：2019 年 10 月第 1 版
印　　次：2019 年 10 月第 1 次
定　　价：62. 00 元

序

夜晚，洛基山下春雷隐隐。手机里传来了大洋彼岸李沪兄的新作《笔藏一个古村庄》，于是挑灯夜读。

从沙尘滚滚的黄土高原出发，由一支高亢如烈马啸西风的北国唢呐引领着，越荒漠大原，跨峻岭大川，来到了南疆海隅。唢呐声徐徐下沉，又响起了浑雄激烈的潮汕大锣鼓，像风起云涌，白浪滔滔，汹涌澎湃，惊涛拍岸。再走过滩涂、沙垄，进入村老巷深、禽声哓哓，鱼塘、榕树相映，古朴、恬静、祥和的汕头澄海莲阳上巷村。吸引人们眼球的是村里民宅门额上镌着的"陇西世家"。

作者笔健，年过八旬，还坚持伏案笔耕，相继有著作问世，文风朴实，平铺直叙，严谨地记录着一个村庄、一个人的足印，自有其历史价值。作者记忆宏博，故乡情深，《笔藏一个古村庄》文字铺开来，带着乡情、乡音娓娓道来，源流清晰，文字真实，让人读着放不下来。

国家经济建设迅猛发展，农村城镇化是不可逆转的时代潮流，乡镇的建制和行政区域划分的变化不可逆转。上巷村昔日田园牧歌式的风光不再了；村道上再也见不到村民荷锄负犁迎晨曦而出，踏夕阳而归，而是满载农副产品、日用品的机动车辆来来往往。南峙山下繁殖鱼虾蟹的低洼地，已建着低矮简陋的工厂、作坊、仓库。村边连绵不断的沙垄，已被削高填低，见不到热带、亚热带植物和飞禽走兽，一排排错落有致的钢筋水泥结构小楼房呈现在眼前。过去的农宅大院往往三四代同堂住在一起。而现在，家庭中的诸多劳动力务农、从工、经商各得其所，兄弟分家，大家庭逐渐解体，家庭观念也淡薄了。更重要的是，随着科技的发展进步，人们的思想观念、意识形态和生活习惯，正像村容村貌一样发生着深刻的变化。

　　说不准哪一夜一觉醒来，上巷村从地图上消失了。本书开宗明义："笔藏一个古村庄"！说白了，作者真心实意在做笔存文化的事情。它不是一鸣惊人的鸿篇巨制，但凝聚着作者的心血，这是老一辈知识分子的使命感。作者通过上巷村这个典型，套用流行语是"解剖麻雀"，真实而严谨地描绘了当时当地人文自然、地理风物等社会面貌，一字一笔一点一滴汇集成中华民族文化源远流长的大河！

李汝钧

乙亥年春

目　录

从黄土高原到南海边

以北京为坐标，垂直向南划一条经线，沿途经过河北、山东、河南、安徽、湖北、江西、福建、广东共九省市，落点可到南疆"陇西世家"——汕头澄海莲阳上巷村（古称上和巷）。世间有很多事情是巧合的，这个事实兴许还有更深层的内涵。

在潮汕农村地区连片的明清古建筑民宅中，人们醒目地看到其中一些门额上镌着"陇西世家"。这清楚地向人们宣示着：在大海昏昏水拍天的滨海，居住着李氏后裔，他们来自黄土高原的甘肃陇西地区。像历代北方汉族人民为避战乱、饥荒，不断向东南迁徙，却永远缅怀其祖居地一样，树高千丈，叶落归根。南海边"陇西世家"李氏同黄土高原陇西地区李氏，虽然地缘相远，但血缘相亲、习俗相近、语言相通、文化相同，南北相济。

闽粤交通大动脉汕厦公路，连接着汕头经济特区和厦门经济特区，车流昼夜不息。从汕头出发，行驶 10 多公里，横跨莲阳河（韩江的主要支流）大桥，吸引着旅客眼球的是绵延七八公里，院宅相接、屋瓦相连的偌大一个村庄。它前不见头，后不见尾，像长龙一样直躺在公路东畔。这就是拥有近 10 万人口的潮汕地区第一大乡——澄海区莲阳乡。

莲阳乡依山临海。西畔南峙山下是一片稻田；东畔越过村庄的沙垄，是广袤的田园，一直延伸到海边。盘在公路边的村庄像卧龙，村边的沙垄像伏虎，莲阳河像一条银带，历来被认为是龙盘虎踞、裢带韩江的风水宝地。

地处省尾国角的南疆"陇西世家"，由于现在四通八达的海陆空网络，当地一些农副产品和手工艺术品，已在强手如林的国际市场占有一席之地。尽管近年来行政区域不断更改，但是，当今国内外通讯地址，仍然认定它的传统古村名——汕头澄海莲阳上巷村。

笔藏一个古村庄

"陇西世家"——上巷村，既不依托雄伟的山川，也没有瞩目的名胜古迹或历史典故，更未出现叱咤风云的杰出人物。平平凡凡的它却是唐宋时期建立起来的一个古村庄，是潮汕平原人情风俗、自然风貌、文化底蕴的一个典型。也就是说，这个古村落上巷村，放大了就是整个潮汕平原。

二十世纪六七十年代，尚依稀可见上巷村颇具地方特色的村容村貌。那时，人们在距离几公里地的南峙山眺望莲阳乡时，清晰可见中部地段沙垄上屹立着一座钢筋水泥结构的楼房。该楼房建于清朝末年，既是莲阳乡的制高点，也是上巷村的标志。天气晴朗时，人们在距离十五六里的南海边瞭望南峙山，隐约可见山腰一座状为"猛虎下山"的宋墓，这是上巷村的开村鼻祖李氏乐天公的陵墓。

古上巷村除了东边靠近沙垄外，贯穿村子南北的沙垄也把村子分为东畔和西畔。村边是苦旱苦潦的水稻田，稻田中河涌、沟渠纵横，水塘、水凼星罗棋布。周边邻村屋瓦相连，鸡犬之声相闻。绕村共有八口鱼塘，每口塘水面三亩左右，养殖鲢、鳙、鲩、鲮、鲻鱼等。塘边长着以榕树为主的乔木。岭南地区夏秋之间台风、暴雨多，榕树、鱼塘被认为是能挡风蓄水的宝物。此外，环村还广种绿竹、朴枳、苦楝、刺桐、木棉、凤凰木和荔枝、龙眼、阳桃、黄皮等亚热带作物和成片的蔗园、蕉林，明清古建筑民宅掩映在绿荫中，自然生态环境优美。

古上巷村先民历尽千辛万苦，为子孙后代创建了一个安居乐业的村庄。在构建村庄和选择地址时，不知经过多少位族长，走过多少地方，集思广益，测方位、定坐标，周密考虑，规划实施，不断调整布局，增添设备，才形成古上巷村的雏形。

尚未同周边村庄连接之前，古上巷村像北方的村寨一样，环村建筑着围墙，布局九个碉堡式的二层更楼（闸门），那时社会治安混乱，盗贼多，倭寇也经常上岸烧杀掳掠。后来，村民以村为单位，与周边村庄联防，以保护农家生命财产安全。别说小偷小摸，上岸打家劫舍的倭寇也惧怕三分。一经发现敌情，更夫敲锣打鼓吹号角，把更楼关闭，村民一呼百应，提着土枪、大刀、棍棒、锄头赶到现场，强盗、土匪插翅难飞。假若倭寇来了，村民便放信号，周边四乡八里武装群众汇集起来，把倭寇团团围住，痛打"落水狗"。这样，村庄治安秩序井然，年年保安全，岁岁保平安。

更楼是更夫夜里休息的场所，更夫由村里的壮丁轮流担当。一年四季，寒来暑往，巡夜的更夫按时敲响木鱼，远远近近响起一阵阵笃笃笃的响声。更夫的责任心强，农忙季节，更声催促着村民起早摸黑安排农事活动。夜里，倘若发现谁家有个伤老病残，更夫会及时赶往救助，解决村民遇到的困难。

上巷村西畔中部有一条全村最长、人口最多的古巷，叫更棚巷。巷口有一座古更棚（更楼的功能），是用木头、木板搭建起来的，四方形，状如亭阁，棚面十多平方米，离地半尺高。两边是鱼塘，榕树蔽天。这是村里保留下来的最古老的建筑物之一。当年，更夫夜里巡村一轮后，会在此汇集情况和交流信息。夏天中午和晚上，村民喜欢聚集在更棚里纳凉、休息。更棚由此成为村民交流农业生产知识和传递各种信息的中心。

在我当牧童时，优美的村容村貌、淳厚朴实的民风，令人永难忘怀。迎晨曦、送夕阳时分，东畔西畔的村道，热闹非凡。特别是傍晚，村民们几乎在同一个时间段踏着夕阳从田园里返回村庄，牧童们骑在牛背上哼着小调；手挥竹竿的"鸭司令"，驱赶嘎嘎叫吵的鸭群归栏；负犁荷锄的村民进村前在鱼塘边洗涤沾满泥水的手脚和农具，炊烟袅袅，禽声哓哓。村头那棵苍劲的红棉树，花朵已经凋谢，落红无数，新长出来的嫩枝绿叶同地里苗壮的秧苗轻梳着春风，利用各自的时间、空间，竞相生长。村口闸门边那棵躯干高大而枝叶稀疏的刺桐树上，两只乌鸦聒噪着绕树盘旋一周后，安静地归巢了。

那时村庄周围盘根错节的老榕树成林成片。说也奇怪，当地鸟类不喜欢在榕树上筑巢孵雏，经过时往往只栖息一下便匆匆飞走，而鹳、鹭类却对老榕树情有独钟，树丫上鸟巢累累，灰鹳、鹭鸶、白鹤、夜鹳等鸟类各自选择适宜的位置筑巢、产卵、孵雏繁衍后代。灰鹳、白鹭天黑前归巢，而夜鹳却离巢飞出去寻食，有序地"交接班"。有趣的是，不管鹳鸟归巢或离巢，像"会师"一样都在榕树林周围低空盘旋。巢里的雏鸟也跟着凑热闹，像"迎来送往"似的，或伸颈扑拍着翅膀，或吱吱叫着嗷嗷待哺。村里人把鹳鹤等候鸟当成"吉祥鸟"，乡规民约都对鹳类实施保护，严惩捕杀和掏窝取蛋。小伙伴们经常到榕树底下，驱赶等待捕食掉下树的雏鸟或鸟蛋的饥饿野猫，也抬头指点数不清的鸟窝。有时，一撮鸟粪不偏不倚滴落在脸上，几乎把眼眶糊住了，引起一阵哈哈大笑，赶快跑到池塘里洗个干净。平凡朴实的上巷村，名副其实的南疆"陇西世家"，是一个四季飞花、五谷丰登、六畜兴旺的，安宁、祥和的田园牧歌式村庄。

中华人民共和国成立以来，地、县（市）、乡镇的建制和行政区域快速变更，合了又分，分了又合，有时，新招牌上的字迹油漆未干，又要更换新招牌了。澄海县的称呼也变来变去，曾划为汕头市郊区，汕头市原本是澄海县一个渔村，老百姓戏谑说，儿子变老子，老子变成儿子了。紧接着澄海县又成为汕头市管辖下的澄海市，现在又变为汕头市的澄海区了。随着行政区域的更变，莲阳乡（古称南洋，莲阳同南洋谐音）也先后更名为苏湾、苏南、东方红，绕了一大圈后再恢复莲阳的名字，政策多变，行政区域和地名也随之多变。现在，莲阳乡因人口众多，一分为三：莲上镇、莲下镇和北湾镇。海外侨胞寄回国的侨批、侨汇的地址，却始终认定澄海莲阳上巷村。

谁能说得准，上巷村这个自唐宋以来一直保持至现在的古村名，在城市化进程中能否永远保留下来？这就是我笔藏一个古村庄的动机。

从黄土高原出发

外地人进入莲阳乡，醒目地看到农村院宅的门楣上镌着"琅琊世家""颍川世家""京兆世家""陇西世家"……明眼人一目了然，依顺序为王姓、陈姓、杜姓、李姓人家。这些古老的传统在黄河流域地区甚少见或绝见，在潮汕平原农村却成为认祖的传统。

走进上巷村，大部分民宅依然保留着明清古建筑的形式，外形构造被当地称为"四点金""下山虎"（普通人家）或"驷马拖车"（大户人家）坐南向北的大宅院。少数是雕梁画栋的豪宅，而更多的是低矮、简陋的贝灰砂浆，砖木结构的民房。装潢结构，雅俗共赏。大宅院里有些许杂乱，周边房屋中间有一个宽阔的露天院子，通常用来晾晒衣物和杂粮等。院子周围房屋间两旁一般还设东西对称的厅堂，龛里都供奉着历代祖先的牌位。大院宅周边都有十多间房间，房屋还有若干天井接连着，多数是一个家族聚居在一起。

上巷村那些明清古建筑大门口的门额上，端端正正地镌着"陇西世家"四个大字。古上巷村原来是彭、李、刘、黄等姓聚居的村庄，由于历史变迁，到清朝末年，上巷村绝大多数村民是李姓了。"陇西"，指的不只是当今甘肃省的陇西县，而是以天水地区为中心，包括兰州市以东的广大地区。这个地区是当今汉族大姓之一李氏的祖居地和发祥地。"陇西世家"，从黄河流域黄土高原到南疆海隅，万里迢迢一线牵。

据北宋版本《百家姓》中对李氏的注释：皋陶之后，历代人都掌握司法（古称司法为理官），以官为姓，因此称理氏。商代纣王时，理官因敢于直谏而被纣王处死，其子理利贞逃出京师，靠吃李子保全了生命。饮水思源，理利贞改理为李，这就是李姓之始。

又据记载，李广仕汉，唐高祖李渊，广之裔也。从"安史之乱"和"黄巢起义"到"五代十国"，中原地区长期遭受战乱，一部分唐室后裔自长安经洛阳、开封转道东迁，再往南到福建。也有一部分经河南固始直接随王潮、王审知入闽，后人在晋江莆田定居。迁入福建的主流与唐室属一脉。一支是李渊的后裔，另一支是李渊的五弟李海的后裔。后来又分为若干支派，迁居到广东、广西、江西等地。此后，李氏族人因在福建、广东等地做官而落户于南方各地。从明初开始到清代及民国期间，广东福建李氏族人先后一批批旅居海外。海外李氏宗亲的主流仍然属唐代宗室一脉。

北宋时，从北方移居福建莆田的李氏一支，因做官或讲学先后迁居到潮汕地区。据《澄海百家姓》记载："始南洋（莲阳）者，乃唐宗室后代一支迁居莆田洋尾。族人李综到潮州游学，居潮州城。李综二子惟仲第六世孙敏迁居苏湾都仙市里。敏生三子，二子、三子分别迁居揭阳县和潮阳县，长子李玄迁居南洋，为南洋之始祖。"其一些同辈兄弟迁居到揭阳县、潮阳县。李玄住在上巷村李和巷（我的故居是李和巷一横巷）。宋代时的古上巷村，还有彭、刘、黄等姓氏聚居，后来大部分迁徙到各地。现代的上巷村，就是由原来的李和巷发展起来的。

李玄六世孙李宇、李乾、李宙兄弟三人，遵祖训长房李宇（号乐天，后代称其为乐祖）居于南洋上巷［其一部分后裔移居到海阳（潮安）县、海丰县等地］，二房李乾居于南洋李厝宫村，三房李宙有两个儿子，分别居于南洋上社（北李和南李），从而导致南洋李氏之众。据不完全统计：现在澄海李氏近四万人，其中近三万人居住在莲阳。此外，旅居海外的莲阳籍侨胞、华裔不下三万人；散居在全国各地的莲阳籍李氏人口超过一万人。

叶落归根

　　家庭是社会的细胞，宗族、血缘的群体形成国家、民族。爱家乡、爱祖国是一致的，你中有我，我中有你。山高水长，必有其源，参天古树，必有其根。血缘姓氏的纽带把人们紧紧联集在一起，是强大凝聚力的体现。

　　移居海外的莲阳李氏宗亲，都是为生活所迫的劳动人民，他们离乡背井，漂洋过海到侨居地谋生，但不管他们在侨居地成为贾商巨富、达官贵人，或是普通的劳动人民，都爱国爱乡，每年都捐赠巨款兴办家乡的教育、医疗等社会福利事业。许多爱国华侨青年，因积极回家参加抗日战争和解放战争而流血牺牲。中华人民共和国成立后，每年都有一批回国求学的知识分子在各地参加社会主义建设。遗憾的是，在极"左"路线影响下，一些有海外关系的人被认为海外社会关系复杂，因而政治上受到歧视，工作生活待遇遭到不公平对待。

　　改革开放时期，政府全面、彻底落实华侨政策，纠正一切冤假错案，海外侨胞重新恢复对祖国的信赖。

　　寻根问祖是华夏子孙的一种天性，关系到社会历史的发展和中华民族的文明传承。海外李氏乡亲念念不忘"陇西世家"，树高千丈、叶落归根。每当海外李氏侨胞回故乡祭祖、探亲访友，他们都习以为常地说："回'唐山'啦！"这句话重若泰山，表明了他们是来自陇西地区的中华子孙。另有一种含义：盛唐时代是中华民族屹立于世界的辉煌时期，我们是唐代宗室的后裔。回"唐山"，兴许是当今众多旅居海外中国人回国时的情感写照，是莲阳李氏发自内心的诉求。

在莲阳李氏聚居的村庄中，随处可见古色古香的祠堂（李氏宗祠）。这些祠堂，可以说是中华民族大地上历代相传、生生不息的鲜活遗存，是流传至今的正宗"国粹"，传承着中华民族的文化。众多祠堂的门楣、楹联、族谱、祖训、乡规民约……都反映着李氏宗族文化，最醒目的是南宋宰相文天祥的墨宝"节孝忠廉"作为李氏家训，记取着忠、孝、仁、爱、礼、义、廉、耻以及重民本、尚和合、求大同、奉勤朴的信条。

坐落在"南李顶"的李氏大宗祠，是莲阳李氏始祖李玄（仁斋公）祠堂，建造于清代道光年间，至今已达180多年。它的三晋宽敞庄严，保留了潮汕地区传统建筑风格，雕梁画栋，装饰精美，有金漆木雕、石雕、嵌瓷等，古朴端庄，中华人民共和国成立后成为苏湾中学（澄海县第二中学）校址。莲阳李氏始祖仁斋公墓坐落在汕头市旅游胜地南崎山"塔山古寺"旁边一处名为"丝纱吊金钟"的山丘，因周围四座山中间突出一个状为金钟的山冈而得名。在这座古陵墓前，穿过重重山岭，放眼眺望，可见到烟波浩荡的南海。据考证，这座李氏陵墓是当前粤东地区仅有的四座保留完好的唐宋古墓之一。坐落在"陇头顶"的李氏乐祖（李宇）宗祠，是竹林村和上巷村联办小学校址。这些祠堂，都存着李氏在历史过程中的发展、繁衍的记录，具有历史和时代价值，唤起了民众的乡愁，使之共拾中华民族传统文化的寻根之路。

我念小学时，曾听到村里长辈在讲述族谱时说，清代中期时，李玄后裔人丁兴旺，上一轮辈序已用完，新一轮的辈序为："先德传佳远，裕源世泽长。承基永玉叶，继启有文章"，一首二十字诗。现时，始祖李玄至今已传三十七代。我胞哥的曾孙属"启"辈，是莲阳李氏至今最小的辈序。

退休后，我和老伴曾带着居住在广州的子女、孙辈到澄海莲阳南峙山祭祖扫墓。不久后，又带着儿子、孙子踏上寻根之路。在甘肃省陇西县，我们无法寻觅到与先祖直接有关的古迹遗存，便到天水市（秦州）城西石马坪拜祭李广墓。李广，史称飞将军，卒于公元前 119 年，天水市秦安人，汉朝一代名将。墓冢高 2 米，周长 26 米。墓前树立着蒋中正题"汉将军李广之墓"的纪念碑。墓后是广阔的山坡，绿树成荫，显得庄严肃穆。我默默站在墓前沉思时，孙子李浥吟起唐诗："秦时明月汉时关，万里长征人未还。但使龙城飞将在，不教胡马度阴山。"

沧海桑田

据史料记载：2 500年前，故乡的海岸线就在南峙山麓。现代的莲阳乡上巷村，还是在汪洋大海中载沉载浮的礁石、泥沙中，海气昏昏水拍天。岁月流转，沧海桑田。源头位于闽粤赣边山区的韩江，居高临下，川流不息，大量泥沙顺流而下，长年累月沉积在韩江出海口，又受到海潮的冲击、顶托，冲积土逐渐形成滩涂，露出海面，不断延伸扩大，形成了三角洲。

唐代大文豪韩愈因《谏迎佛骨表》得罪了皇帝而被贬到潮州当刺史。韩愈在潮州为民除害，写出《祭鳄鱼文》。文中提到"潮之州，大海在其南"。当时，潮州城南临南海，鳄鱼经常在城边伤害人畜。莲阳上巷周边尚处于浅海滩，未形成三角洲。因受到地震、海啸的影响，到了宋代，韩江主要出海口莲阳河至东里河沿海，形成一条高于滩涂水面的沙垄。沙垄不断被海浪推高至海拔10米左右，沙垄中间地带绵延10里长，形成了南洋（莲阳）上巷一带。

宋代时，已先后有陇西李氏、京兆杜氏、琅琊王氏、颖川陈氏迁居到这里，虽然地处韩江三角洲冲积平原，但多为贫瘠的砂质土，到处长着稀稀疏疏的仙人掌、剑麻、假菠萝、茅草等热带、亚热带作物，蛇鼠蝼蚁结窝，鹰扬兽鸣。这里春旱、夏涝、秋风沙、冬咸潮等自然灾害频繁，田园作物经常受到台风、暴雨的袭击和咸潮的浸泡。南峙山乱石磊磊，飞鸟不落脚，一块块的望天田，像鱼鳞一样贴在山坡上。

南宋庆元年间（1195—1200），移居在福建莆田的唐代宗室后裔李玄（莲阳李氏世祖），移居到李和巷（上巷村）。李玄开垦、购置的田地相当于当时莲阳田地的一半，招募、安置大批从福建泉州、漳州迁来的贫苦人家，"授田以资"，让他们在莲阳安居乐业，落地生根。

中华民族极具强韧的凝聚力，雄浑的黄河水、广袤的黄土地培育了我们这个民族。发展于黄河流域的汉族先民，在历代兵乱中几乎都进行过大迁徙，从黄河流域移居到南疆海隅，进行筚路蓝缕的开拓，繁育后代；用光辉灿烂的黄河流域文明启迪蛮荒的落后愚昧，承先启后一代代地传下去，也把中原地区的先进农业技术传播到南疆海隅，开发成人丁兴旺、农业发达、文风兴盛的"海滨邹鲁"。后人应当珍惜先人传给后人的这根精神纽带，增强民族凝聚力，令之发扬光大。

岁月悠悠，演绎春秋。先人为了避免黄河流域历代的战乱，南移到南疆海隅，可是战乱如影随形，日子永不安宁。南宋末年，文天祥、陆秀夫随宋帝昺逃难到南疆海隅，当地老百姓自发奋起"勤王"抗击元兵；明朝万历年间，邻村涂城朱良宝率领农民起义；明朝嘉靖年间，倭寇经常上岸奸淫掳掠，群众自发奋起抵御，追杀倭寇；明朝行将灭亡，清兵南下，群众举起"反清复明"义旗，抵御外族；清初的海禁、迁界，南疆一带，村落看不到炊烟，听不到鸡鸣狗吠，饿殍遍野；日寇铁蹄的践踏；民国时期的苛捐杂税；加上地震、海啸，南疆"陇西世家"同祖先发祥地甘肃陇西地区一样，煎熬在水深火热之中，民不聊生。经历了宋、元、明、清、民国等年代，南疆多少群众牺牲在战场上！

一个地方，一个氏族的兴衰、变迁，是整个中华民族兴衰、变迁的反映，人们从中领悟出一个道理——和平盛世、战乱殃民。

周边的历史事件

中华民族是在艰难困苦、多灾多难中发展壮大的，是在刀光剑影中脱颖而出的，黄土高原、黄河流域，历史战乱频繁，遭受天灾人祸，一部分汉族人民被迫接踵跨长江、越五岭，长途跋涉，经历艰难险阻、流血流汗，开拓创新，重建家园，满怀希望子孙后代能安居乐业。但是事与愿违，在封建社会，岂有净土和世外桃源。

历史的经验值得注意。南疆"陇西世家"，从繁荣到战乱，再从战乱到繁荣，这是一部原汁原味的氏族生活沧桑史。这个氏族经济的发展，居住地的变迁，与中华民族全国大局息息相关，同俱盛衰兴败。先人饱受乱世的苦头，居安思危，子孙后代更珍惜社会的安定。

甘肃陇西地区一部分李氏后裔历尽千辛万苦，逐步迁徙到南疆，经历了宋、元、明、清、民国各个历史时期。他们的处境同黄土高原、黄河流域的祖先一样，战乱频繁，天灾人祸，民不聊生，往往比祖居地有过之而无不及。先人曾说，我们再也没有退路了，再迁徙只能走向茫茫大海。这不是耸人听闻。当今，海外侨胞，特别是东南亚地区李姓众多，这是众多的人离乡背井，漂洋过海谋生的真实写照。

南宋绍定年间，奸相贾似道弄权的事情败露后，被贬到福建漳州。居住在福建莆田石狮的当朝丞相郑清芝的侄子郑虎臣，为报杀父之仇，一路跟踪贾似道，在漳州木棉庵（现在的汕厦公路旁）把贾似道杀死。

宋理宗命郑清芝星夜捉拿郑虎臣归案。郑虎臣为了不连累郑清芝而自杀，他的四个儿子逃到潮汕地区定居，第二个儿子定居在莲阳乡程洋冈村。

南宋末期宋帝昺，在文天祥、陆秀夫、张世杰的护送下逃难到闽粤一带。一批爱国志士招兵买马"勤王"，抵御元兵入侵。宋帝昺登上南澳岛（当今粤东的南澳县）时，靠近莲阳海岸的凤屿是南宋君臣排兵布阵防御元兵的前沿，曾发生千帆竞发的激烈海战，大批李氏子弟沉尸海底。

明朝万历年间，与上巷村毗邻的涂城村朱良宝领导农民揭竿起义，反饥饿、反压迫，居住在涂城村中李宇的胞弟李乾、李宙的后裔，也加入了起义队伍。朱良宝同沿海各地起义军结成统一战线，抗击明朝官兵。为了巩固起义军的根据地，朱良宝率领军民用泥土、石头、石灰砂浆建筑一座城堡，谓之涂城，一直沿用至今。当时的涂城有杜、朱、李等姓氏聚族而居，大家同心同德反抗官兵，多次击退朝廷官兵的围困、进攻。朝廷只好从闽、粤各地调遣官兵，从四面八方围困城中起义军。孤军无援，寡不敌众，起义军苦苦坚守一段时间后，粮食耗尽，城被攻破。起义军首领朱良宝自焚身亡，其部下将领无一投降，一千二百多人被朝廷官兵斩首。血洗涂城，被杀戮群众也不计其数。目前，涂城村九成以上聚居着"京兆世家"杜氏后裔，李、朱等姓聚居在同涂城村屋瓦相连的南徽村。

明清嘉靖年间，官府无能，盘踞在沿海岛屿的倭寇经常成群结队上岸奸淫掳掠，老百姓的生命财产受到残害、损失。莲阳老百姓自觉组织起来守土抗敌。以自然村为单位，农闲时训练壮丁，摆枪弄剑练习武艺。村与村进行联防，一经发现倭寇进村，吹响海螺，敲锣打鼓，四乡八里壮丁持械赶来援助，把倭寇团团围住。上巷村、涂城村和南徽村的壮丁奋不顾身，贴近与倭寇进行肉搏，往往把小股倭寇就地消灭干净。

明末清初，清兵大举入关，各地人民不堪外族入侵，纷纷举兵反抗。苏湾（莲阳和溪南合称）棣头村人黄如海举起"反清复明"的旗帜，莲阳的黄厝村和上巷村相连，黄氏青壮年和周边壮丁也踊跃参军。黄如海的队伍军纪严明，英勇善战，从闽粤边一直转战到雷州半岛。后来黄如海的子弟兵在返回故乡的归途中，兵船在惠阳海面不幸遭遇强台风的袭击，莲阳各姓壮丁葬身大海者不计其数，仅黄厝村壮丁就牺牲三百多人。

明末清初，郑成功的队伍路过莲阳，郑氏子弟积极加入队伍。程洋冈村莲阳河南岸的华富村，明清以来大量人口漂洋过海到南洋群岛谋生。清代雍正年间，郑镛南到暹罗（泰国）创业。那时暹罗各地武装势力割据，外族入侵。郑镛南的儿子郑信，团结广大原住民和华侨，组织领导武装队伍，同心协力抵御外犯，把四分五裂的暹罗团结在一起，建立了武吞里王朝，郑信当了开国皇帝。

明代亡，清兵入关后，对外奉行"闭关自守"政策，一直延续至"鸦片战争"，对内实施暴政，残酷镇压人民。清初康熙时期，为了断绝沿海地区同东南亚各国的经济交往，因噎废食，把以货易货的"海上互市"视为走私漏税，实行海禁、迁界政策，坚壁清野，逼迫沿海村庄分别向内地迁移几十里地。沿海地区经济贸易受到严重摧残。整个澄海县都被列入迁界范围。幸好在朝廷中得势的总兵许龙（莲阳人）以缓迁为理由，暗中帮助家乡免遭其祸，留下南洋（莲阳）、三寨沙等处缓迁。康熙五年，报复性限令南洋等地"三天内全部迁移，违者斩之"。百姓丧魂落魄、呼天唤地、离乡别井、妻离子散、满目凄凉，饿殍遍野。好端端一个人丁兴旺的莲阳，见不得炊烟火种，听不得鸡鸣狗吠，乡亲们谁能忘记这段惨痛的历史！

康熙八年"复界"时，莲阳十室九空。上巷村"蓬蒿满室，社散丘墟"，回迁到故屋的百姓"十人存三"。乐祖（李宇）的嫡系后代，绝大多数迁出到外地失去记载。只有三房第二十二世李世魁回到故乡上巷村定居。当今，国内外李世魁的后裔近万人，居住在上巷村一带近两千人口，其中八成是李世魁后裔。

品味民族古韵

唐代韩愈被贬到潮州当刺史时，侄子韩湘一路护送。到潮阳临别时，韩愈感慨吟诗："……知你远来应有意，好收吾骨瘴江边。"唐宋时期，潮汕地区被称为"蛮夷瘴地"，而那时故乡莲阳，尚是浮沉在茫茫沧海之中的礁石。

由于黄河流域战乱频繁，民不聊生，唐宋以来，北方汉族人民为避战乱，大举南迁。移民一代一代把黄河流域先进的农业技术、文化艺术和生活方式带到南方。"黄土芳香""黄水清甜"，像一条坚韧的精神纽带，隔山隔水一线牵。

南疆海隅芳香清甜的文化艺术根深叶茂，源远流长。"陇西世家"李氏的上巷村，周边是"京兆世家"杜氏的涂城村、兰苑村，先人都是来自黄土高原、黄河流域的陕西省、甘肃省。也许可以从基因、风俗习惯方面去考察，从陇西地区和南疆海隅的李氏足以证明两地血缘相亲，习俗相近，文化相似。

饮誉海内外的潮州大锣鼓、潮州音乐、潮州戏和潮汕方言、剪纸、木刻、舞蹈等民俗文化以及中秋节、张灯结彩闹元宵等中华民族传统节日，至今还散发着淡淡的"黄土味"。汕尾地区的古老"西秦戏"，被称为戏剧的活化石。以粗犷、雄浑而饮誉各地的汕头潮阳"英雄歌舞"，其舞步、人物扮相、锣声鼓点等，同黄河流域的"大秧歌"异曲同工。

历史上，故乡人民多次遭受天灾人祸，但永远传承中华民族重教兴学的传统，被誉为"海滨邹鲁"。故乡的文化艺术璀璨夺目，与中华民族大家庭一样，人民的精神生活十分充实。

妇女心灵手巧精抽纱

"夜绣油灯前，日织树荫下。心灵潮汕女，手巧精抽纱。"这是人们对潮汕妇女抽纱活计的生动描述。抽纱是潮汕地区的特产，成为出口创汇的拳头产品，堪称一绝。

在上巷村，从稚气未褪的女童到白发苍苍的老大娘，几乎人人都谙熟抽纱工艺。白天，村头巷尾榕荫下或祠堂前，三五成群的妇女在飞针走线；夜晚，床沿窗前灯影里或月光下，还见她们在飞针走线。

抽纱妇女手执一支15厘米长的钢钩针，左手绕线，右手推拉钩针，上挑下刺，左拨右摇，飒飒有声。在飞针走线中，变换无数图案、花样。如果说这里的男人农业生产善于精耕细作，锄头落地，寸土尺地皆锦绣，那么，这里的妇女钢针所指，欲为地球试新装。

带有汉族传统手工艺术的潮汕抽纱，源于潮绣，而潮绣与广绣合称为粤绣，是中国四大名绣之一。1902年，西欧传教士发现潮绣优美精巧的针法，从国外带来一批抽纱的图案和样品，然后用潮汕出产的麻质夏布交给心灵手巧的妇女加工，绣出来的产品优雅精细，绚丽多姿，西方的粗糙针法是无可比拟的。传教士把这种中西结合的产品带回国外市场，由于风格特别，质量无与伦比，成为国际市场的抢手货。外商纷至沓来，到汕头市办洋行经营潮汕抽纱，潮汕抽纱业在农村大力发展起来。

潮汕抽纱是民间传统刺绣和编制工艺有机结合的产物。制作方法是先在布料上抽去经线或纬线，通过多种巧妙的针法工艺和复杂的精致布局，运用传统的垫绣、托地绣、平面绣等工艺以及数十种细腻纤巧的针法，按各种图案花纹用彩线精绣而成，变化出千姿百态、栩栩如生的各种图案。品种繁多，雅俗共赏。抽纱可广泛应用于衣服、被单、台布、手袋、手帕、围巾、鞋面及窗帘、沙发布等，既是日用品，又是具有欣赏和收藏价值的工艺品。

上巷村在中华民族的大地上成为一个名副其实的"男耕女织"的"桃花源"。随着潮汕抽纱业的发展，上巷村的经济结构也发生了重大的变化。上巷村本地人口有一千五百多人，从事农业生产的劳动力数量同从事抽纱的劳动力也基本相近。更准确地说，尽管在农业生产繁忙季节女性也要参加一些农业生产项目，但总体上看，从事抽纱的女性比从事农业生产的男性还多。一些五六十岁的妇女，只要手脚还算灵活，视力良好，也从事抽纱活计。就算那些念小学的女孩也利用早晚放学时间或假期从事抽纱活计。这样，上巷村的经济结构发生了变化，在全村总收入中，抽纱三分天下有其一，同侨汇收入和农业收入平起平坐。那时候，上巷村过着小农思想的自然经济生活，低标准地解决温饱问题。

在实践中，上巷村一批功底好、技艺精湛的抽纱能手脱颖而出。我的胞姐和邻里几个姐妹们，用不着在布料上抽去经纬线，只要用肉眼观察摆在面前的各种花纹图案，过目就能抽织同样的抽纱工艺品。艺高人大胆，很难想象得到，在漆黑的夜晚，他们几个抽纱女聚在一起，谈笑风生，用不着点灯，仅凭着经验和记忆针法，抽纱出来的工艺品形态与白昼抽纱出来的规格品种一模一样。

村子里的男人们在田间劳动生产时都佩戴着既能罩住散乱的头发，又通风透气的抽纱帽，抽纱女花不够一个小时，一顶既漂亮又实用的帽子就会送到你手里。抽纱女为了表现自己的手艺，别出心裁，按照自己的意愿，创作出能够体现个性的花鸟虫鱼和新颖花样图案的抽纱工艺品，张挂在家里的窗帘、房门、橱柜上。这样，促进抽纱女相互交流，工艺技术精益求精。

中华人民共和国成立前，洋人在汕头办洋行（抽纱公司），抽纱的原材料，抽纱成品的等级和劳动力的工钱等，都由洋人说了算，独此一家，别无分号。洋行通过官商勾结的二道贩子（洋公司的代理人），层层设关卡，压级压价（抽纱成品的档次和劳动及价值）。抽纱女起早摸黑，钢钩针和纱线不离手，春夜夏夜借灯光，冬夜秋夜借月光，辛酸操劳。抽纱女"指天指地刺心肝"的血汗钱，受到层层盘剥、克扣，落到自己手上的寥寥无几。

抗日战争时期，特别是 1943 年日寇偷袭珍珠港之后，海运受阻，抽纱业受到影响而萎缩、停产，侨批侨汇断绝，上巷村一批侨眷属断了生路，处于水深火热之中，有的卖儿鬻女，有的逃荒改嫁到福建的龙岩地区和江西的赣南地区。直到土地改革期间，她们陆续回到家乡分田分地，一度妻离子散的海外侨胞，也返回故乡一家团聚。

中华人民共和国成立后，潮汕抽纱重新得到发展。由外贸部门成立抽纱公司舞龙头，统一拨原料、提要求、定报酬，在乡镇间设立抽纱网店，把抽纱原料、图案式样派送到千家万户，统一收购产品，抽纱户不担风险，不愁产品销路。实行产前、产中、产后服务，纳入生产、收购、销售一条龙的体系。这样，极大地调动了抽纱户的积极性，形成一个用不着建厂房、用不着购设备的遍地开花的"抽纱工厂"。这为中国实行集约化生产提供了新的经验。潮汕抽纱工艺品也是百尺竿头，更进一步，其产品在强手如林的国际市场上极具竞争力，行销欧洲、北美洲、大洋洲及中东地区共 80 多个国家和地区，为国家创下一大笔外汇。

国际市场竞争瞬息万变，按照外贸部门提出的新要求，潮汕上巷村一带的抽纱，在保留传统风格的同时，根据国际市场的需求，不断推陈出新，在原材料选择、图案设计、制作技术诸方面发展、创新。它以针法多变、疏密有致、构图严谨的独特艺术风格和鲜明的地方特色饮誉国内外，很受市场青睐。外贸部门也积极开拓新业务，开发抽纱新品种，以适应国际市场的需求。特别是运用传统体裁，融合欧美构图和色调制作而成的产品，竟成为国际市场的抢手货，使潮汕抽纱之花在世界各地盛开，永不凋谢。外贸部门还有计划、有步骤地把潮汕抽纱从潮汕地区扩大到海陆丰地区。胞姐的一个女儿继承母业，是一位抽纱能手，被选派到海陆丰地区传授抽纱经验。

潮汕抽纱受到了中国手工艺术界的瞩目，也引起了中央领导人的重视。1972 年，周恩来总理把潮汕抽纱"玻璃纱台布"作为国礼送给伊朗国王巴列维。1980 年，大型潮汕抽纱"玻璃纱台布"《双凤朝牡丹》在慕尼黑第三十二届国际手工业品博览会上为中国手工业品获得第一枚国际金质奖章。

1991 年 12 月 17 日，时任中共中央总书记江泽民前来参加汕头经济特区创建十周年庆典活动。下午 3 时，江泽民参加了汕头海湾大桥的开工典礼后，又匆匆赶到龙湖展览馆，参观汕头经济特区 10 年建设成就展览，他对潮汕地区的传统手工艺品抽纱、珠绣、陶瓷、金漆木雕等大加称赞，并鼓励职工们产品要精益求精，多出口、多创汇，为国家多做贡献。

江泽民对潮汕抽纱褒奖有加。他说："抽纱产品十分精美，绝大部分出自农村姑娘之手，她们心灵手巧，工艺真了不起。"他问时任中共中央政治局委员、广东省委书记谢非目前抽纱的销路怎么样。谢非回答说："抽纱出口的势头还好，主要是欧美等几十个国家和地区，国际市场的需求量较大。现在抽纱已不再是潮汕姑娘的专利产品了，已扩散到海陆丰地区，听说山东的烟台地区也开始发展抽纱了。"

在一大批手工艺品行大师级人物的策划下，2016 年秋，于广州市陈家祠举办了潮汕抽纱展览会。1 000 多件各个时期的抽纱琳琅满目，唤起了参观者对中国名牌工艺品潮汕抽纱的关注。潮汕抽纱几经发展、萧条、复苏、再发展，这与世界经济发展步伐是同步的。"一带一路"

顺应世界经济发展新潮流，着眼于我国更高文化水平的对外开放，助推中国更加坚定走向世界。随着"一带一路"海上丝绸之路再度开通，预示着潮汕抽纱将迎来一个崭新的发展期。

我对潮汕抽纱怀有特殊感情。离开家乡之后，姐姐经常给我捎来她亲手编织的台布、窗布、沙发垫等抽纱工艺品。睹物思人，以慰远念。60 多年前，当我远离家乡时，姐姐亲手给我编制的抽纱帽子和背心，我一直舍不得穿戴，珍藏至今，可是颜色已经泛黄起斑点了。姐姐已近90 高龄，一谈起潮汕抽纱，她兴奋不已，如数家珍一样谈论花纹、图案、品种……

剪纸艺术进农家

剪纸是中华民族传统民间艺术百花园中绚丽的一株，它真实忠诚地传承着华夏文化。潮汕剪纸至今已有两千多年的历史，在历代民间艺人和骚人墨客互相影响、渗透下不断发展。2005 年 6 月，经国务院批准，剪纸艺术列入第一批国家级非物质文化遗产。潮汕地区剪纸的根源来自黄土高原、黄河流域，南疆"陇西世家"感到它还保留着"黄土"的芳香，"黄水"的清甜。

据《史记》记载，最早的剪纸作者是西周时期的周成王。汉文帝时，已出现了"汉妃抱娃窗前耍，巧剪桐叶照窗纱"的典句。到了唐代，剪纸这个词更相继出现在李商隐、杜甫的诗句中。杜甫在《彭衙行》中的诗词"暖汤灌我足，"剪纸"招吾魂"，已经直截了当用"剪纸"这个词。明清是剪纸发展的鼎盛时期，反映古建筑府第的雕梁画栋、楼台亭阁、小桥流水；江河船艇穿梭，桅樯林立以及田园风光的脚踏木头水车、牧童骑牛背、牛耕田等剪纸作品层出不穷，比传统剪纸更富于创意，反映了当时的生活环境、社会现实。

故乡的剪纸同黄土高原、黄河流域剪纸工艺一脉相承。早在秦汉时期，中原地区连遭兵乱，人口大量南迁带来了先进的农业生产技术和文化，包括剪纸艺术。到了宋、元时代，潮汕地区已先后涌现喜花、礼花、门花等剪纸图案。耐人寻味的是，在一些作品中，抹不掉"秦时明月汉时关"诗情画意的痕迹，传统上女孩初学剪纸时，往往从临摹"长空，雁叫霜晨月"入手。长期以来，故乡的剪纸艺术，既保持着陇西、秦州、京兆等地造型古拙、风格粗犷、寓意明朗、具有浓郁"黄土味"的特点，又汲取了岭南地区山川的灵气，以轻巧、细腻的手法表现花鸟虫鱼、锦绣河山的鲜明地方特色。把黄河流域和岭南地区剪纸艺术的表现风格糅合在一起，你中有我，我中有你，刚柔并济。

中华人民共和国成立后，故乡的剪纸艺术积极开拓新领域，把反映传统民风民俗与反映富有时代气息相结合，物质文明和精神文明相结合，突出"爱国爱乡""江山多娇""新人新事新风尚"和"英雄模范人物"等主题，使剪纸技艺道路越走越宽。

随着社会商品经济的发展，剪纸在保持传统技艺创作风格、防止单纯商业行为的前提下，广度和深度也不断发展。它已广泛被用作鞋花、枕花、被面花、衣服花和其他艺术装饰品的底样，为我国纺织工业出口创汇做出了贡献，一批剪纸的专业人才也逐步发展起来。

剪纸是一种操用剪刀或刻刀在纸上制作各种图案花纹的汉族传统艺术，来自民间，是反映各种民情风俗的传统文化的重要组成部分。它表达了人民群众对社会道德观念、理想生活和审美情趣的实践和追求，也兼备舒怀、娱乐等多重社会价值。澄海县是著名的"版画之乡"，版画和剪纸在这里同样有广泛的群众基础。两者相辅相成，互相促进，长盛不衰。

70年前，我在故乡小学念三年级，课程中有手工课（剪纸和图画），作为学生的必修课。在老师的辅导下，小朋友们聚精会神挥动剪刀学剪纸。他们长大后，成为村子里的剪纸骨干。特别是女孩子们，从小就耳闻目睹，受到周围环境的熏陶，剪纸形成习惯。剪纸，是对刚出嫁新娘才艺的一种考核。谁剪得好，谁就受到夸奖，丈夫和公婆也觉得脸上有光。

像飞针走线抽纱、绣花一样，心灵手巧的潮汕农村媳妇和闺女们，挥刀开剪，娴熟地剪刻出各种构思巧妙、做工精细，充满时代气息的艺术品。逢年过节或在喜庆日子里，家家户户的厅堂、门窗、床柜，莫不贴上寓意着"心想事成"、自己亲手剪刻出来的多种多样剪纸花。这已经成为一种传统。

故乡莲阳一带的剪纸形式多种多样，内容丰富多彩，成为附近乡镇剪纸艺术品的中心。上巷村妇女们按照自家的梦想追求，因时而异，贴上自己剪出来的纸花，一般为以花鸟虫鱼和四季香飘、五谷丰登、六畜兴旺为主题的剪纸。端午节喜欢剪贴"莲花"和"龙舟竞渡""粽球"等图案；中秋节贴纸花的气氛最热烈，张贴"岭南佳果"和"桂花""石榴花"必不可少，还张贴着"月糕""月饼""嫦娥奔月"等图案；春节贴"梅花""灯笼花"和"鱼跃龙门""松鹤长青"等图案；元宵节喜欢贴"绣球花""牡丹花"和"七子闹元宵""大闹天宫"等图案。

值得一提的是，每逢风调雨顺、农业丰收的年景，村子附近元宵节往往举办剪纸灯会，有龙灯、船灯、马灯等，在灯光照射下转动着，光彩夺目。剪纸内容有"秦琼倒铜旗""赵云救阿斗""张飞战马超"等古典小说中的章节。内行人称赞这些出自农妇之手的剪纸艺术造诣很高。

剪纸给在故乡农村"婚姻喜庆"的"洞房"布置增添了光彩，衣物、用具的装饰方面更显得色彩缤纷，增添了和谐、欢乐的气氛。左邻右舍、妯娌、姑嫂、姐妹们，都带着自己精心制作的剪纸前来道贺。玫瑰花、月季花和"双飞燕"（新婚宴尔）、"双喜鹊"（双喜临门）、鸳鸯戏水、蝴蝶穿花、琴瑟和鸣等传统剪纸图案，贴遍床铺、橱柜、门窗或用于点缀礼品、嫁妆。

平时，村里妯娌、姑嫂、姐妹们，喜欢谈论各人在剪纸实践中的心得，在制作新款的图案时，发现新问题或遇到困难时，会摆出来让大家过目，共同商量，集思广益，解决难题。她们也喜欢拿出自己得意的剪纸，让大家互相欣赏、借鉴。彼此之间互相学习，取长补短，推陈出新，使剪纸技艺精益求精。

上巷村在普及、提高剪纸技艺中出现了一批人才，代表人物是李知非。李知非是我的堂姑母，自小聪明好学，酷爱剪纸，一心扑在剪纸上。她青年时期已成为岭南地区知名度高的专业剪纸艺人，后来在广州文化公园从事剪纸工作。她被誉为中国一代剪纸艺术大师，南派剪纸艺术的领衔人物，亲手带领出一批高徒。

李知非在剪纸艺术的风格上，善于把黄土高原剪纸的粗犷、简明的风格同南派的细腻、灵巧的风格糅合在一起，刚柔相济。她擅长运用黑白线、粗细线、阴阳线对比的艺术手法进行创作活动，使作品充满立体感，生动传神。她的作品先后走出家乡、走出潮汕地区、走出广东省。除了在国内各地展览外，还先后到欧洲的芬兰、瑞典和东南亚地区的一些国家展出，令国内外剪纸艺术界人士大开眼界，叹为观止。花城出版社还专门为她编辑出版了《李知非剪纸选集》。

当年，村子里同李知非一起剪纸的姐妹们，不少人后来成为剪纸艺术的骨干力量，她们以老带新，使剪纸艺术相沿传承下去。她们当中不少人的作品，也先后走出家乡，走向全国。回乡探亲访友的侨胞、港澳同胞，对故乡的剪纸情有独钟，离开故乡时，忘不了索取乡亲们的剪纸作品，带回侨居地珍藏起来，从剪纸里找回无限乡愁！

处处可闻丝竹声

夜晚，外地人一踏进上巷村庄，总会被悠扬的乐曲吸引住，到处可闻丝竹声，或许会以为是专业队伍在演奏，殊不知这是手握锄头，肩挑箩筐的农民，经过白天的辛勤耕作，晚饭后几个人聚集在一起弹弹奏奏，放松筋骨，自得其乐。本地人早已司空见惯，习以为常了。

不管春夏秋冬，农忙农闲，往往一到夜晚，闲间弦馆里、祠堂前、榕树下，农民吹拉弹唱，处处可闻如旷野空气般清新的曲艺，村庄充满生气，令人精神振奋。手掌里长满老茧的农民，拉弹起来时，手指灵巧比起抽纱、绣花的姑娘、媳妇毫不逊色。

在故乡，大多数村庄都腾出几座专供农民们演奏的建筑物，多为宽敞的华侨屋或新建的钢筋水泥楼房，当地称之为"闲间弦馆"。它传统上由村民自由组合形成，建立了松散的娱乐组织，是群众自娱自乐的活动场所。

宁静的夜晚，村头巷尾传来的潮州音乐《画眉跳架》《狮子戏球》《寒鸦戏水》《平沙落雁》和《粉蝶采花》等，令听者舒心悦耳，更让颇晓潮乐者如痴似醉。《狮子戏球》演奏的主要乐器是二弦（这种特有的乐器是潮乐中主奏的头手弦），呈现一派歌舞升平的美好前景。乐曲以复杂多变的手法，配合轻快、跳动的潮州小锣鼓，时而高亢吵闹，时而低沉安静，轻拉低按，快慢有序，节奏和谐，淋漓尽致地表达小狮子戏弄绣球时活泼、滑稽的各种神态，形象逼真，惟妙惟肖。《画眉跳架》是以唢呐领奏为主，配合潮州小锣鼓乐曲。唢呐在汉时期由西域传入黄河流域，再传到南方，有高音、中音、次音和低音，北方和南方风格不同。北方多以大风呼啸，怒马咆哮的高亢形式吹奏；而南派则以低沉的唢声吹奏。《画眉跳架》乐曲描写在百花盛开的春天里，鸟儿在花丛间欢叫跳跃、嬉戏追逐的情景，令人听了身临其境。

潮州音乐在这里是有牢固的群众基础的，通常是由一些退休的专业潮剧团演员或村子里的一些老乐手牵头、带领一批潮州音乐爱好者，利用假日或农闲时间，自发地形成一种世代相传的群众性娱乐活动。演奏乐器有头弦、二弦、提胡、椰胡、扬琴、六角琴、琵琶、古筝、洞箫、横笛、唢呐等，应有尽有。那些脚上沾满泥巴、手掌长满老茧的农民，他们不贪大求全地大场面大组合运用大批乐器，而是习惯性地找三四个"合拍"的在一起，往往可见父子一起弹唱。哪怕是运用两三种乐器，分散在村头巷尾或弹或吹或拉或拨，曲曲相和，悠悠扬扬，声闻数里，吸引着左邻右舍扶老携幼前来倾听，雅俗共赏，内行看门道，外行看热闹。曲终人散后，人们对演奏者东家长西家短，说白道绿，评头品足，促进演奏者提高弹奏技能。

潮州音乐流行于粤东地区，还广泛流传闽南、广州、上海、台湾、香港、澳门等地，以及东南亚各国潮汕人聚居地。其源头可追溯到唐宋时期，到明清时期已发展成熟。其特点是古朴典雅、优美舒怀，至今仍保留很多古韵。它在南方的民歌、舞蹈、小调中发展并吸收弋阳腔、昆腔、秦腔、汉调和道家、法家的曲调，兼容并蓄，自成一格。从潮州音乐与秦腔的旋律、音阶、调式形态对照中，可以看出彼此旋律相似，音乐相近，调式相通的渊源关系。潮州音乐的根源来自黄土高原，黄河两岸。

潮州音乐流行的地方广，日益受到世界各地的关注。潮州音乐《画眉跳架》和潮州大锣鼓曾经在莫斯科世界青年联欢获得金黄奖章。

2006 年 5 月 20 日，国务院将"潮州音乐"列入第一批国家级非物质文化遗产名录。

潮州音乐大体上可分为广场音乐和室内音乐两大类，广场音乐以打击乐潮汕大锣鼓为主；室内音乐以弦诗潮州小锣鼓为主。打击乐有鼓、锣、钹、钟、木鱼等；弦诗以弦、琴、箫、笛、唢呐为主。大锣鼓和小锣鼓两者的乐器往往交错在一起运用，你中有我，我中有你，相辅相成，水乳交融。如果说，大锣鼓打击乐气势磅礴、粗犷雄浑，像万马奔腾，波涛澎湃；小锣鼓则清朗和谐、轻快流畅，像小桥流水、山泉呜咽。大锣鼓和小锣鼓结合在一起，其风格则刚柔相济、轻重有致、潇洒自然、表里相应，富有艺术感染力。

可以说，闲间弦馆是农村培养潮州音乐爱好者的基地。上巷村形成"醉琴轩"和"醉和轩"两间闲间弦馆，一间擅长室内的小锣鼓，谓之文班，一间擅长广场打击乐，谓之武班。俗称文武之道，一张一弛。文班和武班不是画地为牢，闭关自守，而是根据演奏的需要，人员互相调配，取长补短。中华人民共和国成立前莲阳举办的游神、庙会或后来的"劳动节""国庆节"和"春节"等传统节日，醉琴轩和醉和轩都积极参加大游行。他们的行为举止、衣着打扮和演奏技巧，都是上乘的。

依稀记得中华人民共和国成立之初，春节游神时，莲阳举办大游行。参加游行的醉琴轩小锣鼓乐队演奏者不下 60 人，乐器应有尽有。司鼓者娴熟的鼓点轻快自如，流畅和谐，协调整个乐队，节奏整齐。最引人注目的是两位演奏小唢呐的，他们较全面地掌握了南派和北派的演奏风格和技巧，运气自如，音调圆润，行云流水。他们步行整个莲阳，唢呐不离口地演奏《寒鸦戏水》《粉蝶采花》等传统弦诗。内行看门道。两位穿长衫、叠马褂、戴枣仔帽的长者，一直跟在旁边聆听着，赞不绝口。

当时参加游行的醉和轩大锣鼓班，气势磅礴，除司大鼓外，由八名健壮的青年分列左右两行，敲打挥舞八面比洗脸盆还大的铜锣，另外四人敲打大钹，还配合着苏锣、马头锣、钟、木鱼等打击乐器，后面还紧跟一批弹奏小锣鼓乐器的，打击乐班林林总总不下 80 人。大小锣鼓间歇敲打、弹奏，抑扬顿挫，有板有眼。声音时而粗犷豪放、高昂雄浑，如万马奔腾；时而嘈嘈切切，珠落玉盘，如山泉呜咽。乐声跨越河流、山冈随风传送到 10 里外。

上巷村醉和轩参加游行的两位司鼓者，其中一位是 10 岁左右的李兰丰（乳名乌鸡仔）。大锣鼓、小锣鼓合在一起，由司大鼓者为总指挥。乌鸡仔留着阿福发型，头顶上扎着小辫子，一双乌溜溜的眼珠左顾右盼。他个头不够鼓架高，由两人抬着坐在藤椅上司鼓。鼓槌左挥右舞，小小年纪颇有大将风范，一出现就吸引了大批观众。当他用鼓点指挥演奏打击乐《六国封相》《抛网捕鱼》《秦琼倒铜旗》时，游行队伍两旁的观众一边倒地拥过来观看。乌鸡仔出尽风头，家人兴奋，全村光荣。

上巷村的闲间弦馆除了经常在村举办演奏外，还积极跨乡镇进行联合演出和开展技艺交流，使演奏技艺不断提高，内容和形式不断丰富、创新。村里更对闲间弦馆给予扶持，积极提供活动场所和拨款添购器具，为弘扬地方民族音乐创造良好环境。

尽管没有设立潮州音乐的培训机构，也没有选派优秀人才专门到县、市学习深造，但因其有良好的群众基础，大批优秀人才在村里演奏实践中脱颖而出。村民李深家里传下一个古筝，经常钻研古谱，成为演奏古筝的好手。农民李九智，自小受到潮州音乐的熏染，不仅是拉二弦、椰胡的好手，而且对大锣鼓也有一定的造诣，经常应邀到外地乡村开展打击乐的技术指导工作，广泛受到好评。村子里旅居新加坡、越南、泰国、缅甸、柬埔寨侨胞和港澳同胞中不少潮州音乐爱好者，回乡探亲访友时，经常同乡亲们一起探讨提高演奏潮州音乐的技艺，并和乡亲们一起演奏。

尽管轻音乐不知不觉地从城市传到乡村，但上巷村的农民认为，它是缺乏根基的，只不过是粉墨登场的匆匆过客而已。一些青年人觉得新奇，但听听看看后觉得腻了。农民对中华民族源远流长的传统音乐不离不弃，一往情深。潮州音乐已在上巷村根深叶茂，农民手指弹的、口里哼的、耳朵听的，都是富有地方特色的民族音乐。它承先启后，长盛不衰。

小村演大戏

"天空布满星，垄顶亮汽灯。小村演大戏，潮曲声声情。"土地改革时期，上巷村农会为了发动群众，控诉万恶旧社会，团结起来与恶霸地主作斗争，进行分田分地。在这种背景下，搭台演出《光荣之家》《血海深仇》……等革命现代潮剧，以事实教育村民，提高阶级斗争觉悟。

垄顶是坐落村中心的沙垄，也是全村的制高点。垄顶于清末时期兴建，是钢筋水泥结构的楼房，20 里外都望得见，也是莲阳最高位置的建筑物之一。楼房旁边的一片小广场，每当搭台演出时，村民奔走相告，家家竞相在天黑前带来小椅子依次排排坐，争一个好位置看戏，像过节那样兴奋热闹。外乡村的亲戚朋友也纷至踏来，赶来看戏。

垄顶嘟嘟（大唢呐）一响，演戏将开幕了。唢呐声响彻四乡八里，紧接着随风送去悠扬的潮曲声声，多少人对上巷村投以羡慕的眼光。上巷村起到带头作用，一批有条件的村庄，也效法上巷村搭台演戏。中华人民共和国成立初期，潮剧在莲阳兴极一时。当地业余潮剧社，除了演传统剧目《陈三五娘》《苏六娘》和《打渔杀家》《林冲误入白虎堂》外，主要是演《光荣之家》《血泪深仇》《白毛女》等现代剧目，内容和形式都讲求现代化。除了各个角色的唱腔、大锣鼓、小锣鼓配乐继承潮剧传统外，戏台布景简单、明朗、朴素，角色的衣着打扮也体现了地方、农民特色。这样，观众看了倍感亲切，引起共鸣，取得了教育群众的良好效果。

《光荣之家》和《血泪深仇》的内容是控诉旧社会恶霸劣绅、贪官污吏无法无天，强奸民意、血肉人民、残害生灵；穷苦人民被逼得走投无路，家破人亡，最后走上革命道路。当观众看到《光荣之家》的主角教书先生王元龙被国民党军队强拉去当兵后，他的妻子为家计被迫为佣，受到敌伪科长杜英烈迫奸时，观众被剧情深深地吸引，一个青年农民忍无可忍，义愤填膺冲上戏台对杜英烈的扮演者狠狠打了一个耳光。当看到戏台上王元龙的老母知道儿媳妇惨遭不幸，绝望地抱着嗷嗷待哺的孙女投江时，台下妇女们泣不成声。穷苦人家联想到自己的不幸遭遇，忆苦思甜，提高政治思想觉悟，跟着共产党，斗地主恶霸、分田分地。

潮剧和潮州音乐是一对"姐妹花""并蒂莲"。每场潮剧自始至终随着剧情的发展，离不开潮州弦诗和打击乐的烘托。离开潮州音乐，潮剧就显得单调、呆板、枯燥无味。潮剧和潮州音乐是相辅相成、相得益彰的一个整体。

中华人民共和国成立初期只有一千多人口的上巷村，能够演大戏，是有其先决条件和群众基础的。首先，剧本是现成的。《白毛女》《血泪深仇》《光荣之家》等剧本都是中华人民共和国成立前后在北方解放区广泛演出的，移植为潮剧只需配上潮州音乐和改变唱腔；其次，有醉琴轩、醉和轩为基础，司鼓、奏乐的人才和各种乐器应有尽有；最重要的是各种角色演员人选资源丰富。上巷村历来有一批"老戏骨"（潮剧表演爱好者），他们当中，不乏善于唱生、旦、净、末、丑等各个角色。在选录过程中，不受男女老少年龄的限制，每个角色都是在自愿、自荐、比较中产生的。这样更能发挥角色的积极性，使演员较快进入角色。基干民兵副班长李丁跑，喜欢丑角唱腔，唱词吐字清晰，村头巷尾经常能听到他唱着悦耳的丑角潮曲，成为上巷村业余潮剧社的骨干。有几家专业潮剧团曾邀请他加盟，都被他婉言拒绝。

上巷村业余潮剧社的发展是同建立儿童团紧密联系在一起的。村里那些潮剧迷，除了自己充当剧本中一些角色外，也经常到儿童团里物色，考察那些相貌和嗓音较好的少年儿童加盟训练。根据剧本剧情的发展，从中挑选出各个角色。李妙侬、李丽珊、李恒豪等一批演戏天分高的少男少女，经过指导，分别成为《光荣之家》《血泪深仇》《打渔杀家》各出戏剧中的男女主角。十多岁的李恒豪机灵调皮，从小就喜欢模仿潮剧名丑李有存在戏台上的动作，在《光荣之家》和《血泪深仇》中分别扮演"小和尚"和"狗腿子"，眼神投向和举手投足之间，把角色演得入木三分，一出场就引发台下一片掌声。他不仅戏演得好，学习成绩也好，老师都称赞他是个好学生。

上巷村业余潮剧社越办越好，与同一批潮剧专业人才莅临指导分不开。上巷村业余潮剧社在澄海县农村有一定的知名度，四乡八里经常有人前来"取经"。县城一些已退休的潮剧演员，也主动到上巷村来观察、指导、传艺。十五六岁尚未走进潮剧戏班的小姑娘姚璇秋（饮誉海内外的潮剧演员）也跟着哥哥姚国烈（擅长拉二弦）等人到上巷村来传艺。姚璇秋的相貌既端庄又秀气，长得又白又嫩，惹得村里的顽童一见到她就跟前跟后比比画画嚷着"雅姿娘，雅在在"（漂亮的姑娘，实在太漂亮了）。弄得姚璇秋很不好意思，一遇到顽童叫嚷就低着头绕道走开。

上巷村业余潮剧社越办越出色，得到上级领导机关和土改工作队的表扬。村农会主席李志林是一个潮剧迷，在筹办业余潮剧社过程中，召开有关会议，布置工作，筹备经费，配置物资等，为业余潮剧社的发展发挥了重要作用。毗邻的竹林村和兰苑村（合作化期间竹林村、兰苑村、上巷村合并为农业生产高级社、农业生产大队），以上巷村为榜样，先后办起了业余潮剧社，三个村相互学习、观摩、评比，你追我赶，带动全县纷纷办起了乡村业余潮剧社。兰苑村业余潮剧社演出现代剧《白毛女》的主角杨喜儿，引起了观众极大的反响，"旧社会把人迫成鬼，新社会把鬼变成人"的事实深刻地教育了群众。竹林村很不服气，也组织起业余潮剧社，也演出现代剧《光荣之家》，暗地里想同上巷村较量。竹林村以小学的教师为班底，小学教师李福光，人长得帅气，声调好，扮演主角王元龙，教师蔡楚芸（我念初中时她到澄海县第二中学任我班的数学老师）扮演王元龙的妻子洪翠英。上巷村和竹林村都各有千秋，上巷村以唱腔见长，竹林村以演技取胜。

七八年后，姚璇秋已成为潮剧一代名旦，同粤剧名旦红线女一样，在国内外享有很高的声誉。30多年后，我以新华社记者身份到汕头了解潮剧发展情况。当年我的小学老师，扮演《光荣之家》男主角的李福光，那时是汕头地委新闻科长，他陪我去采访姚璇秋。姚璇秋回忆当年在上巷村同农民兄弟、姐妹相处时，动情地说："戏剧艺术来自民间，一定要回到民间，才能成为有木之本，有源之水啊！在上巷村时间虽短，意义深长。"

被誉为"南国奇葩"的潮剧（潮州戏），同潮州音乐一样，其根源来自黄土高原、黄河两岸。为避战乱，北方人民南迁也带来了戏剧技艺，经过汲取南方各种戏剧精华，兼容并蓄，博采众长，逐步形成富有地方特色的潮剧，至今已有400多年的历史，盛行于粤东地区和福建的漳州、厦门一带，与粤剧、汉剧并称为广东三大剧种。潮剧除影响闽、粤两省外，还影响港澳台等地区和东南亚各国及美国、加拿大、澳大利亚、法国等。在泰国、越南、新加坡、柬埔寨等地，潮剧成为当地人民喜闻乐见的剧种，都有专业潮剧团。泰国城乡有专业、半专业潮剧团300多班，定期表演《陈三五娘》《潇湘秋雨》《霸王别姬》《包公陈情》等传统古装戏。潮剧的一半观众在海外，这种说法毫不夸张。情绵绵、意切切的潮汕乡音令海外游子浮想联翩，乡音难改，乡愁难消，感慨万千。

中华人民共和国成立后，潮剧曾数度到北京演出，并先后到上海、杭州、广州、香港以及东南亚、欧美等地演出。潮剧的配音细腻和谐、优美动听、轻松活泼。随着剧情的发展，为了渲染气氛，唱腔往往会配上气势磅礴的潮州大锣鼓（打击乐），使观众听了心潮澎湃。潮汕乡音远播世界各个角落。著名演员姚璇秋、洪妙、李有存、张长城、方展荣等名字，在粤东潮汕地区和海外潮汕人聚居的地方，几乎家喻户晓。

1987 年 4 月 27 日，广东潮剧一团应邀到法国巴黎演出，慰藉海外游子。在巴黎机场，潮州同乡会理事长张先生从内衣袋掏出一张已经发黑的旧照片端详一下，挤进人群走到姚璇秋面前，看着过去窈窕淑女的姚璇秋如今已霜染鬓角，张先生脸上挂满泪珠握着她的手颤抖地说："27 年了，我在巴黎又见到你了。"原来，1960 年潮剧团到柬埔寨演出时，张先生见到姚璇秋时拍下这张相片，当作宝贵的纪念品收藏。战争年代，张先生成为难民，携带家眷辗转到过中国香港、泰国，最后漂泊到法国定居，尽管家财散尽，但这张相片仍然保留了下来。

灯谜进入寻常百姓家

　　中华民族传统文化的灯谜，像看喜剧、听音乐、下棋、打球一样已经普及到家乡一带农村，进入寻常百姓家，成为当地农民丰富多彩的文化生活的一部分。

　　每逢春节、元宵节、端午节、中秋节，上巷村的灯谜往往会掀起一个个高潮。村头巷尾张贴着"打虎""射鹄"的海报，外地人看不懂是什么意思，中小学生们可乐坏了，因为村里即将举办灯谜会了。中小学生们现在已成为猜灯谜的主力军，他们放学后，三五成群地聚集在树荫下、祠堂边，议论、回味着上次灯谜会的盛况、花絮，跃跃欲试，准备在这次灯谜会擂台上大显身手，比试高低。

　　灯谜不拘一格，形式多样，内容丰富，既有猜古诗词、成语、地理、历史人物，也有猜自然界的花鸟虫鱼。制作谜语的既有前清老秀才，也有私塾教师和手指长满老茧的庄稼汉。灯谜进入寻常百姓家之后，出现了很多新风尚。有些家庭乔迁新居，婚姻嫁娶，生日祝寿甚至是子女上大学、华侨回乡探亲，过去往往是办筵席，请客送礼。现在，有些家庭会邀请亲戚朋友聚在一起举办灯谜会庆贺，对于不请自来的一视同仁，热情接待。这样，以文会友，情操高尚，气氛热烈，皆大欢喜。

　　上巷村举办灯谜会，相沿千百年，没有相应的固定组织机构，而是群众自发的，一般都是由村里几位灯谜爱好者临时发起的。灯谜会的场所也因陋就简，在村头巷尾空旷地或祠堂前，先用竹木搭起一个平台，平台上拉紧一排排铁丝或麻绳，把书写在五颜六色纸张上的谜语张挂在丝绳上。被猜对的折下来，再张贴上新的，谜语往往超过几百张。

村子里那几位老秀才，平时走路双手交叉在背后，这回却神气十足，举着八字步，满口之乎者也，蹒跚走过来。他们咬文嚼字制作出来的谜语，大多为词牌名和中药材名，"阳春白雪"和者盖寡，引不起群众的兴趣。他们唱双簧，你出题目我作文章，死记硬背词牌、中药材名，一唱一和不甘寂寞。

现阶段的一些教师、中学生等小知识分子，在灯谜会中唱主角。充满现代生活气息、反映新人新事新风尚的谜语，引起了广大群众的共鸣。

灯谜会是中国传统文化的一门综合性艺术，是历代劳动人民智慧的结晶。早在夏代就出现了一些用暗语来描述某种事物的歌谣，到了春秋战国时期演变成"瘦辞"（隐语），这就是灯谜的雏形。它来源于民间的口语，源远流长。三国时期，灯谜已经在魏、蜀、吴盛行。它不仅是一种娱乐性活动，还蕴含深厚的文化内涵，形成了一种独特的文化活动。

上巷村一批灯谜爱好者在多年的实践中，积累了经验，不但成为猜谜佼佼者，而且成为制作谜语能手，其中"半农氏""田舍客""南崎山人""牧野氏"较为突出，他们都是教师、自由职业者或只念过两三年私塾的老农民。

那是中秋节一次全村性的灯谜晚会，在老祠堂（岭祖宗祠）前右侧竖旗杆的石墩旁边举行。林林总总聚集了三四百人，附近乡村的一批灯谜爱好者也赴约前来参加。内行看门道、外行看热闹。台上有的谜语一张贴出来，台下就有多人争着唱谜。猜不中时鼓不作声；接近猜中但解释不完善的，主持人敲打鼓边；猜中了就咚咚咚击打鼓心。人们争先恐后唱谜、释谜，中鹄击鼓之声不断，人们沉浸在一片欢乐之中。猜中的奖品只不过区区的火柴、肥皂、香烟、糖果之类。物轻意重，人们追求的是文化品位、情绪欢乐。

我们几个小伙伴是猜谜的积极分子，不安分地在人群中挤眉弄眼，指手画脚。当台上挂出新谜语时，我们只是一知半解或似懂非懂，却要抢先唱谜，往往猜错了，连敲鼓边的声音也听不到，难为情地低下了头，生怕旁边的人会发出嘘声"喝倒彩"。其实不然，大人们用赞许的眼神鼓励我们继续猜谜。

　　台上张贴半农氏出的谜语"刚送走'七一'，又迎来'八一'"，猜我国城市名。我们前些时课文上刚学到"七一"建党，"八一"建军的常识，经过片刻议论，弄懂了，来不及推谁当代表，猴子福大声嚷道："这叫作重新庆祝，重庆、重庆！"台上击着鼓心发出咚咚咚的声响。猜中了，猜中了！小朋友们欢呼雀跃着。喜欢表现自己的猴子福余兴未尽，继续结结巴巴嚷道："这个是双喜临门的'重庆'，'重'字既可能解释为重大，又可以解释为重复。"半农氏听了也高兴得打破常规，连续敲响长长一阵鼓心，并奖励给猴子福大大一包糖果。我们也当场把糖果分发给周围的小朋友们，将灯谜会推向了一个小高潮。

　　台上谜语不断推陈出新，欢笑声不断、唱谜之声不断、击鼓声不断。南崎山人张挂出醒目的谜语"'农民兄弟，稳步行进'（猜中央委员人名二)"。这则谜难倒了不少猜谜者。时间已过十多分钟，还不见有人问津。几位长者、老秀才一起讨论，还是解不开谜。这时，小学教师李恒在学校改完学生作业回家，他驻足浏览了那些还没被人猜中的谜语后，从容不迫地唱谜："'农民兄弟，稳步行进'的谜底是中央委员田汉和徐向前！"这时响起了咚咚咚的鼓声。大家称赞说："还是李老师的政治思想水平高！不看报纸，不了解时事，这样的谜语，只读'孔孟之道'的老学究们怎能猜得出来！"

　　像上巷村这样重视举办灯谜会，在澄海县比比皆是，无形中促进县里也重视举办灯谜会。县里先后举办过闽粤十一市、县大型灯谜汇猜和谜艺交流会，还结合各个时期的中心工作，各乡镇、机关团体和学校，定期在中秋节、元宵节举办思念港澳台胞和海外侨胞专题灯谜会以及宣传"兵役制"、医疗卫生、"尊师爱生"等专题灯谜会，以活泼的形式，教育发动群众，取得了很好的成果。县里重视举办灯谜会，又促进乡村灯谜的发展。

旧社会遗留下来的一些封建陋俗，办红白事不管你家境如何，都要请客送礼，互相攀比，大操大办。百善孝为先。上巷村历来子女对父母、前辈有尽孝道的传统。每逢父母、前辈七十或八十大寿，像逢盛大节日一样，贺喜、送礼者门庭若市，宴请筵席，不下七八桌。贫穷人家为了不失面子，不惜借高利贷，后患无穷。

新社会新人新事新风尚，受新思想的影响，上巷村八十高龄的李艺清老先生过生日，老人是位乡绅知识分子，阻止子女为他大操大办宴请，主张在院子里举办家庭灯谜晚会。他生日当晚，秋高气爽，明月皎洁，院子里挤满了人，高朋满座，大家一边猜谜，一边品潮汕工夫茶，气氛高雅和谐。灯谜爱好者为老人送来"祝李艺清老人延年益寿"的谜语，谜底是猜电影片名。席间，一个灯谜爱好者猜出了《但愿人长久》。艺清老人高兴得频频点头，乐呵呵地说："都对，都对！英雄所见略同呀！"与会者尽情唱谜猜谜，村里几位音乐爱好者自发前来弹奏潮州音乐助兴。李艺清老人不断感谢大家，连说这生日过得很有意义。

李艺清老人起到了榜样的作用，之后村里很多家庭在乔迁新居、婚姻嫁娶、生日祝寿等，逐步改变旧习俗，从简从俭，或举办家庭灯谜会，或品尝潮汕工夫茶或弹奏潮州音乐。

在上巷村，当你走进一些农家，也常可以看到主人把在灯谜会上猜中的谜语装饰起来，裱挂在厅堂上。有的还把历年来猜中的谜语装订成册，显示主人的文化涵养，像传家宝一样，一代一代传下去。随着文化教育事业的发展，上巷村的群众性灯谜会办得越来越好。上巷村旅居海外侨胞和港台同胞的人口比居住在本土的人口还多，经常有人回乡观光、探亲，他们都把参加灯谜会当作一件有意义的乐事，并称赞故乡文风兴盛，人们精神生活充实，情操高尚。

农家院庭翰墨香

李任合老汉一家三代是目不识丁的穷苦农民，中华人民共和国成立时他的儿子已经七八岁了，尽管家境清贫，老汉还是硬着头皮供儿子上学念书。老汉说：或许是苦日子熬到了头，我希望孩子读书明理、争气，长大后务工、经商、从医、任教都行，只要能够改变我家代代当农民的状况。

李任合老汉过去生活窘迫，缺衣少食，院庭里乱糟糟的，鸡飞猪叫，污水横流，低矮简陋的屋子里四壁被熏得黑乎乎的。现在，虽然院庭里还堆放着农具、箩筐等杂物，看上去有点零乱，但厅堂里的每一角都打扫得干干净净，端放着一些笔墨纸砚和一些书籍、课本。老汉说：尽管屋房狭窄，也要腾出足够的地方，让孩子有较好的环境看书、做功课。

改革开放后，上巷村200多个适龄的儿童，基本上都进学校念书。那些已经10岁以上超龄而尚未入学的儿童，村里也会采取有效的措施，鼓励、扶持他们入学。

过去，村子里很多民宅的厅堂，充斥着神案，嵌着、张贴着"金玉满堂""招财进宝""财丁兴旺"等封建迷信观念词语，现在村民对此已经不感兴趣，也不相信了，取而代之的是追求知识，不少人家厅堂中添置书架，放着有关农业生产科学知识的书籍和杂志。有的还摆上几本旧装《三国演义》《水浒传》《唐诗三百首》《古文评注》等。书架旁边的桌子，整整齐齐地放置着文房四宝，兴许是前辈留下来宝贵的端砚、徽墨、宣纸、湖笔哩！台几上放置着精巧的潮州工夫茶具，说明经常有客人前来喝茶、聊天，传播国内外大事和农业生产知识……农民已不再是面向泥土背朝天、满身汗水、满脚泥水的农民了。他们拿起锄头能种地，拿起笔杆能写字、绘画，许多人成为琴棋书画能手，开始追求高尚文雅的精神生活。

学绘画、练写毛笔字，已成为上巷村农民农闲时生活的一大乐趣。一些农户厅堂上挂着精心装裱的书画，这些书画虽不是出自名家之手，但作者都是在周围乡村小有名气的，有些兴许是主人的得意佳作。书法多为书写刘禹锡的《陋室铭》和周敦颐的《爱莲说》；国画多为梅兰竹菊，更突出富有地方特色的夏莲和秋菊。

中国书法和国画紧密地联系在一起，都是中华民族的国粹，源远流长。中国书法被誉为无言的诗、无行的舞、无图的话、无声的乐等。它是汉字特有的一种传统艺术，按照汉字的特点和含义，以其书体笔画、结构和章法书写，成为美感的艺术品，历代都受到各阶层人民的喜爱。

青年农民李荣平，受其爱好国画的爷爷、父亲的影响、熏陶，青出于蓝而胜于蓝，中学毕业后在村里当农民，有较充分的时间专心致志绘画。他把院庭装扮得古色古香，散发出翰墨芬芳，院子里摆放着一盆盆修剪整齐的花卉，还养着莲花。厅堂里挂满装裱讲究的国画，有的还出自名人之手。李荣平最崇拜齐白石，初学画时从临摹齐白石的虾开始。他经常到村边的河沟、池塘观察各类虾在水里活动的各种形态，临摹齐白石的虾不但形似，而且神似，几乎达到乱真的程度。在家人的支持下，他自费出版了《李荣平画集》。

上巷村古老的中药材店老板李亚乐先生是一名老中医，承祖训救死扶伤，他亲手用中草药治疗好村子里不少危重病人，德高望重。村子里喜欢舞文弄墨的李映瑜老先生，认真地书写了一篇赞扬李亚乐医术医德和周游南洋群岛各国，见多识广的文章，装裱在镜框里，挂在药材铺堂上，文章得到了村民的广泛赞同。这无形中提高了李亚乐的知名度，附近乡村村民陆续前来看病问医。

县、镇经常举办比赛或展览会，上巷村每次都积极参加。村民纵情挥毫，具有一定造诣的隶、草、行、楷书法作品和描绘壮丽河山的国画、板画应有尽有。村民尤其擅长画花鸟虫鱼的国画，有的作品还被选送到市、县、镇参加评选展览。文风兴盛的上巷村，村民追求高雅的生活情操，一旦发现谁的书法、绘画功底好，左邻右舍或亲戚朋友竞相登门索取作品，这形成一种新时尚，也是群众性学书画的基础。

中华人民共和国成立初期，在上巷村的一批书画爱好者中脱颖而出的有两人，一位是老先生李创，一位是青年李石，假如说，李创的书法已名声在外；那么李石的书法尚且"养在深闺人未识"。

李创老先生是前清秀才，他不仅熟读《古文评注》，对书法更有研究。从小就临摹苦练柳公权、颜真卿的字体，写就一手潇洒、豪放的楷书，名声饮誉周围几十里。他写字时姿态端正、桌椅距离适中，精神饱满，无论书写几个字的短句还是几十字的长句，都走笔疾书，行云流水，一气呵成。老先生告诉书法爱好者："术业有专攻，靠的是专心致志苦练而已。"老先生是这样说也是这样做的。

李创老先生当年在练习毛笔字时，父亲制定了严格的家规，包括起居作息和练字的时间，特别是练字的姿势和执笔的方法。在梁上垂下一段绳索，连接了弹簧，紧系在毛笔上端，笔和纸张保持一定距离，写字时手臂要握紧毛笔用力往下拉。这样，下笔有力，笔画傲骨凌凌，刚强苍劲。李创老先生回忆说：儿时在练书法时，父亲静悄悄地来到他背后，用力从他手里把笔往上拉提，毛笔不摇摆，这才认为你掌握要领，练字练到点子上了。

李创老先生一手漂亮的毛笔字传开了，远远近近登门索取墨宝的人也多了。对教师先生和其他穷知识分子，他书写后无偿赠送。对那些官吏、土豪劣绅，打着官腔、摆着架子的土豪劣绅，他都索取高价润笔费。中华人民共和国成立后，人们登门索求墨宝，他来者不拒，有求必应，且都无偿赠送。土地改革时期，上巷村、竹林村、兰苑村一度合并为"三联乡"。乡政府成立时，各地、各界人士纷纷送来"贺联"，洋洋洒洒挂满乡政府的院子里。内行人对"贺联"毛笔字观赏比较，一致认为李创老先生的毛笔字高出一筹，惋惜他的字虽然走出澄海走向潮汕地区，但时运不遇，尚未走出广东走向全国。

青年李石在念私塾时就练出一手好毛笔字，后来专心致志临摹"鼎新体"（著名教育家、书法家王鼎新的隶书）。王鼎新书法好，人品好，他的座右铭是"去品则无艺"。李石拜王鼎新为师，先学其做人。李石对隶书入了迷，往往独个儿执笔练字一待就几个小时。王鼎新很喜欢这个忠厚质朴、好学的青年，无私传艺。李石学有所成，几乎青出于蓝而胜于蓝。

岁月不饶人，李创先生驾鹤西逝。土地改革时期，李石英姿焕发，乡村一带逢年过节、纪念日或村民的"婚娶喜庆"，贺喜的对联、横匾等毛笔字，几乎都出自李石之手。不同的是，李创擅长楷书，潇洒豪放，而李石擅长隶书，端庄苍劲。

土地改革后，村里农户自由组合成立"互助组"或"变工队"，闲间弦馆醉琴轩已成为农民聚集联络地点之一，墙上挂着装裱精美的隶书"互惠精神"，正是李石题写的。村西边中心地带榕荫下池塘旁有一座古建筑——更棚，是村民中午、晚上休息纳凉的场所，李石书写一副对子，"乘凉有时间，劳动人轻松"，被刻在更棚前面的木头上。70 年过去了，李石的音容笑貌及其字迹，至今还深刻地留在我的脑海里。

方言竟是古汉语

有语言学家研究表明：潮汕地区不少方言土语，仍然保留着古汉语中的词语。至今，在农村老人脱口而出的土语中，往往有古汉语的活化石。

在潮汕方言中，尽管词汇字义解释同现代汉语相同或相似，但语调的变化差异较大。广东各地广府人、客家人，都觉得听、学潮汕话很不容易，因而称潮汕话为"学佬"话，意思是说，学到老也学不会。根据语言学家考证，其实，"学佬"话的渊源是"河洛"话。河洛指的是河南洛阳，"河洛"与"学佬"谐音。先人在南迁过程中，曾在洛阳居住了一段时间。

和保留着黄河流域文化艺术、民情风俗、生活习惯一样，移民到南疆海隅的北方人，也带来了中原地区的语言（古汉语）。广东地方的语言学专家学者经过多方面的考证后认为：上巷村周边以至整个潮汕平原，从当今农村老人口里说出来土得掉渣的方言"猛猛来"（赶快过来）、"阒阒静"（静悄悄）、"去地块"（去哪里）等，原来都是古汉语。《水浒传》《西游记》《三国演义》等古典小说中，"俺"（我）、"伊"（他）、"汝"（你）的字眼比比皆是，这样的称呼在现代语言中已甚少见了，但在我们村子里男女少早晚见面时还这样互相称呼。

到过潮汕地区的一些北方人曾打趣地说："古汉语中一部分'活化

石',意想不到竟在潮汕地区找到了!"这句话不是没有道理的。

着眼于中原汉族语言发展的趋势进行分析,远离黄河流域的南疆海隅至今还保留着大量古汉语是正常的现象,不足为奇。随着各地区人民的日常接触和文化交流日趋频繁,任何语言都不会永远停留在原地,一成不变。黄河流域历代不堪战乱,北方各少数民族你来我往,交流频繁。长城内外有的地方多民族较长时间或永远杂居在一起,促使一部分汉语和外来语融合在一起,汉语言发生了重大的变化。秦汉、唐宋时期,经过北方外族入侵、农民起义、军阀割据、改朝换代,黄河流域汉族为避战乱,不间断地大举南移,跨长江、越五岭到珠江流域和韩江流域。另一支汉族人民迁移到福建省莆田后,又迁移到被称为省尾国角蛮夷之地的南疆海隅定居。这样,黄河流域汉族带来了先进的文化和农业生产技术、生活方式,同样也带来了汉族语言。这里山高皇帝远,一度较少遭受战乱之苦,生活较安定,汉语在这里扎了根,也相对稳定下来;另一个重要因素:北方辽阔的土地上铁路、公路、水运船交通发达,各地政治、经济、文化交流频繁,而南疆海隅山重水复、交通阻塞,受地理环境的制约。特别是"鸦片战争"之前,清政府实行闭关自守的小农经济,几乎处于与世隔绝的状态。汉语从来没有受到外来语言的冲击,于是许多古汉语能原汁原味地保留至今,成为古汉语中的"活化石"。

记得念小学时,语文老师要求学生们背诵几首古诗词,在家里长辈们的辅导下,用潮汕方言背诵"关关雎鸠,在河之洲。窈窕淑女,君子好逑"和"渭城朝雨浥轻尘,客舍青青柳色新。劝君更尽一杯酒,西出阳关无故人"。当时虽然不甚了解诗的含义,但念起来流畅,朗朗上口,很快就背熟了,这引起了我对古诗词的兴趣。后来,我背诵白居易的《长恨歌》《琵琶行》等长篇诗词,也一样觉得行云流水,流畅上口。白居易是洛阳人,他当时应用唐代流行的汉语写作,这兴许与我家乡的方言被称为"学佬"(河洛)话,至今还保留着一些古汉语有一定的内在联系吧！语文老师对我们说：用潮汕方言吟诵古诗词，符合格律、平仄，音韵也很和谐，可是用现代汉语背诵，有些词音却反腔背调了，这是因为随着历史的发展进程，汉语也在不断演变中。

我和家乡阔别60多年，有时看到一些报纸也在谈论古诗词，往往情不自禁也来凑热闹，因为再讲潮汕话有时都慢吞吞、结结巴巴不纯正了，就用普通话或广州话朗读，但有些词句总觉得别扭不和谐。客观地说，其原因固然应该自省普通话、广州话不纯正。另一个原因是历史滚滚向前，汉语也在不断演变着。一本通书读到底的老皇历已经一去不复返。现代汉语同古汉语，白话文同文言文再也不能同日而论，用现代语言朗诵古诗词，有时显得不流畅、不和谐，这也是正常的现象。

据专家学者考证，潮汕方言可以追溯到先秦（汕尾市海陆丰一带至今还保留着古戏剧的"活化石""西秦戏"）、汉魏六朝、唐宋至明清的各个历史时期。在汉语的词语中，都可以找到一些语音、含义和现代潮汕方言相吻合的词语。语言学家们从《尚书》《易经》《左传》《战国策》《诗经》以及明清以前出版的许多古书中，找到很多此类的例证。其中一些词语至今仍然在潮汕地区广泛流传着，并且口语化。特别是在农村，不识字的上了年纪的老人，往往脱口便是古汉语。

在《诗经》等书中不难找到的"相好""好伙计""翘楚""沃""苞"等词语，当前在黄河流域虽然仍在使用，但范围却逐步缩小了。在上巷村、莲阳乡以至澄海县和整个潮汕地区，这些仍然是妇姁、稚童的口语，释其含义，与黄河流域地区的现代汉语或古汉语相同。"相好"，即"相亲""相爱"，"好伙计"，即"志同道合"……"苞"，从字面上解释是植物生长茂盛，欣欣向荣。我家乡农户过年时，喜欢贴上"竹苞""松茂"的对联，寓意着风调雨顺，五谷丰登。农户还喜欢用"苞"字给男孩取义，含有希望孩子粗生粗长、快高长大，枝叶繁茂的诉求。"翘楚"这个词在潮汕方言中被极其广泛地使用着。"你翘楚勿走"（好样的就不要离开）。岳飞、戚继光、袁崇焕是中华民族的翘楚；

郎平、姚明、李娜、林丹等也是中国人的翘楚。在潮汕人的心目中，翘楚在汉语领域中处处都是褒义词。

任何事情都不会一成不变的。我的家乡已不再是省尾国角、南疆一隅。汕头是全国著名的侨乡，是改革开放后全国创办的四个经济特区之一，当今又是一带一路海上丝绸之路必经的地点之一。汕头通向国内外的海、陆、空交通运输网发展迅速，同世界各地的政治、经济、文化交往频繁。各种肤色的外国友人来了，国内各地说话南腔北调的商人、打工者（上巷村也拥有大批外来工）、旅游者等不断涌来。这种客观事实，使人可以预料，潮汕方言不变也得变，而且，不可逆转地从量变到质变。

上巷村的农户现在不再聚居在大宅院里，而是聚居在单家独户新建造的钢筋水泥结构的楼房里。厨房整洁，洗手间铺贴上瓷砖，用上自来水和烧上煤气。生活的变化带来了语言的变化，灶间（厨房）、烟筒（烟囱）、灰伕（草木灰）、觥矢（茅坑、粪池）……过去一批常用语，已少用或完全被淘汰了。可以预料，这仅是被时代淘汰的古汉语的第一轮。

上巷村过去纯农业，人多地少，为了生计大批劳动力外流，现在办起了一批工副业，务农、从工、经商各得其所，人人有事做，户户无闲人，更导致劳动力不足而接纳江西、安徽等地的农村出来打工的劳动力。操南腔北调讲普通话的青年人，见面打招呼时也"OK！""Bye！"起来了。

从牙牙学语到外出工作时在家里，我惯讲潮汕方言。不管今后语言如何变化，我永远怀念它，淡淡乡愁无法摆脱。媒体上不时看见发出保护方言的呼声。能保得住吗？见仁见智了。要把保护方言落到实处，有识之士认为，必须有法律依据，有职能部门操办，只停留在口头上是不管用的。

农民也读《爱莲说》

　　熟读《爱莲说》，庭院养莲花，这已不再是故乡情操高尚的知识分子的"专利"，它已感染着农民。南疆海隅"陇西世家"的农民也读《爱莲说》，农户在庭院里竞相养殖莲花，蔚然成风。盛夏季节，当你走进村子，自然而然地感觉到随风飘来一缕淡淡的清香。

　　上巷村人多地少，寸土寸金，受到土地的制约，村民不可能像北方一样大面积种植莲荷，但家家户户分散用陶瓷缸养殖，积少成多，累计起来，数量相当可观。村民养殖莲花，并非为了取藕摘莲，讲求经济效益，而是欣赏"出淤泥而不染，濯清涟而不妖，中通外直，不蔓不枝，可远观而不可亵玩焉"。这显示，村民也延续中华民族的文化底蕴。周敦颐的《爱莲说》字字珠玑，历代相传，它蕴含贫贱不移、富贵不淫的高风亮节，有助于各阶层人物明德洗心。

一

　　上巷村农户过去是多家聚居在大宅院里，夏日最显眼的是院子里几个粗大的陶瓷缸养殖着莲花。陶瓷缸虽然只是方寸之地，但缸小乾坤大，千家万户集结起来，北方广阔湖淀"接天莲叶无穷碧，映日荷花别样红"的图景仿佛出现在眼前。

炎炎骄阳当空照，农宅里的莲花在绿叶的扶持下，香远益清，亭亭净植。有的莲缸里还放养着一些热带鱼，水面飘着浮萍，生机盎然，邻居叔伯下地返家，都说院子里一股清香沁人肺腑。天空飘过浮云，疏疏落落的雨点洒过后，空气格外新鲜。这边厢，小伙伴们蹑手蹑脚伸手捏住低飞过来停留在莲叶上的蜻蜓的尾巴，蜻蜓飞走了，孩童们兴奋地拨弄莲叶上水银般溜动的水珠；那边厢，刚返家的村民坐在屋檐下的石凳上，仰望着彤云变动的天空，盘算着下一步的农活。婶母们端来了莲叶绿豆汤，叔伯们喝完精神振奋，消除了疲劳。中医理论认为，盛夏喝莲叶绿豆汤，具有散热解湿、生津润喉的功效。

村子里一些单家独户自成一宅的自由职业者或小知识分子家庭，大多在连接房间的天井（露天的小院子）窗口边，长期放置着造型美观精致的莲缸养殖莲花。从外形看，有的莲缸是明清时期留下来的，养殖莲花已传承了几代人。这说明主人在建造宅第时，已经考虑到种花养莲了，也说明这里养莲已有悠久的历史。在月牙弯弯、繁星满天的夏夜，家人坐在天井中，摇着葵扇，侧耳倾听屋外的蛙声，闭目养神；或看清风摇莲，月影移墙，自有一番情趣。

外祖父家是清代总兵的后裔，传到舅舅这一辈，已经家财散尽，成为破落户。从旧府第的颓垣断壁中，还可以看到这个家族那口十多平方米的莲池里的莲花，年复一年，花开花落。池基上栽着四五株林檎（广州称为番荔枝），盛夏开花时，与莲花相映成趣。

二

在上巷村，外地人倘若走进一些村民的院宅，一定会惊奇地发现，村民不仅在院子里养着莲花，有的还在厅堂上挂着经过装裱的《爱莲说》书法。人们莫不为村民从思想上到行动上爱莲、养莲、护莲，言行一致而赞叹不已。

儿时邻居的一位叔公（爷爷的堂兄弟）曾念过几年私塾，尽管家境清贫，却喜欢舞文弄墨，特别是对养殖莲花情有独钟。家里狭窄的天井摆上一口陶制的大水缸养莲，整个天井都没有空地了。在他的悉心栽培下，莲荷长得特别茂盛，绽开四五朵花。人们经常见他自个儿绕着莲缸自言自语，原来他一丝不苟地念着《爱莲说》。他家的厅堂小，被饭桌和其他家具塞得满满的。但饭桌上方墙壁上，挂着一个半尺见方的镜框，装裱着周敦颐的《爱莲说》，这是他自己端端正正书写的。尽管他的毛笔字让人不敢恭维，但他爱莲的精神令人赞许。

后来，叔公受生活所迫，举家离乡背井，漂洋过海到暹罗（泰国）投亲、谋生。旧宅人走室空，四壁萧然，但装裱着《爱莲说》的镜框原封不动地挂在墙壁上，搁置在天井中的陶缸却再也看不到莲花了。若干年后，叔公在他乡骑鹤仙逝。临终前，叔公嘱托两个儿子，要求他们其中一人务必尽快叶落归根回唐山（中国），并继承他的遗志，在天井里养殖莲花。叔公的大儿子遵嘱回国后，旧宅的《爱莲说》书法镜框虽已布满灰尘和蜘蛛网，却还原封不动地挂在墙上。经过洗刷，天井里那大陶缸又养殖上莲花，长势更加茂盛，并绽开罕见连理枝并蒂莲。

故乡村民爱莲，源远流长，从地名可以看到历史痕迹。这里海拔最高的山称为莲花山，最大的河流叫莲阳河。村庄周围的地段、田园的名字，不少同"莲"挂上钩：莲蓬垄、莲塘头、莲果垅以及青莲桥、莲叶池等，俯拾皆是。

地名是一种重要的公共信息和当地文化的载体，是民族历史的见证，是文化的记忆和感情的寄托。它往往是出自历史事件的遗迹、典故或是当地人们的一种信念、意志或对某种事物的喜爱。也就是说，地名的出现有一定的来历、理由，是当地人们共同记忆的一部分历史事实。

莲阳乡地大人多，中华人民共和国成立前曾一度分为莲北、莲中、莲南三个行政乡。我童年念书的小学叫莲中二中心小学。"文革"前后，莲阳先后被改为"苏南公社""东方红公社"等。地名是照亮海外游子回家的路灯，被认为乡愁有了落脚点。尽管莲阳乡地大人多，当今行政管辖又划分为莲上、莲下、北湾镇，但不管怎样更改，海外侨胞认定同家乡的通信地址，只要写上澄海莲阳上巷村，就畅通无阻。

有趣的是，若干年来，在上巷村出生的女孩子，起名时也喜欢带"莲"，如巧莲、玉莲、慕莲、春莲以及莲芬、莲芳……地名、人名绵古亘今，同"莲"紧密相连。

三

莲，是一种多年生水生植物，古称荷、水芙蓉等，我国已有3 000多年的种植历史。莲浑身是宝，自古以来就深受世人喜爱！人们根据莲的独特形象和气质，赋予其丰富的文化内涵。自从佛教通过"丝绸之路"传入中国之后，莲花被赋予一层新内涵，象征着清廉、圣洁，莲性即佛性，比喻达到洁净境界。

自古以来，人们以莲的独特形象和气质作为诗画、艺术品的题材，赋予其丰富的内涵。在我国第一部诗歌《诗经》中，已出现描写莲的词句"彼泽之陂，有蒲有荷。有美一人，伤如之何"。春秋时期楚国的屈原开启以荷言志的先例。从《离骚》中的"制芰荷以为衣兮，集芙蓉以为裳。不吾知其亦已兮，苟余情其信芳"可以看出，屈原洁身自好，把荷花比拟为正人君子。三国时期的曹植，爱莲、赏莲、吟莲，情有独钟，认为莲花是百花之灵。他写道，"览百卉之英茂，无斯花之独灵"。

唐宋以来，莲荷受到文人画家的青睐，传世作品甚多。画家画莲风格多种多样，花、叶姿态不同，或含苞待放，或披露盛开，色调清丽鲜艳，落笔洒脱飘逸，或浅水露泥，或水清见底。近代更是画莲名家迭出，其中吴昌硕、张大千、齐白石等人的作品造诣最高。

每当提起莲荷与中国传统文化的关系时，很多人首屈一指，提起宋代理学家周敦颐。周敦颐的《爱莲说》成为我国传统文化的经典。文如其人，人们爱读《爱莲说》，不仅从文学角度去欣赏，更看重作者的人品。周敦颐以莲花比拟自己，用充满哲理的生动笔法树立起人的清廉形象，决不依附权贵、高风亮节、严于律己。他最看不起那些趋炎附势、阿谀奉承的贪官污吏。周敦颐任南昌知府时，朋友潘兴嗣曾来探望，了解到他家庭经济开支十分窘迫，家中用具、摆设找不到一件值钱的东西，日常生活用具装在一个不大的旧柜子里。潘兴嗣很不理解，认为知府的薪俸不算少，生活应当过得宽松。但现实不是这样，其深层原因是：周敦颐的胸怀、情操同范仲淹一样，"先天下之忧而忧，后天下之乐而乐"，竟将大部分薪水用来接济穷亲戚和穷朋友。

当代国学大师饶宗颐，同其父亲一样，从小就爱读《爱莲说》，崇拜作者周敦颐，其父特意为儿子起名"宗颐"。饶宗颐学问深渊，还精通书法、绘画，善于画莲花。他精选几十幅形态各异的莲花，于2016年在故乡潮州市开馆展览，受到海内外各界人士一致赞誉。

在周围环境的熏陶下，我念初中时，语文课本上的《荷花淀》深深地吸引了我：北国那浩瀚望不见边连片荷花，粉色、雪白相间的花朵在绿叶的扶持下和谐生长在各自的空间。清澈碧绿的湖水荡漾，蓝天白云飘。

1902年7月正是荷花盛开季节，人们向一代文学大师孙犁遗体告别。孙犁神态自若地躺在故乡人民群众采摘来的荷花丛中，他年轻时从荷花丛中走出来，安息时又向荷花丛中走去。白洋淀的乡亲们，在灵堂摆放一朵朵含露珠的荷花，控制不住悲怆而洒落的一滴滴泪珠，滴落在荷花上。这充分表达了人民群众对孙犁人品和文品崇高的敬意。

孙犁的人品、气质，就像荷花淀上的荷花。孙犁的散文，朴实无华、真诚坦然、雅静飘香、远避凡尘。有人曾举办过孙犁作品讨论会，当时传媒曾将孙犁的作品界定为"荷花淀"文学流派，但都遭到他坚决反对，他始终以普通文化人自居。

且品潮汕工夫茶

上巷村农宅大多是明清时期建筑的大宅院，多户人家聚居在一起。白天，男女老幼各司其职，或下田耕作，或操持家务，或上学念书，或携带照料小孩。在晴朗的天气里，晚饭后左邻右舍的男人们在宽敞的院子里，或坐在石条上，或搬来凳子，围坐在一起，煮水、泡沏，悠闲自得地喝工夫茶，交流农业生产经验，或传递国事、个人家事各种信息。农妇们则围坐在院子里另一端，借着月光或剔亮暗淡的煤油灯，一边飞针走线抽纱，一边谈论着东家媳妇贤惠、西家姑娘心灵手巧，评头论足。偶尔也走过来喝一杯淡茶，但从不参与男人们的聊天。

农宅院子里，茶杯茶壶碰撞，琅琅有声，浅斟低酌，细细品味，乐在其中。院子里传出一阵阵欢声笑语，气氛活跃而不嘈杂，显得很和谐。白天饱经风吹、雨打、日晒，在田间辛勤劳动的疲劳在品茶中消散了。

一

潮汕工夫茶的产生，源远流长。隋唐以来，由于外族入侵和地方诸侯割据，黄河流域地区战乱频繁。北方人民为避战乱，人口不断迁徙到南方，同时把先进的农业生产技术和汉族文化带到了南方，其中也包括茶文化。

南方山岭连绵，气候温和潮湿，盛产茶叶。这样，唐代的茶文化传到潮汕地区后，同当地的民风、习俗及原来茶文化融合在一起，取长补短，相辅相成。茶文化（茶道）不断博采众长，特别是在明清时期中国茶道大发展中，形成了独具一格的潮汕工夫茶。

潮汕工夫茶早已被国务院定为"国家级非物质文化遗产"，这是中国先人留下的一笔遗产，是中国茶道的一绝，也是中国古代茶道的"活化石"。从这个意义上说，它不仅是潮汕地区拥有的，还是中国拥有的，也是全世界拥有的。

茶在中华民族的文化传承中，少说也有3 000多年的历史了。自从神农氏尝百草，遇毒得茶而解之后，中国历代对茶文化的描述从未中断。到唐代，汉族茶文化的发展已十分完善。中国东邻日本，把自己的茶道当作文化遗风炫耀，有的人目光短浅，吹嘘日本茶道而有意无意贬低中国茶道。其实，日本茶道的源头也来自我国唐代，是从古代中国茶文化中派生出来的，充其量是中国茶文化大树中的枝丫。

每天开门七件事，柴、米、油、盐、酱、醋、茶，这说明茶叶在民众生活中是必不可少的。中国古代中医已确认茶叶含有丰富的营养，而且有药用价值。据现代医学界的专家考证，潮汕工夫茶泡沏的操作方法科学合理，茶多酚含量高，具有降血压、抗衰老、减肥、润肺、清心明目、提神醒脑的疗效价值。这就是工夫茶流传至今，受到广大群众喜爱的原因。

二

潮汕人接待亲戚朋友时，也都是以工夫茶款待，以茶代酒是历来的传统。据《三国志·吴志》记载：吴王孙皓宴请群臣，以茶茗当酒赠给韦曜。"以茶代酒"俗语此时已出现了。

"寒夜待客茶当酒",北方款待客人或好友时,往往以大碗酒、大块肉相待,开怀痛饮,一醉方休。而潮汕地区却继承中国古代遗风,以茶为最佳的礼仪接待,因茶既有养生的作用,更是自古以来就有"待君子,清心身"的高尚意境。这似乎同"淡泊明志""君子淡如水"的高雅格调是一致的。

主人为了表示对客人的真挚热情,在泡沏工夫茶的整个过程中,都由主人亲自动手。不管何时何地或客人身份高低,主人都一视同仁,从来不喝第一轮泡出来的茶,以表示对客人的尊敬。

喝茶,是我故乡的风俗习惯,不管春夏秋冬、农忙农闲、白天夜晚,只要左邻右舍几个人聚集在一起,喝茶聊天是必不可少的。冬天里,阳光灿烂时,在背风向阳的墙壁下,喝着热乎乎的茶,那是多么惬意的时刻。一喝起茶,不管你平时是冤家对头还是知心至交,大家都是茶友,不计较前嫌,不分彼此,称兄道弟。

不节制喝茶也会像喝酒一样,上瘾成癖,因而也出现了一些不正常的社会现象。有人过量喝茶成为"茶痴",不务正业,挨家挨户讨茶喝;有人因讲究喝名茶而掏光积蓄,甚至变卖家产,富裕户沦为破落户。

三

潮汕工夫茶,在中国各地茶文化中独具一格,富有地方特色。它不是各种茶类的名称、统称,而是泡茶技艺和运用茶具相结合,形成一套细致、讲究、要求严格的操作方法,煮水、泡茶、沏茶、品饮等过程,都像工厂里生产产品一样的流水作业,一环扣一环,颇费一番工夫,故名工夫茶。它是汉族古老茶文化中流传至今最有代表性的茶道,主要流行于粤东地区和福建西南地区。潮汕人足迹遍布世界各地，特别是东南亚各国，凡是有潮汕人居住的地方，都保留着喝工夫茶的习惯。

潮汕工夫茶自古至今，都选用闽粤边一带精制的乌龙茶（半发酵，介于绿茶和红茶之间的品种），以潮州市畲族同胞的祖居发祥地凤凰山（潮安、饶平交界处山区）为主产区。在大红袍、凤凰单丛、白叶单丛、铁观音、一枝春、色种等繁多的乌龙茶品种中，以凤凰山乌岽顶的凤凰单丛和福建安溪的大红袍为上乘。

故乡莲阳农民有句土得掉渣但又充满哲理的口头禅："茶三酒四玩乐二。"这句话的意思是：喝茶的最佳搭档是三个人，喝酒的最佳搭档是四个人，而旅游玩乐最理想是两个人。喝酒的场面是大块肉、大碗酒，高谈阔论，吆三喝五猜拳，人多时气氛热烈；两个人外出旅游或行街是最理想的选择，两人的意见较易统一，避免人多嘴杂。喝茶呢，三个人一起喝可避免一两个人冷冷清清喝闷茶，又可避免人多时吵吵闹闹，使人的心情浮躁。

"茶三"，还有一层深刻的含义。传统的潮汕工夫茶，不管何时何地都放置三个茶杯。三个茶杯靠在一起，惟妙惟肖地形成一个"品"字。在中国各地，食茶、饮茶、喝茶、呷茶、喫茶、品茶众多称谓中，品茶是最有文化内涵、最高雅的称谓了。潮汕传统的工夫茶同传统的品茶，是茶文化的完整配套。

四

你见过制作工夫茶的整个过程吗？

"山水茗茶"的含义深刻，它揭示茶和水是紧紧地联系在一起的，两者相得益彰，上乘的茶叶要配上清澈的山泉水才能泡沏出上乘的味道。试想，用自来水、井水或河水泡沏名茶，那不是白白浪费了，糟蹋了优质茶叶吗？

南峙山大坑涧的磊磊石头中常年流淌着山泉水，其中，"水面文章"附近的山泉水质最佳。"水面文章"四个苍劲的字刻在石头上，是南宋宰相陆秀夫亲笔书写的。宋代末年，陆秀夫护宋帝昺逃难到东南沿海一带，途中经过潮汕地区，曾在南峙山歇息，休整时品尝潮汕工夫茶，称赞这里的水质好。

童年时，村民到南峙山下耕作，回村时，自带陶罐、水桶，随手装山泉，负水回家。这是"山水茗茶"的真实写照。

制作工夫茶时，过去的茶壶、茶杯多用宜兴的紫砂茶具，现代，以南国瓷都潮汕枫溪制造的茶具为主，突出浓郁的地方特色。茶具玲珑剔透，薄如蝉翼，十分雅致，令人赏心悦目。

备好茶具之后，首先将烧开的水倒入茶具烫洗，再将茶叶装入冲罐或茶壶里，冲入滚烫的开水；片刻后把水倒干净，用这种方法除去壶罐里茶叶的杂质、泡沫；第二次将开水注入装茶叶的壶罐中，冲出来的浓茶才能正式品饮。从壶罐里冲茶进杯里也十分讲究，切忌装满一杯再装满另一杯，而是要转动壶罐，均匀地冲进各个杯子里，做到各杯的茶色浓淡相当，表示来者都是客，一视同仁。

把茶注入杯子里的术语很多。"将军巡城"，即冲入每个杯子里的茶要转圈子巡回注入。"沙场秋点兵"，即壶罐里底层的茶水浓度最高，要点点滴滴均匀注入各个杯子里。壶罐里的茶连续多轮泡沏，重复操作。一般第五轮之后，茶色已经淡薄乏味，需再换上新茶叶。

值得一提的是，每喝完一轮茶之后，必须把茶杯放在滚烫的茶盘用手清洗干净。清洗茶杯也是制作工夫茶过程中的一门艺术。熟能生巧，用手指头把比桌球的一半嫌大，比乒乓球的一半嫌小的茶杯横立在开水里滚动清洗，琅琅有声。那些平时手掌长满老茧手指粗糙的庄稼人，在清洗茶杯时，心灵手巧，手指把茶杯或滚或转，或挑或拨，娴熟无比。

内行的人品工夫茶时，先观其色，后闻其香。茶色清澈金黄，茶叶如幽兰淡香，此乃茶之上品也。品尝一般工夫茶，没有酒的浓郁，不似水的平淡，此乃淡泊明志也。历代文豪诗人墨客都喜欢品茶，各有考究。苏东坡讲究茶具雅致和烧水泡茶时掌握的火候，通过品茶调整心态和情绪；白居易品茶意在洗涤烦闷，达到心旷神怡的境界；陆游品茶意在淡化功名，随缘自适。

人生的过程就如同品茶的过程。慢慢品出人间冷暖的滋味，从浓到淡，从滚烫到温和、冷却，像人的情绪变化一样，呷入一口茶，入喉温润、冷却，到索然无味。

五

曾经有人质疑，制作工夫茶是搞烦琐哲学，男子汉也变得婆婆妈妈了。这是外行话！制作工夫茶不是把大把茶叶撒入大茶杯，冲下开水就可以喝上大半天的简单方法，而是中国传统茶文化的精华。试想，一道受到广大食客喜爱的"金字招牌"菜，不知道经过多少年、多少人的不断实践，不断改进烹调方法才形成的。同样一块肉或一条鱼，不同的厨师刀法不同、掌握火候不同、选用的配料不同，烹饪出来的食物色香味也截然不同。你能说从大处着眼，从小处着手，精心烹饪的厨师是搞烦琐哲学吗？潮汕工夫茶是中国传统茶文化的集大成，兼容并蓄，博采众长，在制作过程中，细心观察、反复实践、不断改进，去粗存精，从煮水、泡茶、沏茶以及茶具等，选择最佳的因素结合在一起，从而求得最佳味道。功夫不负有心人，才形成名副其实的潮汕工夫茶。

在全国农业学大寨运动中，潮汕地区有一批农村干部先后赴山西省昔阳县大寨大队"取经"。他们白天爬坡到现场参观，中午不休息，晚上回到住所还要挑灯加班加点开会谈心得，总结经验。实在太累了，就动手泡沏起工夫茶，提神醒脑。工夫茶的用茶量同北方的一个大茶杯里放入少许花茶冲上开水喝上大半天相比较，差别太大了。招待所的工作人员看见弃下的茶渣装满垃圾桶，吓煞人，像发现敌情一样马上向大寨大队党支部汇报，大队干部来到现场指责说：你们这样做是到大寨来宣扬资产阶级生活方式，同大寨艰苦奋斗的精神对着干！吓得在场的人不敢吭声，被当头泼了一盆冷水。

在当时的政治背景下，也难怪大寨大队干部的这种做法，因为他们不了解潮汕地区人民的生活习惯，更不了解中国茶文化指的是什么。家乡农村干部被指责的信息很快就传到潮汕，后面准备到大寨取经的干部止步了。潮汕农村的农业学大寨搞得冷冷清清，这或许与"取经"的干部在大寨时喝工夫茶被指责有关。

六

"醉酒"人皆知之，"醉茶"却鲜有听闻。品工夫茶过量确实有害无益。平时没有喝工夫茶习惯的人群，若过分贪杯，最容易中招，因为工夫茶浓度高，刺激脑神经处于兴奋状态。临睡前喝工夫茶，往往造成辗转反侧睡不着觉。"醉茶"比"醉酒"更难受，更伤害身体。心情烦闷，以茶解愁的人，空腹喝工夫茶，最容易引发醉茶，醉茶的人头脑虽然清醒，但面青唇白、焦虑不安、头晕眼花、四肢无力。更严重的情况，会使人头重脚轻，天旋地转。最难受的是腹内肠胃翻滚，阵阵恶心，呕吐不止，甚至产生飘飘欲仙或遭遇惊险的各种幻觉。

神奇的土地

隋唐之前，这里还是处于南海中，逐步浮积成滩涂。先人从黄河流域来到天涯海角这块蛮夷之地辛劳开拓垦荒。沧海桑田，现在已变成闽粤边一方神奇的热土。

神奇的土地，地处亚热带，阳光充足，水暖土肥，盛产水稻、水果、蔬菜和甘蔗、番薯、花生、黄红麻等经济作物，海洋、内地水域水产品种类丰富，取之不尽。说也奇怪，这里农作物的单位面积产量几乎样样都居全国前列。农民把传统绣花式的精耕细作方法同先进的农业科学知识结合起来，把农业生产中各种因素中的最佳因素结合起来，形成新的生产力。早在1955年，澄海县（现汕头市澄海区）是全国第一个粮食千斤县（年亩产超过1 000斤），而上巷村所处的南峤山片区，粮食年亩产居全县首位。

这片神奇的土地农业高产不是大自然的恩赐，而是人民群众坚韧不拔，流血流汗，一代一代，战天斗地，年复一年坚持改土增肥，整治排灌系统，植树造林改变小气候，硬是把这块长期遭受春旱、夏涝、秋风沙、冬咸潮等自然灾害的贫瘠"望天田"改造成为排灌自如、亦田亦园的旱涝保收、稳产高产良田。

神奇的土地上有一个静静的村庄，长期锁在南海和南峤山之间。它虽平平凡凡，却传承着黄河流域中华民族的文化底蕴，扎根于天涯海角，枝叶繁茂。传统上重视兴学育才，文风兴盛，遗留着男耕女织的历史痕迹。这里的手工艺术品巧夺天工，妇女们心灵手巧，飞针走线抽纱、刺绣、织网。这里的方言土语，有的还保留着秦腔汉调。当今农村老人土得掉渣的口语中，有的原来就是古汉语。这里人民群众的生活习惯、民情风俗至今还散发"黄土芳香、黄水清甜"。

静静的村庄

一

依山傍海的上巷村，地形复杂，却听不到呼啸而过的山风，也听不到惊涛拍岸的声响。沉沉黑夜只听到枯树上猫头鹰的叫声，伴着远远近近笃笃的打更声。

农户家门前，一口塘水绿，四周繁花红，炊烟袅袅，禽声哓哓、鸟声啾啾。农忙季节，村民早迎晨曦，晚送夕阳，披雾水、踏露水，日出而作，日入而息。生活显得恬静、和谐、安详，与世无争。

同饮韩江水，同耕粤东田，可是潮汕地区同兴梅地区的劳动方式和一些生活习惯截然不同。兴梅地区客家人，妇女们是农业生产的主要劳动力，而男人们往往在家里带小孩，料理家务。潮汕地区恰好同兴梅地区相反，妇女们操持家务，是极少下田地劳动的。虽然是农妇，但闺女和年轻的媳妇好涂脂抹粉，对镜梳妆。

静静的村庄，男女老少各就各位。早饭后，男人们下田耕耘去了，适龄的孩子去上学了，光屁股的孩童在巷口开心地戏弄小昆虫，媳妇和闺女们操持完家务后，三三两两围在一起，手里摇着钢针左挑右拨忙着抽纱，嘴里忙着谈论这家长、那家短，左邻右舍妯娌、婆媳间为了一些生活琐事吵得脸红耳赤。平时在家里不便多说话的新嫁娘，借此机会说说话、解解闷、散散心。

静静的村庄，轻风送来学校里学生们琅琅的书声，也传来小巷深处卟卟的声音，原来是家里老妇人在砍切番薯藤、菜叶等青饲料喂猪、喂鹅鸭。老妇人是农家一宝，她们起早摸黑手脚不停，一手操持家务，一手摆着摇篮逗婴儿，嘴里哼着催眠儿歌："月光光，状元郎，骑白马，过祠堂。"屋檐下母鸡报喜似地咯咯叫着，下蛋了，老妇人转身去掏鸡窝。

叮当，叮当！摇着小铜鼓的货郎挑着日用小百货来到巷口，故弄玄虚，像扭秧歌一样让货担上下跳动，左右摇摆走过来。这时，几乎足不出村的抽纱妇女上前把货郎团团围住，边讨价还价边各自挑选需要的针线、牙膏、肥皂、帕巾、木梳、发夹，以及她们至爱的胭脂、水粉……虽然是小本生意，但积少成多，乐得货郎眉开眼笑！

货郎坐下休息，抽纱女嚷着问："货郎哥啊！这回岂有带来是乜好听事（什么好消息）？"有呀！见多识广的货郎带着浓重的福建漳州口音说："前几天，几个倭奴（日本兵）闯进福建诏安的一个村庄奸淫掳掠后，逃到汾水关（闽粤边的分水岭）想闯入广东饶平，边境群众合力把倭寇擒获。群众对倭寇的仇恨入心入脑，就地捡起石头砖头猛击胸背，把倭寇当场活活打死。大快人心啊！"抽纱女抢着说："倭寇这些畜生从来不敢踏进上巷村。胆敢进来，关上闸门，村民合力擒住，俺姐妹们亲手用抽纱钢针，一针一针地刺倭寇的心肝，送他们上西天！"

夜幕降临，月色无光，静静的村庄笼罩在一片漆黑中。巷子里透出宅院里半明半暗煤油灯光，不时传来婴儿的哭啼声。巷子里的路面，有的是石条铺成的，更多的是由水泥、贝灰、砂浆混凝土铺成的，传统上男女老少一年四季都以木屐代鞋，行走在路面上，由远而近响起滴滴答答的既清脆又杂乱的声响。

村头那两间加起来只有20多平方米的简陋平房，是村里唯一的"百货公司"（杂货店），供应着柴、米、油、盐、酱、醋、茶、厨餐具、农具、衣饰布料、山货土特产等，货物琳琅满目，排列纵横成阵，凡是同村民有关的东西，这里应有尽有。在昏暗的店里，伙计剔亮桌上一盏煤油灯，滴滴答答，拨弄算盘珠子，计算今天生意的收支状况。大概刚喝过两杯白干，大腹便便的店主（老板）懒洋洋地躺在太师椅上抽旱烟。村民都说店主不只聪明，而且精明，是一个把算盘挂在胸前的人。店主青年时期曾在汕头市洋行当杂工，懂得生意场上讲信用、货真价实、薄利多销、童叟无欺的信条，因此，这个杂货店"货如轮转，财源广进"，毗邻村庄的人也经常到这里购货。别看杂货店是小本生意，但长年累月、积少成多，店主居然成为村里富裕户。

二

旧时，农村夜晚缺乏文娱活动，村民大多早睡早起，以适应日出而作，日落而息的单调、枯燥的生活。只有少数青年男女，耐不住寂寞，喜欢过家家（串门），或到闲间弦馆谈天说地，借以消磨时光。

村里闲间弦馆是一个松散的群众团体，农闲时是村民练习弹奏潮州音乐、潮州大锣鼓（打击乐）的场所。夜幕来临，狭窄的闲间弦馆里往往聚集坐满了青壮年，听那些读过私塾肚里有点墨水的秀才们讲《水浒传》《三国演义》《西游记》等古典小说；传播小道消息、评论时局、发泄对封建社会的不满情绪；有时也讲一些咸涩（色情）故事。闲间弦馆是男人们的专属场所，妇女们绝对不到这里来。天气晴朗时，人们坐在闲间弦馆门口的石条上，手执乐器弹奏着潮州音乐，音韵随风飘扬，配合着田园里、杂草丛中昆虫的鸣叫声，声声入耳，这是自然界一扣人心弦的演奏会。

童年，我的睡床靠近宅院门口，卧在床上听惯了男女老少穿着木屐从门口走进院子里的声响，久而久之能以木屐声辨人。足音轻快、操着碎步是闺女、妯娌们过家家返家；足音大、步履稳重的是男人们从闲间弦馆归家。特别是以屐声辨别家里人，更加准确无误。

夜幕来临，村里小巷到处是嘈杂的木屐声，静谧的村庄，最具地方特色，能增添村民生活乐趣的是大宅院，成为交流信息和发泄喜怒哀乐的场所。寒来暑往，不管是繁星满天或月黑风高，大宅院的"夜情"成为村民生活必不可少的一部分。

我家旧屋是一座大宅院，有门内厅、外埕（外院子）中厅、内埕（内院子）、正厅堂，两厢有十间房间和左、右厢大走廊，大厅堂上面叠建一厅两房和左右两个走廊的钢筋混凝土结构楼房。这座宅院是1928年由曾祖父筹款建造的。曾祖父在汕头市洋行经商，赚了一笔钱回村建屋置田地。曾祖父迷信，建屋前到寺庙求签，签诗是"赵云救阿斗"，意思是紧急，宜快不宜迟。因此，为了赶进度建屋而忽视了质量。祖父胞兄弟三人一直住在大屋里。抗日战争时期，汕头市受到严重摧残，父亲从汕头返乡后被人怂恿到泰国，染上吸鸦片、赌博恶习，倾家荡产。日寇投降那年，父亲英年早逝，家产变卖得精光，成为十足的破落户。土地改革时，祖父（大房）三兄弟中的二房、三房的房产分配给四五家贫困户。我家的房产，仍然是我家所有。曾祖父建造的"陇西世家"宅院，至今已整整一百年了。"大跃进"时，这座宅院门、窗建筑装饰的所有铁、钢、铜等全都被拆撬下来去"炼钢"了，祖屋已经残破不堪了。

居住在祖屋宅院里"远亲不如近邻"的六七户人家，大家和睦相处，互相关照，亲如一家。晚饭后，静静的院子热闹起来了，左邻右舍男女老少聚集在院子里，自由组合，各自选择符合自己的身份和兴趣的活动度过夜晚。男人们喜欢围在一起聊天喝潮汕工夫茶，口无遮拦天南地北谈国事、家事、私人事，发牢骚，不满意时，无所顾虑地指名道姓"骂娘"。当然，男人们最主要的话题还是谈论农业生产知识、信息。他们个个都是精耕细作的好把式，借此机会交流春争日、夏争时，互相督促不误农村耕种的经验教训。

虽然是同住在一个宅院里的左邻右舍，因受封建礼教"男女授受不亲"的束缚，妯娌、闺女们绝对不与男人为伍，她们心灵手巧，四五个人围坐在一起左挑右刺潮汕抽纱。她们针不离手，话不离口，七嘴八舌议论着东邻闺女穿着朴素大方巧打扮，西邻新媳妇勤快烹饪手艺好……调皮的顽童们，跑跑跳跳穿插在大人们身旁嬉戏追逐了一阵子，安静下来围在一起啃玉米、剥花生、唆螺，自夸在河涌里捕捞鱼虾蟹的本事或在学校里算术考试的成绩……婆婆、婶母等上了年纪的老年妇女是逗小孩的行家里手，他们摆动着摇篮、拨着葵扇，哼着儿歌，为婴儿驱蚊、催眠，让他们酣然入睡。牙牙学语的孙儿孙女碰碰撞撞走过来，躺在婆婆怀里撒娇，听着她讲"牛郎织女会鹊桥"和"嫦娥奔月"的神话故事。夏夜满天繁星，天际间偶尔有流星划过银河系，老年妇女异口同声地嚷着"神仙过渡，好人行好路"。又看到彗星拖着长长的一团光亮无影无踪地坠落在天底下，她们又轻声地骂道：扫帚星（指带来灾祸的新媳妇），过别家。花梢风动，月影移墙，农家宅院如诗如画。夜渐沉寂，宅院的房间里已发出鼻鼾声。聊天的男人已觉得有点倦意，先后回房里睡觉了。

祖训制约村民的行为

　　莲阳乡各个村庄是由姓氏家族聚集在一起而形成的。族谱祖训都以孔孟学说规范族人，"仁义道德"是兴家立业之本。上巷村李氏族谱还以祖先迁徙南移的艰苦历程，谆谆嘱咐后代人要传承艰苦奋斗、勤俭持家、护老扶幼、助人为乐、协力同心的精神，并通过乡规民约来制约族人的思想行为。

　　旧社会，上巷村是个自然灾害频繁的地方，村西畔南崎山下的稻田，春冬苦旱，夏秋苦潦。山坡田像鱼鳞一样贴在山坡上，是靠雨水山泉灌溉的望天田，村东畔的沙垄旱园，秋旱时风沙迷蒙，海边的沙田经常遭受台风、咸潮等自然灾害的袭击，往往减产或失收。要改变这种情况，单家独户是无能为力的，只有全村各户联合起来，齐心协力，统一行动，才能有效地抵御减轻各种自然灾害。

　　白露时节一个风雨交加的夜晚，人们正在酣睡中。咚咚咚！一阵急促锣声划破沉静的村庄，村民通过对锣声节奏的判断，晓得韩江堤围出现险情。锣声就是命令，青壮年们一骨碌翻下床，穿着蓑衣，扛起锄头，挑着草包、麻包，有的还到祠堂里扛着备用的杉木，急急忙忙赶到韩江北岸乌树坟堤段防洪护堤。原来，夏秋间潮汕平原经常遭受台风、暴雨的袭击，韩江上游洪水直泻而下，往往造成堤围决口，泛滥成灾，稻田受浸，粮食减产或失收。

村民们自觉遵守"乡规民约"，把抗洪护堤作为自己应负的责任。各村之间既分工又协作，分段护堤确保安全，险情严重时又统一调度集中人力物力抢险护堤。有的挑泥土加高加固堤围，有的打桩、填沙包，防止堤围渗漏泄水。识水性的青壮年组成抢险"突击队"，突击队员把麻绳系在腰上，纵身跳进江中，由岸上的人用力拉紧麻绳，冒着横流急浪潜入堤边河底探险情，及时地堵塞泄露的蛇鼠蝼蚁洞穴，防止堤围涉水崩塌，确保人民生命财产的安全。

芒种时节，正当早稻开始抽穗扬花之际，螟蛾钻进稻秆中产卵孵化小蛾，咬伤稻穗造成水稻抽白穗不结粒。旧社会缺乏除虫灭病的农药，也缺乏捕螟蛾的科学技术，村民土法上马，家家户户齐动手，在田地头里摆战场消灭螟蛾。村民用三根一人多高的竹木棍棒斜插进地里，形成一个三脚架，支撑着吊在三脚架上点亮了马灯、船头灯等，引诱"飞蛾扑火"。灯下放置着盛水的木盆、水桶，放着少许浮在水面上的煤油。这样，形成万家灯火的壮观场面，汕厦公路两旁绵延10多公里，灯火闪烁，似繁星点点。土法马上奏效了，到处是"飞蛾扑火"的真实场面。过了一会儿，盆桶水面上布满被煤油气味呛得垂死挣扎的螟蛾。村民把它们捞起来，挖穴埋进泥土里。

尽管中华人民共和国成立前农村也实行"保甲长"管理制度，但有名无实，只是点缀而已，上巷村真正的领导者是族长们。村子里传统上是由各个家族中德高望重、办事公道的长者组成一个领导核心，应对官府征税、征兵，处理好同毗邻村庄的关系，布置农事活动和协调民间纠纷，执行乡规民约等。族长领导核心是一个松散的组织形式，族长不是终身制，人员随时可以增减。村子里的兴学育才、修桥造路、维护治安、照顾孤寡、游神祭祖以及村民的红白事等多种集体性活动，只要族长们发声，大家不计较报酬当作自己的分内事，也用不着检查、督促或者评比、表扬，这已成为勤劳、朴实的村民的自觉行动。

在历史发展长河的每一个时间段里，很多社会现象和事情的发生，都有它存在的一定道理。乡规民约规范了一个村庄宗族村民道德底线和活动行为，不管是否引起专家学者的正视或给出褒贬的评价，应该说，这也是人类社会发展的必然，是社会的进步，起码它不会阻碍当时生产力的发展。

你见过能看门的鹅吗？

外地人经过上巷村，被吸引住的是到处听闻"哦！哦！哦！"的叫声。河涌池塘里群鹅展翅扑打，嬉戏追逐；堤畔草地上群鹅悠闲自得啄食青草，不时引颈嘶鸣。这里的鹅特别多，同鸡鸭一起，禽声哓哓绕村庄，给这里的锦绣田野增添了无限的诗情画意。

来往在汕（头）厦（门）公路的司机要特别留意，经常有群鹅、群鸭横过公路，不得不礼让停下车来。有时，外地司机专门停下车来，欣赏这种形状独特的鹅。

走进村里，来到农户家门口，一只足有半人高的公鹅，伸颈扑翼，摇摇摆摆，神气十足走过来，对着陌生人吼叫着，好像在警告。倘若你再靠近，就请尝尝鹅坚硬的巨喙吧！要是你还在鹅的面前指手画脚不走开，鹅就会毫不客气地上前啄你。公鹅，能够像狗一样起着给主人守门的作用。这种鹅，就是当地土生土长的银灰色或棕黑色狮头鹅。公鹅前额长着一个大肉瘤，像一个圆球覆盖在短喙上，状似狮子头，故名狮头鹅。

狮头鹅是我国最大型的鹅种，也是世界上珍贵的大型鹅种之一。狮头鹅的原产地是闽粤边的澄海和饶平两个毗邻的县，原本是普通的鹅种，经过一代代不断精心培育，才进化为现在的优良品种。公鹅体型壮大，性好斗，母鹅性温驯。在各种家禽中，狮头鹅的生长性能异乎寻常，成熟的鹅体重可达 20 斤到 30 斤，较瘦小的儿童，可以骑在公鹅身上。鹅蛋每个足有半斤重，肉用鹅粗生粗长，喂以青草、米浆、瓜菜或番薯等杂粮，一般饲养 80 天就可上市。雏鹅饲养 40 多天后，生长增重快速，如果管理和饲养得当，一昼夜能增重 4 两。村民把养鹅和养猪做比较，都说养 10 只鹅，经济收入胜过养一头猪。

上巷村民老歌是养鹅行家里手，也是孵种鹅出售的专业户。他配种的公鹅标准除了头大之外，还要颈粗，趾粗蹼宽，声音浑亮，而且讲究行走时昂首健步，姿态雄伟。孵化的鹅蛋讲究蛋大、壳厚、新鲜、有光泽，蛋形圆长适度。有少数孵不出鹅的死胚蛋，若隐若现见蛋里鹅苗的雏形。死胚蛋不能抛弃，据说营养价值很高，煎熟后当菜吃，口感软滑清香，味道同荷包蛋不相上下。

狮头鹅是劳动人民长期实践、精心培养出来的家禽良种。童年时，小伙伴们喜欢到野外放牧，除了放牛外，就是喜欢放鹅。顽童手执鹅竿，赶着七八只鹅，或在堤岸啃食青草，或在塘里河里戏水，不像鸭子那样乱闯寻食，也不像牛那样大胃口填不饱肚，需要牧童想方设法割草喂养。饲养狮头鹅已成为村民一项重要的家庭副业，成为农村经济和生活中必不可少的一部分，而且越来越显示出它的重要性。

国家和广东省农业部门重视、扶持狮头鹅良种选育工作，早在 1957 年，澄海县建立了"广东省澄海种鹅场"，并开展狮头鹅良种的选育工作。农村养鹅行家里手和农业科技人员专心致志，兢兢业业地在诸多品种中进行筛选，经过长期的观察、挑选、培育，不断提纯复壮，并在农村养殖推广。白沙农场已成为全国狮头鹅良种基地，每年都向全国各地输送大批胚蛋、雏鹅和鹅蛋。狮头鹅在国际上也颇负盛名，胚蛋经常乘飞机飞越关山，销到东欧各地。

家乡依山傍海，河流纵横，气候温和，四季常青，饲料丰富，具有得天独厚的养鹅条件。自古以来，谁家饲养的鹅大，谁家就会受到赞扬，已形成传统习惯。每年清明节、端午节、中秋节、冬节、春节以及庙会、游神、祭祖或农事季节，家家户户竞相宰杀最肥大的鹅，摆在供案上或门口、厅堂，让左邻右舍相互评比欣赏。谁家鹅大就受到夸奖，都觉得脸上有光。这样，无形中促进人们暗中较量，总是想方设法寻觅、挑选优良的鹅种，研究提高饲养方法。年复一年，有效地起到了对鹅种人工培育、更新作用，使狮头鹅在我国家禽类科研工作百花园中成为绚丽多彩的鲜花。中华人民共和国成立后，游神、祭祖已逐渐少见，但传统节日或喜庆请客，"无鹅不成宴"的习惯却保留下来，养鹅提纯复壮也在家家户户保留下来。狮头鹅的品种越来越好，知名度也越来越高。

"南鹅北鸭"在中国粤、鲁、川、淮扬等四大菜系中久负盛名。南鹅指的是澄海卤鹅，北鸭指的是北京烤鸭。现在，不仅在澄海、汕头以至整个潮汕地区城镇和村落之间的街头巷尾到处都可以看到饭店、大排档出售色泽金黄、肉厚盈寸、爽滑喷香的卤狮头鹅，别有风味的卤狮头鹅也已经走出潮汕地区，走出广东省，走向全国。在广州、深圳等地，大打正宗澄海莲阳狮头鹅招牌的饭店食肆数以万计。哪来的正宗？都是一哄而起。正宗的是百年老店莲阳雕刀桥"喷哙卤鹅"，外地食客开着车慕名而来购买的络绎不绝。为了保持金字招牌，"喷哙卤鹅"每天都定量供应，供不应求。在广州、深圳、港澳地区高档的酒家饭店，狮头鹅的肝、肠、翼、脚都成为宴席上的珍品。令人咋舌的是一个鹅头（连同鹅脖）售价七八百元人民币。

你见过"南海长城"吗？

秦汉时期，北方为了抵御外族的入侵，修筑了长城，经过历代的修复重建，加高加固加宽，形成了庄严、雄伟、举世闻名的万里长城。现代南疆海隅，为了抵御狂风巨浪的袭击，为了确保农业生产和人民生命财产的安全，防风防潮，建起了海堤，谓之"南海长城"。

不知人们是否认同这一观点：从广义上说，广东省的地形外貌和经济发展现状，类似鸟形结构。以广州为中心，珠江三角洲为鸟身，延伸到粤东、粤西两翼，从而建成雄伟的"南海长城"。粤西的南海长城，指的是中华人民共和国成立后在雷州半岛沿海周围营造的防风的防护林带，防止水土流失，改变了小气候。而粤东的"南海长城"，指的是用一块块石头垒筑叠加起来抗击巨浪的海堤。粤东这条海堤更似北方的万里长城。

你见过粤东的南海长城吗？有道是："南海茫茫，无风三尺浪。"倘若风起潮涌时，真正是"惊涛拍岸，卷起千堆雪"。夏秋之间，南海太平洋经常刮起10级以上的台风。六七尺高的巨浪以排山倒海之势直向海堤扑过来。噼啪！轰隆！后浪推前浪，一个接一个，汹涌澎湃，卷上岸的浪花四溅，海堤岿然不动，雄伟地屹立在南海之滨。

越南排华时被迫经历艰难险阻漂泊到法国定居的潮籍华侨观光团回到家乡的石堤参观，一位华侨感慨地说："这么巨大的工程，壮观的场面，好似'钱塘江观潮'。"那时南海吹上岸的季风只有七八级。

海堤建成后，县里由水电局牵头，定期定点对堤围安全进行检查，及时排除隐患；还组织了护堤队伍，常年做好抗灾抢险准备，备足抗灾抢险的物资，填塞蝼蚁鼠窝漏洞，适时加高加固堤围。上巷村负责筑堤、护堤的是合昌坪、六合北等海深流急地段，除了石堤高出8米外，并用水泥勾缝，石堤外按照斜坡1:2的比例用石块砌成，延伸至海底。内堤采用优质黏土培堤，并铺上草皮。这样，内外堤都十分坚固，风吹浪打岿然不动。

在筑堤过程中，青年突击队充分显示出威力，爆破、凿石、运输石头是施工过程中最突出的难题，都由青年突击队承担解决。上巷村周围乡村青年们既分工又协作，到10里、20里外的山岭采凿石头，没有先进的机械设备和运输工具，就用肩膀挑，板车推，迂回曲折木船运。偶尔见到几辆半新半旧的手扶拖拉机派上用场载运石头，摇摇摆摆跋涉在田野小道上。令人赞叹的是运输石头的自行车队，骑手都是经过挑选出来的年富力强的基干民兵。他们自带广州产的"红棉牌"自行车，这种自行车后架经过改造加固，每辆能载重三四百斤大石头。骑车运石头的青年们，胆大心细，上坡下坡，在弯弯曲曲、崎岖不平的小道上艰难地向前，一辆接一辆，前不见排头，后不见排尾，直奔海堤工地。一对来自泰国返乡观光的华侨老夫妻看到这种惊险场面，女的说，看了觉得脑袋有点晕眩；男的说，这简直是马戏团在耍杂技！

澄海县地势低洼，沿海土地大多是由滩涂围垦起来的。韩江四大支流横穿县境出海，历来防潮、防洪的任务相当繁重。历史上沿海地区曾出现地震而带来海啸，部分土地被浸泡在茫茫海水之中。台风、暴雨又经常造成堤围决口，泛滥成灾，农业生产遭受严重的损失，沙田地区往往颗粒无收。风调雨顺年景，人民群众也居安思危，把兴修水利、建筑海堤当作确保人民生命财产、农业生产的命脉。

粤东地区南海长城东始于闽粤边的饶平县，止于汕头市东部。整个水深流急的大堤中心地带处于澄海县境内，而莲阳乡则是大堤中心地带的中心。整条海堤绵延140多公里，全部是由大块灰岗岩石垒砌叠起来的。石堤中70公里多标高为8米以上。试想：取石、运输等工种，在没有机械化设备的情况下，靠人的手脚、体力，要付出多大的代价，这简直是奇迹！石堤是在土地改革以后开拓建造，到1970年已基本完工，年复一年，不断加高巩固。正是这座南海长城，年年岁岁确保着人民生命财产的安全，岁岁年年确保着农业生产稳产高产。现在，这座南海长城，能正面挡住十一级强台风和大海潮的袭击，岿然不动。澄海县成为全国农业高产的典型，粮食和经济作物单位面积产量居于全国前茅，正是因为南海长城为它提供了先决条件。

中华人民共和国成立前，上巷村的稻田大多数是一年一造的沙田，而且地处石堤水深流急的中心地带，一年的产量只有每亩二三百斤，自然灾害严重时，往往颗粒无收。有的村民在这里建栏舍养鹅，养群鸭。许多村民掌握潮汐的规律，趁潮退时到滩涂捕捞鱼虾蟹。记得童年时合昌坪一带，潮涨时一片汪洋，潮退时是坑坑洼洼的滩涂，长满了咸水草和红树林。

临中华人民共和国成立时，闽粤边游击区一个武工队员下山到莲阳一带同地下党联系，了解敌情，传递信息。因叛徒告密，被国民党特务包围。武工队员因人地生疏，情急时往东躲避。东边是平坦地带一直延伸到海边。武工队员一直避不开敌人的视线，被穷追不舍。到了合昌坪，前面是滩涂和茫茫大海，没有退路了，武工队员奋不顾身跳进齐胸的滩涂中，被追上来的敌人枪杀了。中华人民共和国成立后，为纪念壮烈牺牲的革命烈士，当地人民政府把合昌坪改名为"烈士坪"。建造石堤之后，合昌坪已变成堤内的沙田围。多年来经过不断削高填低，整治排灌系统，现在已成为亦田亦园、稳产高产的良田。

呼风唤雨的老农

　　蝉鸣荔熟的盛夏，正是早稻收割的大忙季节。"六月天，孩儿脸"，天气变幻无常。晌午时分，晴空万里，村民们争分夺秒把刚收割的湿漉漉的稻谷挑到晒谷场。正在田里挥镰刈稻的村民老直抬头望向天空，眼见南海东南边有一片云朵随风涌起。他告诫村民说："一个小时内将有暴雨降临，快回晒谷场处理妥稻谷吧！"有人将信将疑，满以为烈日炎炎，就算有大雨也不会来得这么急促。村里有少数人思想麻痹，离开晒谷场干别的农活。

　　果然，半小时后，黑压压的云朵随风飘过来。顷刻间，乌云翻滚，电闪雷鸣，暴雨降临。有些村民猝不及防，被雨水冲走的稻谷铺满地面。

　　腊月寒冬，南海之滨仍然天高云淡，阳光普照。家乡一带的田地里，甘蔗、小麦、番薯、瓜菜以及紫云英（绿肥）竞相生长，田野一片翠绿。在这个季节里，白天阳光照得人暖烘烘的，可是经常遇到北方冷空气南下，寒潮来临，夜里往往发生霜冻现象，农作物生长受到严重损害。特别是越冬番薯，最容易被冻死。霜冻，成为当地冬种生产的一大祸害，群众在实践过程中，对霜冻现象的辨别也较为准确。

　　一天晚上，公社一位干部急急忙忙赶到村边地里，说是根据上面气象部门的预报，当晚将出现霜冻，催促村民赶快采取防霜措施，用稻草、尼龙薄膜遮盖番薯、瓜豆等怕冻作物。可是，村民欲理不理，若无其事地干着其他农活，公社干部很纳闷，不知到底发生了什么事。

原来，听到有线广播预报霜冻的消息后，老直急忙跑到村前村后观察地表天象和有关小动物是否发生活动变异状况。经过多方面的观察分析：夕阳沉西前，天空缓慢地飘着朵朵淡淡浮云，这种现象很难形成霜冻；天黑前，天空见不到染上胭脂红色的落霞，说明气候正常，没有变异。为了谨慎起见，老直还约了几位对气象有经验的老汉一起研究分析，大家认为，乌鸦投林前照常在树旁边绕巢盘旋、聒噪，农宅院子里蚊子飞来飞去嗡嗡闹，见不到村边的老龙眼树的叶子脱落，烟丝不变脆……这些现象说明出现霜冻的可能性不大。

看到村民没有对农作物采取防霜措施，公社干部铁青着脸找到老直怒气冲冲地说："凭你的一知半解胆敢与气象部门作对！农作物受到损失你可要承担责任啊！"艺高人胆大的老直说："有关单位对气象预报是在总体较大范围内，其实十里不同天，各地气象是有差别的。出现了差错与你无关，我们承担一切责任。"果然，夜里虽然有一股冷空气过境，但并未形成霜冻，无须采取防霜措施，从而节省了大批人力、物力。村民说："老直身直腰板硬'不看脸色看天色！'"

老直童年家境贫寒，邻居孩子都进小学念书，可他却当牧童，帮家里干农活。青壮年时，租了李厝洲的田地耕作，兼做大工（管水员），长期住茅寮，日出而作，日落而息，整天与风雨雷电、日月星辰打交道。他从小就对天象变化特别感兴趣，斗大的字不识一个，对农事、季节、农谚却出口成章。他对春夏秋冬、日月星辰、风雷雨电等自然现象都认真观察，积累了一定的气候变化实践经验，成为周围乡村有一定知名度的农民气象员。

老直居住在李厝洲的茅寮，家门口摆着很多破旧陶瓷缸、洗脸盆、铁皮桶，养着鱼虾蟹、小青蛙、乌龟等，并种植报雨花、含羞草、午时花。柴扉上蜘蛛结网、蚂蚁爬行、蜂蝶纷飞……对这些动植物的活动、生长等微小变化，他都细心入神地观察、分析，同气候变化联系起来，经过独立思考后，去掉偶然性，从中找到带有规律性的东西，增加理性认识。麻雀溅水、蚂蚁搬家、蛇类横路、乌龟洗澡、蚯蚓爬地、青苔泄水、水缸返潮等，他不放过任何微小的变化，并认为这些都跟天气变化有一定的联系。老直认为，夏秋间午后色彩缤纷的蜻蜓成群飞翔盘旋，表明闷热气候将持续，且带来暴风雨；天未黑蝙蝠在屋前屋后盘旋捕食飞虫，夜里将大雨滂沱；乌龟洗澡，风雨将到……

老直长期在沙田围当大工（管水员），虽然目不识丁，也不懂科学道理，但他自觉地遵循月圆月缺、潮涨潮落的规律，死记硬背朔望时间会影响海平面水位高低，为农闲时到滩涂水面捕捞的村民增添胆量。他还积累了一套听潮辨别气候的独特经验，夏秋夜里，他静听风吹浪起，波涛澎湃，像万马踏地有节奏的声响，判断出两三天内天气晴朗；虽然海面是微浪轻涌，但浪涛碰着孤岛礁石而发出咚咚的声响，预示着台风即将来临，并且连续五天以上的阴雨天气。村民说他是农事活动中的好参谋，不违农时开展农事活动。

老直平时一听到谁念出有关气象方面的农谚，不管男女老少，都虚心请教。对农谚的来源、实用意义等，打破砂锅问到底，在村民中搜集、筛选出几十条较为准确、有关当地气象实际情况的农谚。这样，他的气象预报工作有根有据，村民爱听、信服。不能说他预报百发百中，但也十拿九稳，报风河起浪，报雨水涨船。人们称赞他可到大学中的气象系当客座教授。

为什么农谚说"蚂蚁搬家天下雨"，"黑蚁筑隧道，高温酷热到"？为什么农谚最多的是蚂蚁同气象的关系？为了揭开这些奥秘，老直利用早晚时间，晴天阴天，不同地点，不同气候，经常蹲在墙边、依着树干，专心致志观察蚂蚁的活动规律。有时，他见到蚂蚁成群结队往树上或树下爬，活动规律有点失常，就爬上树跟踪看个究竟，惹来满身蚂蚁乱爬乱咬，他都强忍着痛痒直到弄清楚其中的奥秘为止。

经过多次实地观察，他发现：原来，蚂蚁通常喜欢在河边树木、竹子下部枝丫上筑巢，如果发现蚁巢位置往高移，预示着未来下雨降水量大，河床水位高。蚁巢通常筑在墙角或木板上的黄丝蚁，搬卵上墙预示着大雨即将来临，倘若连食物也往高处搬，则预示着将迎来连续下雨天。黑蚂蚁离巢活动寻食有一定的规律和路线。盛夏，地面受到阳光直射温度升高，黑蚂蚁就迅速在地面土层中挖出遮阳光的阴凉暗道，这说明酷热天气将连续数天。

蚁类的活动规律，老直都看得真真切切，但是知其然而不知其所以然。他弄不明白，为什么万物之灵的人类感觉不到的自然现象，小小的蚂蚁却未卜先知，神通广大，老直这回迷惑了。他带着疑虑请教村里的一位小学教师，小学教师不止一次入情入理地对他开导、解释。老直终于明白了：遗传基因是动物的本能，在千变万化的自然界中，蚂蚁为了求生存和繁衍后代，在经过千万年一代一代的进化过程中，在"顺者昌，逆者亡"的自然环境中，物种逐步适应了生活环境，遗传下了人类无法比拟的感知天象的锐利的器官。

气象知识是一个广阔的领域，老直逐步掌握了一些气象规律，应用到农业生产方面上，探索风云的水平不断提高，能比较准确地预报台风、暴雨、酷热、寒潮、霜冻等气象，并经常同当地气象部门交流经验，科学仪器同土经验相结合，相辅相成，使气象预报工作日臻完善，为当地农业生产服务。粤东地区历史上每逢晚稻抽穗扬花的节骨眼，经常遭受变化莫测的寒露风的袭击，造成谷粒结实不饱满。老直细致入微地观察天象，认真搜集有关资料，将预测寒露风作为重点攻关项目。他能够准确地赶在寒露来临之前发布信息，使村民采取措施，增强抗风寒能力，避免或减轻损失。

年复一年，老直专心致志预报天气变化，实践经验越来越丰富，村民对他也越来越信任。早稻播种育秧时，往往遭遇倒春寒而造成大量烂秧，耽误春耕生产。他掌握天气变化规律，建议村民抓紧两次倒春寒之间的空隙，适时播种育秧，取得苗全苗壮的效果。大暑前后，他发出台风即将登陆的预告，村民赶紧收割熟水稻，避免倒伏、脱粒。秋分时节，他发出将降暴雨的预告，村民们就暂停往田里放水、施肥、喷农药，避免受雨水冲淡冲走，造成浪费人力物力。晚稻收割后，他说最近天气放晴回暖，村民就集中家里劳动力，犁冬晒白或起垄培土，开展冬种。

种田、体育两相成

上巷村传统上重视兴学育才，文风兴盛。这里农民善弹奏，处处可闻丝竹声和打击乐潮州大锣鼓的雄浑高昂；妇女飞针走线，抽纱、刺绣、剪纸……具有浓郁的地方特色，传承黄土高原、黄河流域的文化遗存。

文风兴盛的村庄，体育活动必然丰富多彩。一年四季，祠堂前、榕荫下、水塘边、村头巷尾以及晒谷场上，节日或农闲时间随处可见农民在开展各种体育活动。就是农忙季节的中午、晚上放下农活，手脚还沾满泥水的青年农民，也要挤出时间开展各种体育活动，他们浑身是劲，使用不尽，劳动生产和体育活动两相成。按照自己的爱好，打球、下棋、玩纸牌、跳高、跳远等，各得其所。青年农民就算干了一整天农活，也要到运动场上露一手。

实践表明，农村体育活动开展起来，农民生活更加充实，村民精神面貌焕然一新，农业生产劳动也更加有劲。更重要的是，赌博、喝酒、斗殴等丑恶现象减少或不见，一些平时吊儿郎当的青年，却变成体育活动的积极分子。

曾经有人说："农民整天面对泥土背朝天，手脚沾满泥水浑身汗，劳累极了，哪有闲情逸致开展体育活动！"这种说法是一种借口。其实，农忙是有季节性的，农活和各项体育项目也是有轻重之分的。打篮球、跳远、跳高等是剧烈的全身运动，而下棋、打扑克却是锻炼脑力、灵敏性，个人根据自己的年龄和健康情况选择适合自己的体育项目，这对调节情绪、缓解疲劳、活动筋骨大有裨益。

上巷村开展体育活动的项目多，中小学校里拥有的体育器材村里也有，运动器材基本上是因陋就简，就地取材，土法上马。在晒谷场两端竖起篮球架就成了篮球场，村头巷尾挖土坑，木架横拉竹竿就成为理想的跳高、跳远场地，木板水泥板垫高当乒乓球桌等。器材、场所虽然简陋，但很实用。村民说：这是因时、因地制宜，多快好省办农村体育事业。

上巷村农民最喜爱的体育活动是打球、下棋和古典运动"角力"。农民开展球类活动已有悠久的历史。除传统的篮球、乒乓球外，早在抗日战争之前，周围村庄排球运动就相当活跃。村里由青年农民组成的排球队，在同周围村庄比赛中声名鹊起。村里一位清末老秀才给排球队起名"浮云"。顾名思义，浮云队打起球来行云流水，赏心悦目。当年排球队队长李克辉是"二传手"，土地改革时，村里曾筹备重新组建排球队，他谈起当年排球队时如数家珍，谁是主攻手，谁是自由人……所有的队员都是从村里挑选出来的身材高、弹跳好、手脚灵活的青年。他自豪地说："我们是自发组建排球队的，自筹经费购置运动器材，利用节日和农闲时间训练。没有教练的技术指导，我们是在滚打摸爬中积累经验的。"

打排球不是中国传统的运动项目，是"舶来品"。广东省台山侨乡最早引进排球，普及地开展起来，一度成为"中国排球之乡"。潮汕地区也是全国的重点侨乡，同海外沟通渠道多，从而也兴起了排球运动。

上巷村群众性的篮球运动是土地改革时期受到邻村涂城的影响而兴起的。涂城村篮球队名"农助"，是在创办农业互助组时兴办的。球员投篮技术娴熟，扣篮，三步跨篮，命中率高，中距离腾空投篮堪称"百步穿杨"，引起观众阵阵喝彩声。村与村之间举办篮球友谊赛时，许多男女观众都成为"农助"队的球迷。"农助"队一些表现出色的球员，被选拔到县里篮球队进行训练。在涂城村"农助"篮球队的影响下，毗邻竹林村建立了"竹青"篮球队，上巷村也不甘示弱，建立起"青苗"篮球队。因陋就简，利用祠堂前面灰埕和晒谷场作为篮球场，吸引村里男青年竞相跑下球场抢球，摸一摸、抛一抛、投一投。顽童们也经常到球场凑热闹，盛夏中午，球场上蒸下煮，在石灰埕上跟着篮球跑动，个个大汗淋漓，跑下池塘里浸泡一下，又乐不可支地走上球场跑动了。

弈棋，这是上巷村群众喜闻乐见的，老叟雅童咸宜的活动。无论室内室外，或冬天的草垛边，或夏天的树荫下，到处摆战场，大地作棋盘，石块当棋子。棋类品种繁多，除了正规的象棋、围棋、军棋、兽棋、跳棋外，还有当地诸多"土特产棋""对直""斗角""守城""捉龟鳖"等。老年人喜欢选择安静的环境对弈围棋、象棋，小孩则喜欢对弈军棋、跳棋。

在这里，象棋历来最受青睐。村东畔中部的药材铺和杂货店门前最聚人气，每天从早到晚从不间断，楚河汉界喊杀声和"将军"之声不断，围观者众，当局者迷，旁观者清。弈者一招妙棋，被动者反守为攻，反败为胜。围观者看得十分投入，大喊大叫，七嘴八舌，出谋划策，有的按捺不住动手抢棋代弈，喧宾夺主。对弈者有的棋风凌厉，挂中头炮，先下手为强，挥兵跃马，大刀阔斧，冲锋陷阵。有的着法棉里带针，你挂中头炮，我以"仙人指路"防御坚守。为了避免与对方正面冲突，着法迂回曲折，注重大势而不计较暂时损兵折将。防守得法，全盘皆活，看出对方的破绽就集中车、马、炮优势兵力打歼灭战，使对方招架不住败下阵来。棋盘上经常出现"单马困孤帅""连环马""炮沉底捞月""车中马角"等绝杀局面。

传统的体育活动"托手尾"（较量臂力）和"顶脐"（较量腰力），不知是从什么朝代传承下来的。这两项剧烈的运动最受青年农民爱好。

托手尾：预先选用两端匀称的五尺长竹槌或木棍，比赛时两人各站稳阵地和摆好自己的姿势，伸直一只手臂握紧棒棍的一端，使劲同对方较量臂力。谁手臂弯曲或手握一端的槌棍落地，就算输了。顶脐：两人双手各自紧握着槌棍，贴紧肚脐边，手臂肚脐齐发力，你进我退，我退你进。谁气力不济，倒退超过地上划定的界线，或槌棍落地，谁就算输了。

每当开展这两项活动，村里男女老少竞相前来观看。吆喝声、呐喊声、鼓掌声汇成一片。争强好胜、血气方刚的青年农民生龙活虎，秀肌肉，展现体魄、力量、勇气。你看他们赤膊赤脚穿着短裤，腰间紧系着裤头龙（彩色的盘腰丝带，大小相当于"哈达"），既潇洒又强悍。闺女们含情脉脉地注视着心仪的小伙子，暗中祝愿他成为优胜者。谁家的小伙子力气大，谁家都觉得脸上有光，无形中锻炼出男人争强好胜的性格。

南海边的一方热土

北国千里冰封、万里雪飘的季节，南海之滨闽粤交界的广东省澄海县，当晴朗气候时，阳光却照得人暖烘烘的。汽车行驶在平坦的汕（头）厦（门）公路上，不时可以见到公路两旁的沟渠里，顽童光着屁股捞捕鱼虾、泼水嬉戏。阡陌笔直、林网相间，蓝天白云，田野越冬作物一派翠绿。

南峙山下莲阳乡上巷村周围的田园里，甘蔗、小麦、番薯、瓜豆、蔬菜和冬种绿肥……各种作物高矮相间，充分利用空间时间，和谐地竞相生长。更吸引人眼球的是，田头地里的排水沟上，用芒秆、竹子搭起的棚架，爬满藤生的瓜豆。同一块土地，还实行间种套种，农民戏称"一主多仆"。农民们用勤劳的双手，把田野装扮成色彩缤纷的植物园。这里，堪称寸土尺天皆锦绣。

改革开放初期，泰国一个农业考察团来到这里，被眼前的景致吸引住了。一位团员感慨地说："我到过世界不少地方，未见过冬天里农作物这么繁荣的场面。联合国粮农组织机构的官员没到过这里考察，可以说不是失职就是失误！"

有人曾经风趣地说："在这神奇的土地上，你把筷子插下地，不久筷子生根长叶变成一棵竹子。"这当然是夸张的说法，但是，只要你随意砍下一截竹子，无论是插在河滩或山冈，其中不少真的会生根发芽长成枝叶茂盛的一丛竹子。

上巷村土地改革时平均每个人只有七分地。村民历来有精耕细作的传统，加上推广先进的农业科学技术，比翼双飞。中华人民共和国成立初期，水稻平均亩产超过千斤（1955 年澄海县就成为全国第一个粮食亩产千斤县）。上巷村除了粮食稳产高产外，其他经济作物也全面获得高产，而且，产量之高出乎人们的意料。当你踏进连片种植的甘蔗园时，又粗又高的甘蔗遮天蔽日，平均亩产可达 10 多吨。这里土地轮作一年可种植早、晚两造番薯，晚造番薯大面积亩产超万斤是寻常事。在南峙山下，用稻田轮作种潮州柑，连片亩产六七千斤，高产可达一万斤。硕果密密麻麻地挂满枝头，压弯了枝丫，有的连枝带果铺在地面，旅客莫不啧啧称奇！澄海县是全国良种生产基地，上巷村实行土地轮作一年可种春、秋两季花生，平均每亩花生榨油 100 斤以上。

农业专家说："一个地方单项作物获得高产并不难，难的是像上巷村这样，水稻和经济作物的单位面积产量都居全国前列，这是难能可贵的。"

大凡农业生产能够保持年年稳产高产的地方，其先决条件是：良好的自然环境、人的勤劳和科学的方法。上巷村周围的乡村，无论粮食和经济作物都全面获得高产，正像球类或体操运动比赛那样，既夺得单项第一，又夺得团体冠军，不仅要有好的体能技术，还要发挥人的主观能动性。其实，这里的农民没有高深莫测的本事，夺高产的手段既普通又简单，除了自然条件好和相信科学种田等客观因素外，主观因素就是花大力气做笨功夫：平整土地、掺沙入泥，改良土壤、提高地力。

上巷村周围一带乡村虽然气候温和、雨量充沛，但水暖土不肥，雨多水不均，海风刮地皮，咸潮毁庄稼。春旱、夏涝、秋潮、冬涸四大灾害长期威胁着农业生产。土地基本上是砂质土和红土壤。沿海一带沙滩、沙垄连绵起伏，秋风起时，风沙吹得人睁不开眼，水土流失严重。滨海一带的沙田经常受到咸潮倒灌的威胁，一年只种一造水稻，产量很低。西部一带丘陵起伏，耕地多是板结红土壤，经常受旱，一片片的"望天田"像鱼鳞一样贴在山坡上。

土地改革前后，上巷村和澄海县同步，大力兴修水利，整治排灌系统，实现排灌自如，保证农业旱涝保收，稳产、高产。然而此后，吃改善水利条件的老本，农业生产徘徊不前，在原地踏步。

如何寻求农业增产新的突破点，再上一层楼？上巷村东边是直贯全村的沙垄，布满荒埔、乱葬岗，稀稀落落地长着仙人掌、剑麻、假菠萝等多刺亚热带植物。西边靠南峙山一带，山坡是"望天田"，山下坑坑洼洼，布满荒塘、水凼和阻塞的河沟。村民因地制宜，靠硬功夫，心往一处想，劲往一处使，花大力量平整土地，有计划、有步骤，分期分批，长短结合，眼前利益和长远利益结合，以短养长，扎扎实实坚持削高填低，掺沙入泥，改土增肥。东边的沙垄、沙包基本被削平了，西边的坑坑洼洼基本被填平了。这样，竟带来了意想不到的经济效益：平整后土地面积扩大了，当年种植，当年受益，一般比原有同等面积的耕地增产15%，既增面积又增收，一举两得。

上巷村在改良土壤的同时，又配合县、乡，对全村弯弯曲曲的河溪、道路截弯取直。我童年时，到海边牧牛或农忙时节需向学校请假，到火烧洲、李厝洲点豆、锄草、插秧、刈禾，途中要踏过多个荒埔，绕过多个沙垄，还要涉过两道河，共要花近两小时的行程。现在道路笔直、土地平坦，河流改道或填平，过去遥远的田园变成在村庄附近。在"改土"过程中，实行旱、涝、风、潮综合治理，绿化沙滩，营造防护林带，增强了土地的保水、保土、保暖、保肥能力，农业生产实现良性循环，改变了小气候。

农业战线的专家学者已经论证过，在水利条件基本过关的情况下，土壤问题被提升到农业增产措施的首位。土地泥沙结构均匀，土层深厚，透光透气，功能良好，促进农作物的根系发达。这样，天旱时，根扎得深，较好地吸引土层深处的土肥；天涝时，渍水排得快，渗透也快，防止农作物烂根。根深叶茂结实好，从而取得了事半功倍的增产效果。

那一年，当潮汕平原的晚稻已经抽穗扬花，开始灌浆结粒时，遭受到来自北方强烈的寒露风的袭击，普遍减产。上巷村附近一带乡村，因为土地经过掺沙入泥，加深、加厚耕作层和活土层，营造了防护林，改变了小气候，提高了保温力。加上在寒露风来袭前夕，追施了晚造的壮尾肥，从而有效地抗击了寒风的袭击。晚造非但不减产，反而每亩增产几十斤。有经验的村民打一个比方说："养地和养人的道理一样，体质差的，稍受点风寒，就伤风感冒；身强体壮的人，自身免疫力强，经受得住寒风冷雨。土地强弱，耕作层深浅程度不同的因素，在遇到寒露风的节骨眼，就暴露无遗了！"

上巷村改良了土壤结构，加厚了耕作层、活土层，使其土层达到一尺以上。这样，真正做到既种地又养地，耕地亦园亦田，达到一年三熟。这里分别根据农作物之间的上下茬、前后期、高低层、深浅根的不同，充分利用时间和空间全面推行间、套种。花生地里间种玉米、瓜菜；甘蔗地里套种黄豆、花生；过冬薯套种大麦、小麦等。有的还在稻田里养鱼、养鸭。盛夏，你还可以看到一种奇特的现象：村前村后的一些沟渠水面上，一箱箱、一行行的蕹菜长得嫩绿茂盛。原来，村民用稻草编织成绳索，采摘一段蕹菜插在索上浮在水面，不久就生根、发芽、生长……合理地提高了土地利用率，全村复种指数达到280%。真所谓寸土寸金，土地有限，潜力无穷。

一方水土养一方人。在这里，心灵手巧的妇女们飞针走线，织出来的潮汕抽纱，以高超的艺术造型、细腻逼真的针法享誉海内外。强悍豪放、肚大心细的男人，挥锄飞镰绣地球（耕田种地），镰锄落处，寸土尺地皆锦绣。

乡土味道

乡愁是什么？乡愁在哪里？乡愁无时无地紧跟着你，如影随形。有人说：童年住过的房屋，走过的路，做过的事情，吃过的东西，家人相聚的日子，以及村容村貌，乡亲父老的音容笑貌……样样都会引发乡愁。特别是家乡的食物，做得最土，吃得最香，这是很有道理的。

舌尖上的乡愁，对大多数远离家乡的潮汕人来说，最原始、最地道、最美好的滋味，莫过于白粥和咸菜了，它永远诱发着梦牵魂绕的乡愁。

外面的世界再精彩，筵席上山珍海味再丰盛，哪比得上和家人团聚在一起，用当地土特产烹饪的一顿饭菜。因为经历了世态炎凉、冷暖人间，你会感受到食物中那一抹熟悉的烟灰味的亲切。哺育你的土壤、阳光、雨露，都稳稳地扎着你的根。根的周围缠绕着枝叶藤萝，这就是你的亲人、乡音和乡土味。爱国爱乡的人，一定有这种感受。

理直气壮地说：最能慰藉舌尖上的乡愁，当然是经慈母亲手做出来的饭菜，无论采用哪种原料，哪种烹饪方法，都是最好吃的东西。作为中国人，这理由有伦理的依据，也包含着一个人的生活习惯和思想感情等因素，也就是说，你吃的不仅是食物，也饱含着真挚的感情。

做得最土　吃得最香

　　故乡依山临海，水暖土肥、四季飞花、五谷丰登、六畜兴旺，水产资源丰富。凡是天上飞的，地上走的，水里游的，土里钻的动物，样样都可以做成佳肴。经过千百年的实践，不断改造烹饪方法，博采众长，形成以海鲜为主的富有地方特色的潮州菜系，饮誉海内外。

　　因时因地制宜，取材于当地土特产做成的传统小吃，品种繁多。蚝烙、牛肉丸、炒粿条、砂锅粥、烫珠蚶、薄壳米（彩贝肉）、菜脯卵……四季糕粿不断、常变常新，有鼠壳（藁草）粿、无米粿、萝卜糕、芋头糕、甜粿（年糕）……以农家腌制的咸酸菜（大芥菜）为原料，用来烹饪海鲜、河鲜和煎炒螺蚌等贝壳类，样样都合味。

　　蚝烙、蚝仔粥、菜脯卵、烫珠蚶、酸菜煮黄花鱼以及用番薯叶为原料的"护国菜"和以番薯、芋头制成的"金玉满堂"等，已从农家的饭桌走上星级酒店的筵席，成为品牌菜。

　　粤菜、川菜、鲁菜、淮扬菜，通称为中国四大菜系。这在中国版图上覆盖面积大，有代表性，但不能理解为最好的。各地都有自己的品牌菜式和传统小吃。不管是山珍海味或四时瓜果，也不管是煮、蒸、焯、煎、烙、炆、炒、熏、烤、烧、煨等多种烹饪方法，都是中华民族百花园中的奇葩。但人们总有点"偏见"，家乡的菜式和传统小吃的品种较多，认为家庭主妇们用当地的食材，配上调味品鱼露、沙茶、咖喱、酱醋等烹饪出来的饭菜，更具有地方特色。用家乡的产物和土法烹饪出来的食物最好吃，"做得最土，吃得最香"。

我离开家乡，久居外地，偶尔看到或听到媒体宣传潮汕的传统小吃飘香四海的消息时，会觉得很亲切，并诱发淡淡乡愁。孩提时嘴馋地站在炉灶边看着母亲煎蚝烙、蹲在村边摊档吃牛肉丸的情景历历在目。显然，汕头蚝烙、牛肉丸的知名度或许比不上新疆的烤羊肉串、陕西的羊肉泡馍、北京的烤鸭、天津的狗不理包子、内蒙古的涮羊肉、杭州的小笼包。当然，看了有关北方的传统小吃也会引起嘴馋，但不像看了家乡传统小吃那样激动不已。这就是感情的自然流露，这就是永不忘怀的乡土味道。

当今，洋饮料、洋快餐充斥城镇市场，啤酒廊、咖啡店、肯德基、比萨、寿司、料理等应有尽有，"猫屎咖啡"也大模大样走过来凑热闹。对外开放，中国对外贸易参与国际竞争，中外饮食文化交流，这是正常的现象。市场上土猪、土鸡、土蛋和野生龟鳖等水产品的价值不是不断攀升吗？消费者的口味也要返璞归真了。我们不能反对人们去品尝洋食物，但是，商家也要讲究商业道德，不能以商业行为去制造噱头。有商人从中作梗，明明是中国的传统食品，被无端添加一些杂质，却偏偏起个半洋半土、半通不通的名字来提高身价，不知就里的消费者多次中招后恍然大悟。食物，还是土的香。

民以食为天，但是各地的食物结构和各人的口味不尽相同。从地域上划分，除了山西省和西北地区嗜好酸醋外，大体上说，南甜北咸中间辣。众口难调，难调众口。但是，中国各地食物丰富，烹饪方法多样，食客必定会从中挑选出合乎自己口味的美食。地方特色寓于全国特色之中，全国各地的特色食物叠加起来，就是全国的特色。这就是中华民族饮食文化的底蕴。从这个意义上说，家乡味道是各地传承着饮食文化的底蕴。

正因为人们的口味不同，很难把一种食物贴上最好吃的标签。吃东西不一定追求山珍海味，有人觉得吃燕窝如吞凉粉，有人觉得吃鱼翅如啃草根，各人有各人的爱好、各人有各人的标准，不能强求一律。穷乡僻壤的农民，不会去羡慕追求贾商巨富的饮食方式，眼下不是时兴谈"幸福感"吗？务必尊重一个事实，口感的愉悦是重要的幸福感指标之一。故乡餐桌上的食物引起口感愉悦，这也是永不消失的乡愁！

农家粥香飘

提起潮汕人的生活习惯，人们很自然地同"粥"联系在一起。在当今祖国的土地上，再难以找到一块本土 1 000 多万人口的地区，千百年来沿袭着老祖宗的生活习惯，年年岁岁，一日三餐都以粥为主食。

我少年时期离开家乡，走南闯北 60 多年，已经适应全国各地的饮食习惯了。但是，只要回到家里（住在广州），与家里人不同，早餐必定以粥为主食，离开粥总觉得生活上缺乏什么。退休后有比较充裕自由的时间，每天早餐都坚持自己亲手煮粥，20 多年如一日，并把这作为一种生活乐趣。

随着人们物质生活水平日益提高，食物结构发生了重大的变化，子孙们早餐离不开牛奶、鸡蛋、面包、糕点。我无法改变生活习惯，仍然我行我素，热恋着白粥、咸菜。家里人都取笑我这个"老土"不合时宜了。我早餐要吃三大碗粥（米量比午餐或晚餐还要多），胃口大，心情欢畅。总觉得吃粥时舌尖上的愉悦程度，是其他食物代替不了的。

有人开玩笑说：潮汕人"嗜粥如命"。这有一定的道理，但还不确切。其实，生活在本土的潮汕人，不仅"嗜粥如命"，而且"以粥养命"。大批走出潮汕、走向全国、走向世界的潮汕人，又有谁孩提时不是靠粥长大的？

潮汕人三餐吃的粥，是用大米煮成的，俗称白粥或糜。大米煮糜按各家各户的需要，下水多少，糜的浓度稠稀不同，下的水一般比煮饭多三倍，也不是煮得很烂，以米粒熟透为准。这样，吃起来清淡嫩滑，老少咸宜，配上一碟碟菜脯（萝卜干）、腌芥菜或豆腐乳、花生米、小鱼虾干等，真是一种独特的享受。

其实，吃粥不是潮汕人的发明创造，而是传承自古代汉族的饮食习惯。伏羲氏生于成纪，黄帝葬于桥山，都是地处黄土高原。先民懂得耕种之后，就以五谷蒸饭煮粥。早在两千多年前《周书》上就有记载："黄帝蒸谷为饭，煮谷为粥。"这里已清清楚楚指明"粥"的源头。唐宋以来，中原地区战乱频繁，一部分汉族人民南迁到南疆海隅开拓、繁衍，保留了老祖宗吃粥的习惯。历代诗人墨客把吃粥提高到"淡泊明志"的境界，明代张方贤的《煮粥》诗中说道"莫言淡薄少滋味，淡薄之中滋味长"。其实，不仅文人能体会吃粥的滋味，现代潮汕人也懂得白粥清淡可口，是养生之道。潮汕人吃粥普遍讲究，把粥吃得有滋有味，有声有色。明清时期，又有大批潮汕人漂洋过海移居海外。潮汕人的乡情凝聚力是举世公认的。吃粥、喝工夫茶是凝聚力的一种表现。无论走到天涯海角，一碗白粥、一杯工夫茶，都温暖着海外游子的心。

吃粥，在一般人的观念中，是家境贫穷的象征，这是古今的普遍看法。宋代文学家秦观有"家贫食粥已多时"的说法；清代《红楼梦》作者曹雪芹也有"举家食粥酒常赊"的叙述。历代食粥与家境贫寒联系在一起，这并非完全没有道理。在中国不少地方，因粮食紧缺，出现了"以粥代饭"的现象。但对潮汕人来说，却不尽相同。孩提时期见到村里那些腰缠万贯的老财主、少爷小姐们，一日三餐也照样吃白粥。当代海内外潮汕籍的贾商巨富，许多人至今还保留吃粥的习惯。白粥、咸菜魅力无穷，同家乡人们结下不解之缘，割舍不能。白粥、咸菜吃得男孩子们个个活泼健壮，女孩子们脸色白里透红。

有趣的是，同样是冲积平原的长江三角洲地区和珠江三角洲地区，人们吃粥的效果却截然不同。我青少年时期曾一度离开故乡到珠江三角洲中山县沙田地区插队落户。开始我们这十几个小青年舍不得分离而住在一起劳动生活，照常吃粥。谁料只过了两三天，就有人顿觉劳动时四肢乏力，脸青唇紫，流口水。当地人马上劝告我们说："这是吃粥惹来的祸端。"当地人说："就算粮食紧缺，我们每餐宁愿吃一碗、半碗饭也不愿意吃粥。"尽管听后将信将疑，但一方水土养一方人，却有深奥的哲理。

故乡依山傍海，水暖土肥，农副产品丰富，副食品种类繁多。童年时小伙伴愁的是家里缺乏足够的大米煮粥吃，不愁缺少其他食物。小伙伴一起玩耍时，不识糖果、饼干是何物，但个个衣袋里塞满小鱼虾干和花生米、豆类等为零食。勤俭持家的母亲，为了节省大米，总是精打细算，选择最佳烹饪方案，把有限的大米搭配其他食材混在一起煮粥。在饭桌上，经常吃到番薯粥、芋头粥、南瓜粥和品种繁多的豆类粥、鱼虾蟹粥、贝壳粥等。什么食材加进粥里，就叫什么粥。煮熟后，添加各种佐料，食后口齿留香，各种粥经常变换着吃，常变常新，男女老少百吃不厌。

时至今日，我忘不了童年时母亲制作的田螺粥、蚝仔粥、龙头鱼粥等，煮熟后，放进调味品冬菜、鱼露和撒下一些葱花、胡椒粉等，味道鲜美，吃起来香得差点把舌头都吞下肚里。田螺是小伙伴们到野外玩耍时随手拣回的，吃起来总觉得味道特别好。龙头鱼（浅海的水产品，广州地区称为豆腐鱼）在故乡一带是低档的海味，产量多，价贱。夏末秋初龙头鱼大量上市时，一到傍晚，鱼贩降价贱卖，谁家花几个铜板买来半箩筐，煮了大锅龙头鱼粥，就请在月光下畅谈农事活动的左邻右舍叔伯们围聚在一起消夜。

蚝仔（牡蛎）粥和蚝烙（台湾称为蚵仔煎）是潮汕地区著名的小吃。当年，家乡一斤大米的价值相等于四斤蚝，是村民饭桌上的家常便饭，现在都成为广州、深圳等城市名牌食品，在广州的星级酒店里，一小碗蚝仔粥里只有稀稀拉拉几粒小蚝，价格却五六十元。

谁能想象得到，儿时家乡农妇亲手制作的多种多样的粥类，现在已悄然走向全国，演变为"沙锅粥"。在广州、深圳以至其他城市，街头上的食肆、饭店，醒目地贴着潮汕"沙锅粥"的招牌招揽食客。越来越多的饭店，把潮汕地区沙锅粥的食材和烹饪方法，结合各地的肉禽蛋、水产品、瓜菜，制成中、高、低档的沙锅粥，品种齐全，丰俭由人，很受食客欢迎。

乌耳鳗兴衰史

　　故乡的乌耳鳗是享有国际声誉的名牌特产，是世界鳗鲡的优良品种。野生乌耳鳗过去遍布故乡的河溪、沟渠、池塘。童年时，小伙伴们在水域同滑溜溜的小乌耳鳗打交道时，不是以捕乌耳鳗为目的，而是作为一种游戏寻觅鳗踪，在泥水里滚爬扑打取乐。每当秋冬旱季，水域的水位下降，小伙伴们捕鱼捞虾时，见到牙签般大小鳗崽在阻塞的浅水里成群地纠缠在一起，大家赶快用手挖开淤泥，引活水连通阻塞的浅水滩，让鳗崽游到深水处。

　　家乡村庄四周布满鱼塘，春节前干塘捕鱼时，鳗鱼藏匿在淤泥层中，抓它时会滑溜溜地从你的手中溜走。因此，家乡一带制造了一种专门对付鳗鱼的工具——鳗剪。鳗剪应用剪刀的原理，比剪刀大四五倍，两边剪锋布满小齿。看到鳗鱼在淤泥中溜动时，张开鳗剪轻轻夹住，它就动弹不得了。乌痣雄是村里的捕鳗行家里手，哪里干塘都能见到他的身影，他捕鳗时不带鳗剪或其他网具。凭实践中积累的经验，根据淤泥中的蛛丝马迹掌握、辨别鳗鱼的活动规律，猫着腰在淤泥中摸索踩踏，一条条滑溜溜的鳗鱼被他捧着双掌连泥带水戽上塘边而被抓住。

　　每年秋末冬初，太平洋的季风吹上潮汕大地。这时，生活在韩江水系河溪里的乌耳鳗，本能地成群结队顺流游向咸淡水交界的海滩交配，排精产卵后，母鳗已完成繁衍后代的使命，大部分心甘情愿地葬身于茫茫大海中，小部分挣扎着返回淡水水域栖息。那些受精的卵子附着在海滩的藻类、杂草丛中。躲避过天敌孵化出来的鳗崽，等待来年春风轻吹时苏醒，本能地沿着祖先经过的路线成群结队离开浅海溯江洄游，在长满杂草、水藻的浅淡水域栖息成长。就这样一代传一代，年复一年，洄游于江河大海淡咸水交界之间，生息繁衍。邻居叔伯们在河海交界处捕鱼捞虾时，偶尔捕获半篓的小鳗，因为其不值钱，顺手带回家喂鸡鸭。

日本人癖好鳗鱼，把它当作高级营养滋补品。日本传统上每年盛夏都要举办鳗鱼节，家家户户都竞相吃鳗鱼。抗日战争时期，日寇的铁蹄曾践踏潮汕地区，他们对鳗鲡的优良品种乌耳鳗念念不忘。

随着中国不断拓展对外经济贸易，日本主动提出要购买乌耳鳗成鳗和鳗苗，中国人才恍然大悟，乌耳鳗原来是个宝。20 世纪 70 年代初期，外贸部门开始在韩江三角洲水域地带收购鳗苗（崽），应约出口日本，每公斤鳗苗收购价数千元，这给农民带来了莫大的惊喜。到了 80 年代，每公斤鳗苗（6 000 多尾）的价格暴涨到两万多元，这在当时可谓是一个天文数字。鳗苗的价格刺激着农民的神经。那时，莲阳出海口水域，春夏之间夜里灯光通明。农民采用目孔密集的网具捕捞鳗鱼，细小的鳗苗也难逃厄运。无节制滥捕，造成资源日益枯竭。

1985 年以后，粤东沿海各地竞相挖鳗池养鳗，并引进加工生产线烤鳗，提高产值，出口创汇。莲阳北湾村农民黄学敏，在海边承包大片土地挖池塘，利用当地丰富的鳗苗养鳗，并引进烤鱼生产线加工，实行产、供、销一体化生产，获得良好的经济效益。当时，《人民日报》以头版头条的位置，报道黄学敏养鳗的先进事迹。黄学敏一举成为全国的"养鳗大王"。

利用当地资源挖池养鳗，加工烤鳗，提高产值，出口创汇，这本来是值得提倡的。但是，闽粤沿海一些地方看到别人养鳗赚了钱，红了眼，不考虑自己是否有足够的条件，急功近利，一哄而起，无节制地养鳗和加工烤鳗。这样一来，他们互相争资源、争出口，因鳗苗的供应缺口大而哄抬价格。养鳗成本于是居高不下，无利可图，有的养鳗场因经营不善而造成亏损。

我经过调查掌握了第一手材料，写了一篇评论，于1989年8月30日刊登在《人民日报》第二版上。内容涉及国内一些养鳗单位互相拆台争夺市场，让鳗鱼的主销国日本坐收渔利。养鳗业的体制不顺，各行其是，多头出口，造成国内多家求卖，而日本独家要货，结果鳗鱼贸易开了一个国际大玩笑，出现了卖主无可奈何让买主压级压货定底价。木已成舟，卖主不得不忍气吞声依从。令人不可思议的是，养鳗鱼的饲料是从日本高价买回来的，却贱价把活鳗或烤鳗卖给日本。白贴人力、物力为别人养鳗，这是哪里来的道理！

盛极一时的闽粤沿海养鳗业，以"自己打败自己"而告终，高价学费的惨痛教训，有待当事者心平气和地去进行反思。

韩江水系日益受到污染，鳗苗遭受滥捕，鳗鱼洄游线路堵塞，乌耳鳗资源日益枯竭。养鳗池荒废，乌耳鳗无影无踪。为了改变这种状况，有关部门和当地人民群众正在共同努力，恢复发展乌耳鳗的生产。有朝一日，农家饭桌将重现"乌耳鳗炖胡椒""乌耳鳗煮酸菜"等传统菜式。

现在，野生的乌耳鳗十分罕见，在野外生长多年的老鳗，龙鳞凤爪。村边每年干塘捕鱼时，偶尔发现藏匿在淤泥中的老鳗。谁抓到它，村民都前来道贺，说他运气好，惹得家境殷实的人家前来购买，每斤的价格比鲩鱼高出四五倍，作为珍贵的礼品送给高贵的客人。乌耳鳗营养价值高，被村民誉为"水中人参"。乌耳鳗炖胡椒，是家乡的传统高档食品。老鳗愈大，经济价值愈高。

乡土海鲜宴

故乡农家的传统习惯，每逢婚庆喜寿，都要办宴请客，富裕人家自然还要杀鸡宰鸭，一般农家却因地制宜，多数以当地的海鲜为主。

故乡"重教兴学"，家里再穷也要供孩子读书。我入学念书那年，家里像过盛大节日一样。因路程较远没有到县城孔庙膜拜，但我却要穿上蓝布料长衫、马褂，头戴枣子帽，活像个清代末年的遗老遗少。

开学当天中午，家里举办土里土气的"海鲜宴"。外婆、舅父及一些亲戚朋友前来道贺。我俨然坐在首座位置，祖母陪坐在旁边。桌上显眼地放置着一盘青葱（"聪"的谐音）和一盘大蒜（"算"的谐音），并一定要我品尝。这寓意着入学后耳聪目明，学成后办事情精打细算。席上个个举目望着我，鸦雀无声，严肃得有点冷清。大概，都注视着我怎么剥蒜吞葱了。

农家"海鲜宴"开席了，第一道菜是"烫珠蚶"。盛产于韩江出海口的珠蚶，肉质肥美、爽脆清香，是蚶类的优良品种（村民忌食或不食毛蚶）。圆滚滚的珠蚶（颗粒红果般大小），寓意着亲人聚会团团圆圆，也有润喉开胃的功能。瓷盆里装着珠蚶摆在桌子中心，母亲端来一壶滚烫的开水冲进盆里，用木盖捂住片刻，揭开木盖时，珠蚶已经烫熟了。每人只掰开吃几粒，剩下来的，饭后我装满两口袋出门找小伙伴共享了。

第二道菜是清蒸梳子蟹。梳子蟹味道鲜美，是农家饭桌上常见的食品。我国东南沿海盛产梳子蟹。家乡夏秋之间梳子蟹大量上市时，货多价贱，往往因销路不畅而造成积压腐烂。日落西山，叫卖梳子蟹的小贩眼见已无指望卖出去了，就无偿送给村民。

汕头经济特区曾引进加工梳子蟹的生产线，加工梳子蟹罐头，畅销西欧市场，特区曾把收购梳子蟹的网点开设在浙、闽、粤一带。但是，有关部门考虑各自的利益，加上沿海水体受到污染，梳子蟹资源日益减少，加工梳子蟹罐头难以为继。

席间还不断加添海螺、鱼虾干、蚝烙……印象深刻的是黄花鱼煮酸菜和海苔滚虾仁。这在当时农家饭桌上不算稀奇，当今兴许是一些星级酒店难得一见的名菜了。那时，选用的黄花鱼（村民称为金龙鱼）重三斤左右，并挑选农家自行腌制的色泽金黄的上乘酸菜滚汤，香飘满屋，汤水呈乳白色，这道菜不肥不腻，清香爽滑，咸淡适度，吃后口齿留香，这是当今各类酸菜鱼的味道所无可比拟的，难怪被誉为"第一鱼羹"。海苔，童年时是唾手可得的一种零食。饶平县海山岛的渔妇定期挑着满筐的海苔干品和海螺，穿村走巷叫卖，花一个铜板就买七八片（圆形，同紫菜干相似）海苔干品。穷苦的家庭，煮了一锅海苔，打下一个鸡蛋搅拌均匀或撒下一把小鱼虾干就可以吃个半饱。再加上一些番薯、芋头，一餐"无米饭"就解决了。

最后一道菜是甜品白果，这是潮汕地区筵席上的传统食品。白果，北方人称银杏。在山东曲阜孔府，甜品白果起名为"诗礼银杏"，是镇府美食，曾受到清代乾隆皇帝的称赞。我曾到过曲阜，令人惊奇的是，在制作这道甜品时，曲阜和潮汕的烹饪方法如出一辙，不但形似，而且神似。两地选料都十分讲究，挑选饱满的白果，放进由文火烘得香喷喷的猪油和蜜糖混合的锅里煨至熟透。原来，两地的甜品白果同一源头。据考证，唐宋以后中原地区屡遭兵乱，曲阜一批孔子后裔为避战乱而南迁，经江浙入闽定居于福建莆田，后来其中一部分迁到潮汕地区。莲阳旁边的溪南一带的孔氏家族，当今已传承到"祥""令""德"等辈序了。兴许，故乡的甜品白果的前身就是曲阜的诗礼银杏。

别以为举办海鲜宴是铺张浪费摆阔气，其实不然，海味都是就地取材，农家都吃得起。我家这次举办的海鲜宴，林林总总品种不少，大部分还是当今饭店的高档品种，不过以当时当地市集的价值计算，食材累加起来价钱大体与六筒米（农家用瓷缸装米，竹筒量米，装满一竹筒相当于一斤）相等。

菜色安排先后上席也有一定的讲究，吃完一道再上一道，切忌几道菜一哄而上，而且，中间还间歇喝工夫茶。筵席中喝工夫茶是当今海内外潮汕菜的特色，潮汕话谓之"煞嘴"（调换口味）。上席菜色多，荤素不同，食客口味浓淡不同，喝工夫茶可以调整口味趋向和谐，防止味道的骤然变化而引起不适。比如当你吃完海鲜时，突然转口吃甜品，强烈的反差不但会引起味觉不协调，不愉悦，甚至令人作呕。喝工夫茶清洗口腔，会使你恢复正常的味觉。

潮州菜名扬海内外，它的主要原料是海鲜，是在农家饭桌的基础上发展起来的。做得最土，吃得最香，潮州菜至今尚未脱俗离开乡土味道。

农家腌制菜

在我国农村各地，传统上都选用当地的瓜果蔬菜为原料，利用当地的传统加工方法，腌制出各种酸咸菜，成为一年四季农家主食的配料。腌制菜名副其实地被称为"农家一宝"。

在潮汕地区，一年四季，腌制菜的原料取之不尽，用之不竭，种类之多和加工腌制技术之精细，是各种腌制菜的佼佼者，不但满足当地城乡的食用，酸芥菜、菜脯（萝卜干）、橄榄菜等，还销售到我国港澳地区及东南亚各国。

故乡四季飞花，瓜果蔬菜上市不断，在心灵手巧的农妇手下，芥菜、萝卜、白菜、椰菜、芥蓝、生姜、大蒜、马蹄、竹笋以及众多瓜果及柑皮、柚皮、西瓜皮都可以做出各种美味的腌制菜。农家大宗的腌制菜以大芥菜、萝卜和嫩姜为主。"冬食萝卜夏食姜"，这是故乡男女老幼皆晓得的有效的保健方法。

家乡腌制菜的当家品种是潮汕大芥菜。村民把白粥和酸芥菜紧密地联系在一起，认为这是健康的饮食方法。潮汕大芥菜是芥菜类中的优良品种，耐肥、抗病力强、生长快，收获时每棵重可达三四斤。每棵芥菜中间的茎叶像卷心菜或椰菜一样卷曲在一起形成菜包，村民称之为菜蕾，是整棵菜中的精华部分。晚稻收割后，村民在靠近村庄的犁冬晒白的稻田上，平整起畦，种植大芥菜，勤浇水，勤施肥，科学地进行田间管理，春节前后收获。村民把收获的大芥菜放在当阳的屋前屋后晾晒大半天，使大芥菜缩减水分变得较柔软后，切开为两半或四份，然后放进大陶瓷缸或木桶腌制。在缸里、桶里，每铺上一层大芥菜后，撒上一把盐，人进缸里、桶里使劲用脚踩踏，使大芥菜淌出水分，又重新铺一层大芥菜，依照前面操作方法踩踏、撒盐，直到缸、桶装满为止，然后把缸、桶口封住。20天后，就可以揭开封口取腌菜食用了。揭开封口时，菜汁刚好漫浸在腌菜上。取出多少菜，菜汁也按腌菜的体积比例下降，这样，腌菜一直浸泡在菜汁里保鲜。倘若离开菜汁浸泡，不消几天，腌菜就会发黑、变质、腐烂。陈年的腌菜刚吃完，新一年的腌菜又接踵登场，年复一年循环不止。

在中国人的传统观念中，中草药"甘草"被誉为"合百味"。在农副产品中，咸酸芥菜也被村民称为"合百味"。腌制的酸芥菜神通广大，同村民的生活息息相关。故乡地处韩江三角洲下游水网地带，沙滩水面多，海水、淡水的水产品资源取之不尽，用之不竭。腌制大芥菜，正好迎合着烹饪禽畜肉和水产品。酸菜烹饪鱼虾蟹、贝壳类、禽畜肉，或蒸或炒，或炆或煎或煨汤，去腥保鲜，样样都合味。

当今全国南北各地，以酸菜为主制作的各种富有地方特色的小吃，数也数不清。有人群的地方，就有以川菜为代表的酸菜鱼，无论是酒家、饭店或街头的大排档，到处可见挂着"酸菜鱼"招牌。调成麻辣味，各种口味的食客基本上能够接受酸菜鱼。故乡饭桌上常见的酸菜炒田螺、河蚌、海贝或酸菜煮鲩鱼、鲢鱼、黄花鱼，现在既是农家菜，也成为饭店的高档菜色。黄花鱼煮酸菜，有口皆碑，已走上星级酒店的筵席。

谈论酸芥菜，不得不提及贡菜。顾名思义，贡菜是送往朝廷的贡品，以大芥菜为原料，切条、晾得半干后，添加白酒、砂糖、蒜头、姜等原料，压实封闭，便成为贡菜。它是潮汕腌制菜中的金牌产品，同菜脯（萝卜干）、橄榄菜（青橄榄和芥菜合在一起的腌制品）是行销国内外的拳头产品。

在故乡，地里生长出来的瓜豆蔬菜，土里生长的薯、芋、姜，乔灌木上挂着的水果，在心灵手巧的农妇们的调理下，都能腌制出适宜男女老少的、各种口味的食品。熟能生巧，农妇们腌制咸酸菜各有绝招，左邻右舍、妯娌姐妹串门时，主妇们都要拿出几种能代表自己水平的新腌制菜色，让客人们品尝，款色新的，味道好的，都会受到一番称赞。不知不觉中，互相借鉴、取长补短、推陈出新，不断提高腌制菜的花式品种和质量。这也是故乡一带腌制菜能普及到千家万户、长盛不衰的原因。

清代以来，潮汕地区出产的腌制菜，已经出口到东南亚各国，但出口产品多为农村单家独户生产或一些手工作坊加工生产，小打小闹，远未能上规模、上档次。加上包装、保鲜技术落后，流通渠道也未梳理通畅，商业部门收购不及时，造成腌制菜的出口量原地踏步。这样，在强手如林的国际市场竞争中未免相形见绌。

当今世界各地人民饮食结构发生了变化，大多数人追求低糖、低脂肪、低蛋白的食物。业内人士分析预计，发展腌制菜、泡菜生产将成为世界上的一大产业。众口难调，泡菜正好解决这一难题，它可以制作成咸、甜、酸、涩、辣五味俱全，迎合世界各地各个民族和各种口味。

我国现今在发展腌制菜的基础上，改进了一些工艺程序。东邻的韩国已捷足先登，日本等国也跃跃欲试。内行人能够理解，韩国的泡菜制作技术，是隋唐以后在我国腌制菜的基础上发展起来的。我国幅员辽阔，一年四季瓜果蔬菜不断，取之不尽、用之不竭，而且，发展腌制菜、泡菜生产具有一定的基础，东南西北都可以因地制宜，利用当地的瓜菜资源发展泡菜生产。眼下除了闽粤一带腌制菜已成农家饭桌上的基本菜之外，江苏、浙江一带的酱菜，四川的榨菜，陕西的咸酸菜以及京津地区、东北地区极具特色的腌制菜，广义上也属于泡菜范畴。"桂林山水甲天下"，在桂林街头，摆卖酸泡菜的商店、摊档随处可见，有的小贩还推着板车沿街叫卖，这也吸引着国内外游客品尝酸泡菜。可见，泡菜的潜力很大。我国腌制菜虽然有悠久的历史，品种也多式多样，但目前生产尚属群众性的自发行动，没有得到应有的重视。小规模分散经营，零敲碎打形成不了大批量的集约化经营，倘若有龙头企业有序地组织、安排生产，全国实行归口管理，建立基地，把千家万户各种经济成分纳入经营。这样，腌制菜在国际市场才具有竞争能力。

乡土菜走向星级酒店

中华民族历史沿袭下来辉煌的饮食文化，集合东西南北各地饮食特色和典型，百花齐放，百花园中绚丽多姿的花朵永不凋谢。现代各地的金牌名菜，都根植于民间的土壤之中，带着乡土的气味走上筵席。没有地方特色，就体现不出中华民族饮食文化的特色。

童年时期，在一次收割早稻时，我在稻田边的一个水氹里捕获了几条肥大的鲫鱼，高高兴兴地带回家。盛夏口渴，我像往常一样，到陶罐里捞出一粒酸梅（自家腌制的），放在碗里捣碎，撒点红糖，冲了一大碗井水一骨碌喝下肚（民间消夏解渴的土办法），顿觉清凉沁入肺腑。

母亲知道我爱喝酸梅汤，又见我捕捉来几条鲫鱼，笑着说，晚饭做鲫鱼酸梅汤让你解馋。

母亲把鲫鱼洗干净，不脱鱼鳞，利索地剖开鱼肚，去掉内脏，塞进几片姜，备好两三粒酸梅，又打发我到村头杂货店买来一斤豆腐。备足材料后，母亲烧柴生火，在生铁锅里放少许猪油，把鲫鱼整条下锅，文火慢煎，待锅里发出嗞嗞声响时，把鱼翻转过来，鱼鳞已呈金黄色，继续煎。鲫鱼将近煎熟时，放下备好的开水、酸梅、豆腐，旺火煮滚，大功告成。上饭桌时，撒下鱼露、胡椒粉、葱花。

这是故乡一道地方特色浓郁的传统名菜，男女老少皆宜，寻常百姓也吃得起。烹饪鲫鱼酸梅汤的秘诀是务必留下鱼鳞，煎时鱼鳞变脆，煮熟时鱼鳞变柔软，鱼肉鱼鳞一起吃别有一番滋味。倘若去掉鱼鳞，鱼肉染上什味而不鲜美，就没有特色了。

一天中午，屋檐下母鸡跳出窝咯咯地叫着，我从鸡窝里摸出几只蛋。母亲笑着说：中午我来烙菜脯卵（萝卜干）送饭。她剁碎两个菜脯，打下四只蛋，放在一起搅拌均匀，锅里放入少许猪油后，把碎菜脯搅拌鸡蛋做成一个个烧饼般大小，不搭配任何佐料，放进锅里文火煎烙，当散发出香味后，像翻烧饼一样翻转过来继续煎烙。熟透了，香气四溢。这也是农家饭桌上常见的普普通通菜色，就地取材，做法简单。

回忆起妈妈亲手制作的鲫鱼酸梅汤和菜脯卵，真叫人垂涎欲滴。临退休时，有一次我出差到汕头经济特区，某星级酒店，为了弘扬潮汕地区传统美食，重新推出蚝烙、牛肉丸、鱼饭、珠蚶、菜脯卵、鲫鱼酸梅汤等。这委实吸引着无数潮汕游子前来就餐，慰藉淡淡的乡愁。但是事与愿违，农家随时随地可以吃到货真价实、香脆可口、制作简单的菜脯卵，却在商业行为驱使下无端添加上江瑶柱、火腿肉之类，质量变了，原汁原味也消失了，可价钱却翻了几番。我真不知道这种短视行为能维持多久。更可惜民间传统美食鲫鱼酸梅汤也被黑了。当今的水源受到不同程度的污染，野生的肥大鲫鱼少见了，商家却以鲤代鲫，称"鲤鱼酸梅汤"。倘若用土办法制作，保留原汁原味，这还说得过去。可是，商家却想当然地在汤里添加冬虫草、党参、枸杞、桂圆等中草药，以所谓润肺、护肝、壮阳的噱头招揽食客。这纯粹是一锅什锦汤，且价格贵得令人咋舌。

中国经济是世界经济的一部分，改革开放后，国外的洋快餐随处可见，这是正常的现象。商业行为驱使有些人拉郎配把一些中国传统食品和洋货混杂在一起，起个洋名字，涂脂抹粉后身价倍增，这是一种"回光返照"。物换星移，风水轮流转，过了一段时间后，国人发现：其实很多传统食品的味道、营养价值比洋食品强得多。经营传统中国菜的茶楼、酒店、饭馆的腰板硬起来了，经营传统饭菜将其发扬光大。

各地的名菜和传统小吃，都是取材于当地的特产，在实践中不断改进烹饪方法，去粗存精，不断发展，不会一成不变的。中国菜在强手如林的世界竞争中，既要博采众长，又要保留自己的特色，才能立于不败之地。在这个意义上说，对中国传统名菜、名小吃的食材加以增添，更加完美，青出于蓝而胜于蓝，这是正道。但是，没有经过充分的分析、比较、试验而随意增添食材，改变菜肴内部结构，以此为噱头，以商业行为作目的，轻者谓之狗尾续貂，重者则谓之破坏中华民族传统食物，走邪道。

因家乡的味道而诱发乡愁。孩提时代有一件事至今牢牢地嵌在我的记忆里。那天，我在村边的河沟中挖到一篓河蚌高高兴兴赶回家时，见到厨房里堆放着萝卜，就催促母亲用萝卜炒河蚌，赶在晚餐吃。母亲说白萝卜炒河蚌不合味，还是炒酸芥菜好。我一脸茫然，母亲把河蚌放在盆里用清水养着，在盆里放上一小块生锈的破钢烂铁，刺激河蚌把肚子里的食物残渣吐个干净。晚饭时，母亲从陶罐里掏出自家腌制的酸芥菜切成一片片，把河蚌洗净后，将开水倒入滚烫的锅里，河蚌烫开壳后取肉切成指头般大小一块块，用少量番薯淀粉搅拌均匀，同锅里的猪油一起旺火煎炒熟，再放酸菜煮两三分钟后就起锅，再撒上胡椒粉等调味品，河蚌吃起来爽脆嫩滑，泥腥味全部消失了。

当今，城镇上一些有名气的酒家、饭馆或街头上的食肆，推出的传统名菜酸菜黄花鱼、早禾鸭炖鲜笋、清蒸乌头鲻鱼、嫩姜炒猪肚、烫珠蚶以及寻常百姓饭桌上常见的榄角蒸鲮鱼，酸芥菜炒蚬肉、田螺等，挑选材料和其烹饪方法基本上同农村里上了年纪的农妇手法相似。这更进一步表明招牌菜扎根于民间土壤之中，是从农家饭桌走向城市酒家的筵席。

晚饭时，我禁不住询问母亲，为什么河蚌炒白萝卜不合味？母亲知其然而不知其所以然，含糊地说：这是先祖流传下来的习惯。其实，当今的粤、川、鲁、淮扬四大菜系的招牌菜，都是由各地平民百姓饭桌上的家常菜演变而来的。它经过人们千百年的不断实践、探索，把原料、佐料、刀法、火候等的最佳因素结合在一起，再经过食客的品尝，配合大多数人的口味，这中间不知花了多少时间，集合了多少人的智慧、手艺，这就是中华民族饮食文化的底蕴。

当今，在海内外星级酒店的潮州菜系筵席上，土得掉渣的"烫珠蚶"是具有浓郁地方色彩的农家菜。潮州菜的品牌"金玉满堂"和"护国菜"，说起来外地人兴许不敢相信，那是分别用芋头、番薯或番薯叶加工烹饪的。南宋末年，陆秀夫在元兵追击下护送宋帝昺到粤东沿海一带。有一天，他们在途中饿得发慌，跑进一农户家要饭吃。四壁萧然的农妇找不到食物款待客人，情急之下，从猪饲料中选择肥大嫩绿的番薯叶，用蒜头、猪油炒熟，香气四溢，然后熬番薯叶羹。饥肠辘辘的宋帝昺连声称赞好吃，认为皇宫里的山珍海味没有一款比得上，特地给它起名"护国菜"。

无可奈何舂甜粿

故乡农户的餐桌上，除了应时的瓜豆青菜、水产品外，心灵手巧的村姑农妇，充分利用当地的食材，蒸糕做粿。只要想得到的，就能做得出来。糕类有豆糕（眉豆、绿豆、红豆、黄豆、豌豆、花生等）、芝麻糕、薯粉糕、萝卜糕、芋头糕等；粿类有甜粿（糯米粿，也即年糕）、鼠壳粿（藿草粿）、无米粿、朴枳（落叶乔木，叶形似桑叶）粿、红桃粿等，把大大小小各种形状的糕粿摆在一起，纵横成阵。

制作糕粿的原料，就地取材，因时因地制宜。有趣的是，经村姑农妇精打细算，制作出来的糕粿，同原材料比较，或许是经过发酵，量和质都相对发生一些变化，例如：用供四个人吃饱等量的米、芋头或萝卜制成糕粿，能供五个人吃饱，这是肉眼可见。而且，制作成糕粿后的色香味比原材料米、芋头或萝卜好得多，男女老少都爱吃。这样，无形中成为一种动力，促使她们动脑、动手，制作更多糕粿的花式品种。这就是潮汕地区传统食品长盛不衰的秘诀。

故乡农家的传统糕粿，根据当地季节的变化而变化，春夏秋冬品种不同，常变常新。清明时节做朴枳粿，端午节做艾草粿、碱水粽，中秋节做芋头粿和糕饼，冬节（冬至）做萝卜糕、汤圆，春节做鼠壳粿、甜粿等。此外，农户根据不同的喜庆日子或祭祖游神活动，制作各种各样的糕粿。这些糕粿，有的是用刀刻的木模印出来的，有的是妇女们根据自家的需求，捏出各种形态，美观精致。

潮汕人的风俗习惯是，男女老少过完冬节，就算添多一岁。所以冬节是很隆重的，当晚全家围聚在一起吃汤圆，寓意甜甜蜜蜜，团团圆圆。此外，家家户户特地留下糯米粉、红糖，等待旅居外地的亲人归家时，能第一口饭就吃上汤圆。

在诸多糕粿中，印象最深的是朴枳粿、鼠壳粿和甜粿。

清明时节，村边的朴枳树吐芽发枝长新叶。农户竞相舂糯米筛粉做朴枳粿。采摘树叶的工作落到小伙伴身上，大家备着一根长竹竿，竿端缚着金属钩，钩下嫩枝绿叶。有时轻脚快手攀爬上树梢，采摘最茂盛最肥嫩的树叶。家里大人们把嫩叶烫熟捣碎，连同糯米粉、蔗糖一起搅拌均匀后，用力搓揉，直到粉团柔软富有弹性为止，然后捏成鸡蛋般大小一团团，用木板压平，或炊或烙，是一种碧绿青翠、软滑清香的美食。长辈们在制作过程中，孩子们乘机在旁边凑热闹，用粉团随心所欲捏成形状各异的小动物，蒸熟后拿到门外与小伙伴们共享。

鼠壳粿是家乡一款富有地方特色的传统糕粿。春节，家家户户都做鼠壳粿，被誉称为潮汕地区第一粿。藚草煮熟后捣碎，富有黏性，同糯米混在一起做粿皮，粿馅有咸、甜两种，材料选用丰俭由人。甜馅以豆沙为主，咸馅则以虾米、鱿鱼、瘦肉、香菇为主。最后用木模印出各种规格、各种形态的粿品。

藚草是一种野生的小植物，我国南方、北方均有生长。南北气候温差大，藚草的生长期有所不同。古诗文中"秋风吹飞藚，零落从此始"，意即秋风起，大地寒，落木萧萧，植物凋零，藚草也成熟枯萎了。潮汕地区隆冬季节，田野里随处可见棵棵一寸长的藚草。它一株单茎不分蘖，顶部花蕊如盖，开着金黄色或银白色的花朵，茎和蕊周边长着毛茸茸的白色棉絮般的纤维。叶茎和花蕊一齐采摘，装满篮筐回家，传统上称为"金银满框"。时下国内经营潮州菜的星级酒店都有出品鼠壳粿。

潮汕人称年糕为甜粿。春节期间家家户户蒸年糕，这是长江南北、黄河上下游中华民族的传统习惯。故乡盛产糯米和蔗糖，家家户户过年竞相做甜粿。它保鲜期长，放在干燥通风处，经 20 多天不会变质。把成块的甜粿切开，或蒸或煎，一直食用到元宵节。

"无可奈何舂甜粿"，这是旧社会潮汕地区一句刻骨铭心、生死离别的口头禅。那时，穷苦人家生活走投无路，许多青壮年离乡别井到海外谋生。他们腰系潮州巾（水布），肩背市篮（竹筒编织的篮子），装着大块甜粿、菜脯，作为航程的粮食，在汕头港坐"红头船"漂洋过海。到达彼岸之后，他们留下一块甜粿，经风吹日晒，变成石头一样坚硬，留在身边。睹物思人，断肠裂心想起在故乡同亲人惜别的情景。

罚贼食蚝烙

蚝烙，在潮汕地区众多的传统小吃中，是首屈一指的品牌。它既经常见诸穷乡僻壤农户的饭桌上，又能登上大雅之堂，当今竟是星级酒店筵席上的名牌菜。男女老少，不论贫富贵贱都爱吃。

蚝烙（台湾叫蚵仔煎）是粤东、闽南、台湾的传统小吃，原料是番薯淀粉和黄蚝，十分简单。家乡莲阳一带是番薯淀粉产区之一，而饶平县洪洲镇是广东省三大产蚝区之一。洪洲出产的生蚝（黄蚝）是制作蚝烙的上乘原料。就地取材，用土办法烹饪的富有地方特色的小吃，最接地气、人气，使人味蕾喷香，口舌生津。外地人到潮汕地区，非要品尝蚝烙不可。旅居海外的潮籍侨胞，回乡观光返程时，必定带一包家乡的番薯淀粉回侨居地，亲友聚会时，主人亲自动手制作蚝烙（世界各地都产蚝）款待，以慰远念。

制作蚝烙的方法简单。采用农家自产的番薯淀粉，用温水稀释后，放下黄蚝或珍珠蚝一起搅拌均匀，定量放进猪油和蒜头在平底锅里炒得喷香，再倒入搅拌好的淀粉和蚝，均匀披在锅面上，很快液体变为固体。文火煎烙一会，翻转过来再煎烙，两面煎烙得呈淡黄色为佳品。上锅后撒下胡椒粉、葱花或姜丝，更重要的是用潮汕特产鱼露调味。一款地地道道，农家原汁原味的蚝烙就这样做成了。香气四溢的蚝烙，嫩滑清爽，肥而不腻，软而不沾，脆而不硬，吃了口齿留香。

烹饪蚝烙的硬功夫是掌握火候，火太旺必定烙焦，火力太弱又造成半生不熟。家乡的农妇，心灵手巧，个个都能制作出上乘的蚝烙，餐馆里的厨师，也自叹制作蚝烙的手艺不及农妇。

小吃虽小乾坤大。蚝烙早已走出潮汕走进周边各省，并走向全国甚至全世界。各地有的缺乏番薯淀粉，就用木薯淀粉、藕粉、马蹄粉代替。沿海盛产牡蛎（蚝），可以就地取材。作为大众喜欢的小吃，蚝烙存在极大的市场空间和发展潜力。

过去，蚝烙是家乡一带普普通通的食物，比吃饭还省钱，农家摆上一大盘蚝烙，往往当作一顿饭菜吃。开饭了，孩子们愁的是白粥不能吃个够，蚝烙虽好吃，但再好吃的食物也要适可而止，吃多了，令人滞食生畏，甚至反胃。家乡流传着一个"罚贼食蚝烙"的故事，令人忍俊不禁，教益深刻。

家乡被誉成为"海滨邹鲁"，历来重视兴学育才，不惜重金到外地聘请高明师资。一位从山区来家乡执教的私塾先生，轮流到各家各户吃派饭。出于对教师的尊敬，第一天农户特意以蚝烙款待客人，教师从未尝过这种美味！举筷把蚝烙一扫而光。第二家请吃饭的农户看在眼里，出于尊敬老师，煎烙了更大一盘蚝烙，还增加了一大碗酸菜鱼，吃得教师眉开眼笑，频频叫好。善良朴实的农民见教师吃得高兴，心里也十分高兴。第三、第四家农户照样画葫芦，继续敬请老师吃蚝烙和大碗海鲜。可教师吃腻了，胃口不开，愁眉苦脸，又难于启齿告诉农户。

一天夜晚，村民逮住一个入屋盗窃财物的小偷。如何惩办小偷，大家争论不休。出于对教书先生的尊敬，大家押着小偷前来征求处罚意见，教师盘问斥责小偷一阵子后，语出惊人："禁闭三天，餐餐'罚贼食蚝烙'！"这下子把村民弄懵了，哭笑不得。村民经过一番思考后恍然大悟：蚝烙虽然好吃，但是接二连三地请老师吃，再好吃的东西也会使人承受不了，这是出发点好而效果不好，好心办坏事啊！

"罚贼食蚝烙"，故事情节简单，却是揭示人们对食物需求的充满哲理的警世良言！

沙垄风情

莲阳乡境内，村舍屋瓦相连，像长龙一样躺在汕（头）厦（门）公路西畔。莲阳乡东畔是连绵不断的沙垄，起起伏伏绵延 10 多里。

上巷村坐落在莲阳乡的中部，也是沙垄的腹地，沙垄高、地盘大。旧社会封建迷信说沙垄地带是风水宝地。沙垄状如长藤结瓜，一个个沙垄活像一个个硕大的瓜果，寓意着人才辈出，物阜民丰。

大自然的破坏力和创造力往往并存。隋唐时期，故乡一带还沉浸在茫茫大海之中。《古文评注》中韩愈的《祭鳄鱼文》中提到，当时潮州府治还位于海边，府治与当今故乡相去约六十里地。韩江上游泥沙俱下，年复一年，沉淀积成海滩。汹涌澎湃的海浪又不断把泥沙推涌上海岸。南海一带地壳大变动时，大地震带来大海啸，滨海地壳有的凹落有的凸起，形成目前大大小小、高低不平的沙垄。

近百年前（1922 年 2 月 8 日），南澳县海域发生大地震引发大海啸，南崎山下一片汪洋，上巷村西畔海水漫上屋顶。海潮退后，巷前屋后或院子里低洼积水深，鱼虾戏水，螃蟹横爬。然而，村中央沙垄形成一道屏障挡住潮水，除了受狂风毁坏一部分房屋和大片树木连根拔起外，东畔村民基本安然无恙。

沙垄，富有地方特色，为故乡的风貌增添了无限风光。沙垄，是热带亚热带风貌的盆景、缩影，飞禽走兽、奇花异草随处可见，更是昆虫的乐园。童年时，经常同小伙伴们在沙垄嬉戏追逐，扑打滚爬，挖沙洞、甩泥巴、捉迷藏、放风筝、扑蝴蝶、捉蟋蟀、捅黄蜂窝、爬树掏鸟窝、采野果、捕老鼠、打狐狸……沙垄，余韵悠长，永生永世牵挂它。

亚热带风物的缩影

南疆海隅的沙垄，多少带有我国大漠南北的几分特征。虽然从未见昏天黑地、沙尘滚滚的"沙尘暴"，但是，每到秋旱季节，南海风起云涌时，沙垄也呈现出灰蒙蒙、尘飞沙扬的情景。

在小伙伴的心目中，沙垄既神圣又神秘。沙垄地带分布着一个个沙丘，丘顶是飞鸟不落脚的不毛之地。沙垄起伏凹低的地方，到处可见稀稀疏疏地长着的仙人掌、剑麻、假菠萝、茅草和许多不知名的多刺耐旱植物和一些棕榈科树木。遗憾的是见不到婀娜多姿的椰子树和槟榔树，要不然，这里的景物同海南岛西海岸的风光类似。

大暑小暑，上蒸下煮。晌午时分，沙垄上沙砾熠熠，犹如炉口喷出的灰烬，令人看了刺眼。这时，把带壳的鸡蛋放在沙垄上暴晒，不久就可把鸡蛋蒸熟。平时最适应干热气候的大小蜥蜴、变色龙，也热得逃到荆棘丛下吐出舌头喘气。机灵的小昆虫躲在木杂草丛中，背着阳光，不飞不叫也不跳。

有一种外界罕见的蜥蜴（土名胶母蛇），体重半斤左右，杂食，以小昆虫为主。全身披着鳞甲，杂色，以淡黄色为主，在阳光照射下五彩缤纷。它左摇右摆缓慢爬行着，三五成群栖息于荆棘、杂草丛中。村民认为它是捕食害虫能手，历来加以保护，从不捕杀。它见到人畜也从不逃避，无所畏惧地在路上爬行，小伙伴怕其受耕牛及重农具践踏，用木棍把它赶进路边杂草丛中。顽童有时伸手把它抓住，它却从不咬人。这种可爱的小动物后来被饕餮者认为肉质嫩滑鲜美、营养价值高，作为筵席上的高档野味而遭到毁灭性的捕杀，现在濒于绝种。

在沙垄高亢处的不毛之地，阳光露雨却孕育着一种耐干旱、高温的小植物（土名猴辣或辣豆）。它叶状似韭菜，却低矮叶疏，长在地下的根系十分发达，每条根须都长着一粒状如黑豆的根瘤，捣碎辛辣刺鼻。它露出地面的部分很少，但埋在地下的根系却伸张范围大、土层深，掘出地面往往有黑豆似的根瘤十多粒，很难挖得干净，无形中起着固沙保土的作用。春风起春雨淋又生，每粒根瘤往往长出一棵新苗，铺在地上一大片。它发出一种特色气味，牛羊都不吃，顽童搞恶作剧，趁人不防备把捣碎的猴辣塞进别人的鼻孔里，辛辣得让人直打喷嚏。

沙垄周围是土地肥沃的旱园，种植着甘蔗、黄麻、番薯、花生、大豆、果菜等经济作物。如果说，澄海县是全国农业高产的地方，那么，故乡一带是澄海县粮食和经济作物的单位面积产量最高的。沙垄深处还遗留着一些乱葬岗子（荒坟墓），有时也成为牧童放牛之地。尽管这里是连绵不断的沙垄，但属海洋性气候，雨量充沛。沙垄边缘的低洼处，散布着众多的水塘、水凼，是从沙垄中渗透出来的雨水积成的，常年保持着一汪清凉，周围水草丰茂，是各种水生动植物的繁殖场所，面积较大的水塘，还长着野生的菱角、茨实等。夏日傍晚，沙垄散热后，清风扑面，村里的小伙伴经常前来水塘泡水、捕鱼虾。这称为土法避暑，沙垄成为避暑胜地。

南海风起云涌，电闪雷鸣，风吹雨打，一雨成秋，沙垄散热后空气格外新鲜。晚上，小伙伴们离开闷热的村庄来到沙垄，或闲聊，或嬉戏，听周围虫声群起，蛙声不断，仰望满天繁星，凉风习习，暑气散尽，玩得尽兴才归家。

先人对生活环境的选择往往是一丝不苟，经过周密考察安排的。周围每个村庄都在村东南边沙垄上精心植种一片风水林，有榕树、绿竹、苦楝、刺桐、木棉、凤凰木等，还有黄皮、阳桃、杧果、荔枝、龙眼、梨、桃、李、奈和蕉园等。按照乡规民约，这里的树木只能种植，不能砍伐，让其自然飞花、繁殖。各种树木搭配在一起，高矮相间，各自利用地面、地下和空间、时间，互不干扰，相辅相成，和谐地竞相生长。林中或周围的荆棘、灌木、杂草丛生，加上附近广种香蕉、甘蔗、黄麻等高秆农作物，形成了沙垄中一定规模的绿洲。

沙垄绿洲成为飞禽走兽的乐园，蛇鼠打洞，蜥蜴、蜈蚣爬行，成群的昆虫，飞的飞、跳的跳、叫的叫，四季不断，昼夜不息。夏夜风雨将至，成群成片的螟蛾和长着翅膀的白蚁，借着微弱的月光挂满树枝，甚至飞进村子扑农家的灯火。脚向上，头向下，倒钩在树梢上的蝙蝠，离巢起飞，迎来了大好的捕食时机。夏末秋初，天气阴晦的下午，谁也弄不清从哪里飞出大群五光十色的蜻蜓，多时黑压压的成片，它们在低空盘旋、交配，引得百鸟飞来捕食。夕阳沉西，乌鸦、喜鹊、鹩哥、斑鸠、白露、白头翁、翡翠鸟……百鸟投林归巢，只有栖息在榕树上的夜鹭，离巢远飞到江河边、海滩捕鱼喂雏。天黑了，绕巢低飞聒噪着的乌鸦刚安静下来，又听到猫头鹰刺耳的嚎叫声。在沙垄小绿洲附近，随处可见"枯藤老树昏鸦"，却不见"小桥流水人家"。

沙垄绿洲余韵悠长，四时佳景不同。顽童们经常结伴到绿洲采摘野菜、野果。许多不知名的野菜已成为餐桌上的佳肴。有一种多年生的灌木，冬天里绿枝褪色显得枯黄，春天里却青枝绿叶，叶片毛茸茸的，枝茎上长小刺，枝叶的样子同人工种的草莓不相上下。夏天开花结果，果实形态同草莓相似，只是果实小得多，果味酸甜适当，是顽童们最喜欢吃的野果之一。兴许，这就是草莓的野生品种。

沙垄中的绿洲给小学生们增添了无限的课外乐趣。在老师的带领下，提根竹子结着小网袋，到沙垄招蜂引蝶，采集植物，捕捉昆虫做标本，胆子大的学生，还经常背着老师，悄悄爬上树掏鸟窝、捅蜂窝、捉蟋蟀……增加了很多在课堂里学不到的常识。

沙垄上的小绿洲也是藏龙卧虎之地，那时社会上的各派势力也把它作为活动场所。国民党军队节节败退即将逃往台湾时，到处"拉壮丁"补充兵源，小绿洲成为青壮年的"避难所"。倘若小股国民党兵贸贸然地进入绿洲，往往被里面的村民"就地解决"，缴械，给盘缠，劝其回家改邪归正。

解放战争时期，闽粤边凤凰山的武工队员，经常下山发动群众、了解敌情。武工队员脚穿黑力士（回力牌鞋），头戴白通帽，腰系潮州巾，手持驳壳枪。村民一打照面就知道他们是"老八"（对共产党的尊称，共字拆开下面是八字）。倘若一见"老八"同敌人交火，就冒着危险把他引进绿洲里，确保安全。绿洲，也成为"老八"同地下党员传递信息的秘密地点。

依稀中记得：与上巷村毗邻的涂城村东南边的绿洲名为"桃园"，面积大、树木多。各地流浪的乞丐进驻桃园结成"乞丐帮"，他们有组织、有头领、讲义气，不偷不抢，靠"吃大户"过日子。他们在周围四乡八里威慑地主、土豪劣绅。当那些老财、地主大户家里举办婚事、寿辰、添丁善事临门时，桃园的乞丐帮头领带着一班兄弟登门纠缠，索取粮食、银两，讨价还价，不达目的绝不离开，老财、地主都惧怕三分。

俱往矣！物换星移，随着人口增多、村庄不断扩大，有的村庄已和绿洲相连。随着农村城镇化的发展，各项建设必须征地，昔日的绿洲日益被鲸吞蚕食，到处是残林迹地，面目全非。有的树木已被砍光，沙垄绿洲已被平整，变成良田或工场、作坊。

毒蛇猛兽出没

谁能料到，连接着村庄人口稠密的沙垄，却经常发现毒蛇猛兽出没，伤害人畜的事例屡有发生。这里，昆虫、蜥蜴，啮齿类、肉食类、食草类动物繁多，各有各的生存空间。

月黑风高的夜晚，树上猫头鹰的嚎叫声和甘蔗、蕉园等高秆作物园里野猫、狐狸凄厉的哀鸣声，村里妇孺闻之不寒而栗。幼儿夜里啼哭不止，母亲就以狐狸临近来吓唬幼儿，止住啼哭。

这里一年四季，毒蛇横躺小路、村道或溜入民宅的情况时有发生，金环蛇、银环蛇、眼镜蛇、百步蛇等毒蛇数也数不清。好在村民在长期同蛇类做斗争的实践中积累了捕蛇的方法，也传下了疗法极佳的蛇药秘方，尽量减少蛇害。村民一见到毒蛇，群起而攻之，跟踪追打，哪怕挖地三尺，也要将其抓捕。

每当夜幕降临，狐狸、野狗、野猫、獾等先后闯到沙垄周围的甘蔗园、黄麻地里游荡，伺机闯进村子叼咬鸡、鸭、鹅，防不胜防。村民在鸡栏、鸭舍前挂着旧脸盆、铁桶，野兽一碰撞就发出声响而被吓走。中华人民共和国成立前，村庄夜里有更夫敲鼓巡更，给村民带来安宁，这也给兽类带来压力。

一

令人生厌的是猪獾、狗獾，它们像狐狸一样机灵狡黠，对农作物危害最大。它们喜欢栖息在村庄附近沙垄的洞穴里或荒坟中，比较熟悉村民的活动情况，经常昼伏夜出，人来它走，人走它来，防不胜防。

春天，沙垄周围的旱地里，村民播种着花生、玉米、豆类等农作物。夜里，猪獾开路，狗獾断后，觅食种子，危害极大，猪獾、狗獾可谓狼狈为奸了。猪獾伸着长长的嘴巴对着村民点播种子的线路，准确地把种子拱出表土，并吃得一干二净。夏末秋初，旱园里的瓜豆、番薯、玉米等尚未长大成熟。夜里，猪獾、狗獾来到旱地里，恣意拱土，咬断薯藤、玉米秆，剥食果实，农作物遭受严重毁坏，造成严重减产甚至失收。

村民忍无可忍，用食饵混着农药撒在地里，或装着铁夹捕捉，嗅觉灵敏的獾类就是不上当。有时，村民夜晚持着锄头、钉耙到地里巡视，月色朦胧中见到猪獾、狗獾正在拱土、啃庄稼。村民屏住呼吸蹑手蹑脚上前，看个正着一个锄头打下去，那家伙却不向前逃走，而是扭转身在你脚边溜走了。有时，村民迎面碰到獾类，互相对望，它不把村民放在眼里，走近时，却满不在乎地溜开了。

村民白天见到獾类，也围堵追打，不过不花太多时间和力气，而是注意观察它逃走的路线和藏匿的地方。诡谲的獾见到村民追打时，绕道溜进甘蔗或黄麻等高秆作物地里，等周围平静后，探头探脑观察一回，才闯出甘蔗园，静悄悄地逃藏进蔗园附近沙垄旁那片荒埔坟穴里。獾类逃走的过程却逃不过村民的眼睛。

跑得了和尚跑不了庙。村民到荒埔观察了一回，发现有翻过新土的洞穴，认定獾藏匿在里面。狡猾的獾藏匿的洞穴往往有几个出口连通着，村民把附近的洞穴口都封堵住了，然后拣拾来一堆枯枝杂草塞进土穴里，点燃起火，洞里浓烟滚滚，熏得獾蒙头转向再也撑不住了，拼命往洞穴外窜。村民早已备好棍棒，并在洞口张开网袋。不顾死活的獾张牙舞爪孤注一掷闯出穴口，不是落在网袋里，就是当场被乱棍打死。

当地的传统习惯，忌将四脚的野兽带到村民家里宰杀。大家将猎物带回村边找石头、砖头砌起炉烧火烹饪，红烧十多斤重的猪獾，大碗酒大块肉地吃喝着，谁经过这里，都被邀请一起吃喝。吃剩的红烧獾肉虽然按风俗不能带回家里，但一点也不浪费，等顽童过来一扫而光。

二

故乡地处韩江三角洲水网地带，人烟稠密。村东是广袤平坦的农田，一直延伸到海边，村西南峙山下是一片稻田，而南峙山也只不过是方圆二三十里，最高峰只不过海拔三百多米的小山，且山上乱石累累，不见山林，也不见茅草。意想不到的是，就是这样的环境，1950 年前后，竟然有狼、虎等猛兽出没。自唐宋以来，县志就没见过南峙山有虎患的记载。

1950 年春节前后，邻村南徽夜里发现有猛兽闯入民宅叼咬家畜。人们发现沙地上出现了"梅花状"的大脚印，惊骇地判断必定有猛虎出没。

那时溃退的国民党军队的残余，还困守盘踞在南澳岛、南澎岛一带。台湾当局没日没夜派飞机轰炸汕头，散发反动传单。潜藏敌务分子挑动神棍、巫婆兴风作浪，胡说老虎出现，国民党反攻大陆时机已到，谣言四起，弄得人心惶惶。南徽村农民协会及时组织民兵夜里加强巡逻，并定点伏击。果然，白天藏匿在甘蔗地里饥饿的老虎，夜里又闯入民宅咬猪，被伏击的民兵候个正着，当场举枪把老虎击毙，谣言不攻自破。南徽村民兵击毙老虎的消息轰动莲阳乡，传遍了澄海县和潮汕平原。翌日，打虎英雄戴着大红花走在前列，村民抬着扒在木板上的死老虎，敲锣打鼓、放鞭炮，游行整个莲阳乡，万人空巷，村民们异口同声称赞打虎英雄为民除害，几个顽童争先恐后挤入人群中观看老虎，胆子大的猴子福伸手抚摸老虎尾巴，被村民斥责阻止。思想曾经受到巫婆神棍影响的村民，在事实面前改口说，打虎挡灾，逢凶化吉！

南徽村打虎的事迹掀开了地方志历史记载新的一页。人们百思不得其解，为什么莲阳破天荒出现虎患？在人烟稠密的沿海地区，这不能不说是奇迹！聚讼纷纭，莫衷一是。经过分析，普遍认为：经历1937—1945年全面抗日战争和三年解放战争，闽粤赣边山区革命根据地不断扩展，武装斗争频繁，枪炮声不断，经常"隔山震虎"，老虎也不得不"搬家"，有的贸贸然闯入了平原地区。

三

有道是："前门打老虎"，需防"后门进豺狼"。莲阳人民群众既打老虎，又打豺狼，这是值得自豪的。听长辈们说，莲阳一带过去没见过狼，偶尔有一两只豺（当地称为豺狗）"客串"到这里，一两天后就消失得无影无踪了。奇怪的是，1949年前后，从南峙山到海边，经常有豺狼出没，伤害人畜。这兴许同老虎"搬家"一样道理，豺狼也流浪到平原地区了。

村民通叔年已40开外，身强体壮。他耕种的稻田靠近沙垄，地势较高，经常肩负锄头到水利渠道引水灌田。一天晚上，他发现两只状如家犬、灰褐色、短脚的豺一前一后迫近他，他急转身挥舞锄头横扫过去，差点打中前面那只豺，吓得它一跳离地一尺高，扭头逃走，后面的豺也跟着逃之夭夭。

凶残的豺通常雌雄住在一个洞穴，外出寻食时"夫唱妇随"，形影不离。这种现象在野兽中是极少见到的。它们也有"左邻右舍"，经常结伴伤害人畜。遇到大型动物时，往往几只豺一起围攻，虎豹都惧怕三分。村民曾谈论过这样一件事情：山坡上几只豺围攻一头耕牛，耕牛顾前不顾后，用角顶着前面的豺，谁知另一只豺迅速转到耕牛背后，左跳右跃，看准时机跳上前紧抱耕牛的后腿，对着肛门嘴咬爪抓，耕牛的小肠露出来了，痛得四蹄蹬着地，发疯乱跳乱跑，咬紧牛肠的豺不松口地在后面跟着。等到在田里耕作的村民赶来搭救时，牛胃肠被拉了出来，已瘫死在地上。

狼同豺一样凶残、狡猾，对人畜危害更大。附近乡村人畜被狼咬死的事情时有发生。农忙季节，村民起早摸黑到田间劳动生产，路过沙垄或南岽山下时，多人多次见到迎面一只个头比家犬高大、瞪大眼珠泛着青光、毛色灰褐、大尾巴下垂的恶狼。恶狼见到成年人持着农具，不敢贸然上前，夹着尾巴溜开了。

重提一下那位勇斗恶狼的通叔。有一天晚上，通叔到水利沟渠引水灌田，遇到一只饿红了眼的恶狼，紧跟在后面。距离只有十多步。通叔驻足向后望一眼，恶狼也停脚咧着嘴恶狠狠地望着他。他转过身继续往前走，饿狼居然继续在后面跟着。通叔停步，恶狼也停下来，恶狼一直跟在他背后 10 多分钟。直到他大声吆喝，捡起一块石头对准饿狼扔过去，饿狼才走开。

事后，通叔感慨地说，幸好当时只有一只恶狼，倘若两只，那么危险是难以想象的。自此以后，村民夜晚到沟渠引水灌田，都相约二人以上结伴同行。

豺狼当道，弄得村民生活不安宁。莲阳乡管陇村一个十四五岁的少年，夏晚在村口的庄稼地里弯着腰除草，被猛扑过来的狼活活咬死。村民听到呼救声赶来搭救时，豺狼已逃跑了，这激起了群众的愤慨。追捕豺狼成为当地群众的自觉行动，各村互相配合组成专业队伍到南岽山及沙垄中的荒埔乱葬岗，查豺穴、掏狼窝。一经发现豺狼行踪，农民立刻放下田地里的农活，拿起锄头、镰刀、棍棒，层层包剿，前面堵截，后面追赶，守住路口、桥头。它逃到哪里，哪里就响起打杀声，平时张牙舞爪的豺狼，夹着尾巴疲于奔命，豺狼要是侥幸往西畔逃上南峙山，尚有一线生存的希望。倘若逃往东畔平川，往往慌不择路，跳进沟渠或稻田里，被守在路口、岸边的村民候个正着，十之八九被活活打死。

周围村庄一打死豺狼，往往拖到关帝庙或妈祖庙前示众，激发大家除恶务尽的信心，然后，挖掘深坑把它埋掉。这样，外地新的豺狼少见再来，当地的豺狼被打尽杀绝。

捕鼠者说

　　沙垄周边的旱园里，鼠害特别严重。沙垄栖息着品种繁多的飞禽走兽，其中不乏蛇类、猫头鹰、野猫等，都是鼠类的天敌，为什么偏偏鼠患却仍闹得凶？村民解释说：沙垄周围的耕地水暖土肥，通过间种、套种，一年四季瓜菜、豆类、薯类等杂粮不断，为鼠类提供了丰富的食物。同时，鼠类的生活习性适应沙垄的自然环境，繁殖快。除鼠害，保作物，成为长期不能忽视的问题。

　　我们几个小伙伴，在村民的授意下，组成了"捕鼠小组"。在花生、大豆成熟的日子，也是鼠害最严重的时候，向左邻右舍筹集了一批老鼠夹，装上炒得喷香的鱿鱼干，晚上到沙垄周围布下鼠夹，诱捕老鼠。翌日凌晨到地里一看，大失所望，除了一个鼠夹上留下一小撮鼠毛外，其余的纹丝不动。原来狡猾多疑的老鼠出洞寻食时绕过了鼠夹。

　　我们拜访了村里一位四乡八里闻名的捕鼠行家里手，村民管他叫"老猫牯"。心直口快的他滔滔不绝地讲解捕鼠的知识和经验，并带我们到沙垄实地观察鼠洞，传授捕鼠的方法。

　　老猫牯的身世悲惨。1945 年日寇入侵潮汕地区时，到处奸淫掳掠，又逢凶年饥荒，他的妻子带着三四岁的男孩逃难到福建省上杭地区，从此劳燕分飞，音信渺然。年过半百的他仍然孑然一身，靠打短工过日子。

吹口技、学鼠吱吱叫是老猫牯的专长，几乎达到以假乱真的程度，有时可以把老鼠从洞里引出来。村民们历来把鼠类当为邪恶的象征，把老鼠肉当作污秽之物，捕鼠而不食鼠。老猫牯的看法却与村民不同，把鼠肉当作美味佳肴。平时在捕杀诸多老鼠后，从中挑选肥大的田鼠进行烹饪。有人嗤笑他食鼠，他驳斥说：不是我滥食而是你们不懂食。他说：广州曾有"家鹿"（老鼠）专卖店，鼠肉的价格比猪肉高得多。冬至季节，珠江三角洲地区贩卖"腊鼠肉"的小贩走街串巷，价格比腊猪肉、腊鸭肉高出好几倍。

老猫牯在实践中逐步掌握老鼠的习性和活动规律，提高捕鼠技能，做到"知鼠善断，十拿九稳"。

为什么小伙伴们夜里布置了20多个老鼠夹，翌日发现一只老鼠也夹不着？老猫牯分析说：老鼠的嗅觉特别灵敏、生性多疑。村民家里用过的旧的老鼠夹，倘若夹过老鼠后没有洗刷干净，夹上留下老鼠的气味或毛发，老鼠一见到、闻到就不敢近前而逃得远远的。老鼠的智商比较高，一遇到险情，鼠类会互相传递信息，避开有危险的地方。

老猫牯接着说：有时老鼠即使被夹住，若没有夹住躯体的要害器官，只夹住四肢或尾巴，就容易让它挣扎溜走。倘若一时没有夹住老鼠的头部或腰部、胸部而把它置于死地，它在挣扎过程中发出凄厉的哀鸣，这无疑是在向同类传递危险或绝望的信息。其他狡猾多疑的鼠辈会立刻逃离现场，蜷缩在洞穴里不敢轻易出动了。正因为这样，要对传统的木板鼠夹进行改良，将钳鼠的铁弓的口径缩小，并涂上白蜡，提高灵敏度和弹夹击发力。这样，只要老鼠一碰到木夹上的食饵，就不偏不倚地夹住鼠颈或鼠胸，来不及挣扎、哀叫就断气了。周围的鼠类不知不觉才可能继续上夹了。

老猫牯继续说："蛇有蛇路，鼠有鼠路"，准确摸清鼠类出洞寻食的路线和规律，捕鼠就能事半功倍。在田头地里随处放置老鼠夹，捕鼠率很低。狡兔有三穴，狡猾的老鼠的巢穴通常也有几个进出口。要根据老鼠的脚印和粪便，辨别经常进出的洞口。鼠类喜欢藏匿、进出于通风的荆棘、灌木丛和石璃、砖瓦边的洞穴，出洞寻食时往往所走的线路有一定的规律。它选择晴朗和温暖的夜里出洞寻食，有时还会在洞穴和地里间挖掘一条简陋的地道，这叫作走明路。阴雨天，鼠类走遮雨的暗路；刮西北风，气温低，鼠类走背风的斜路。根据春夏秋冬和天气的变化，在老鼠洞穴周围布置鼠夹，可提高捕鼠率。

老猫牯说：有时发现老鼠分明经过了布夹的路线，却没有把它夹住！反复伏在鼠窝附近细心观察后发现，原来狡猾的老鼠即将爬出洞穴时，先探头探脑观察周围的动静，拨弄鼠须吱吱叫了一阵子，一旦觉得周围情况有异常，马上缩进洞里；要是洞外情况正常，不是爬出来，而是用力跃出洞外，然后再行走。俗语说："青蛙一跃过三尺，老鼠一跃三尺三。"四两重的老鼠一跃往往越过放置在洞口的鼠夹。所以，准确判断洞里藏匿着老鼠时，要在洞穴口多放置一两个鼠夹，以增加捕获概率。

老猫牯的话句句在理，小伙伴们听得入心入脑。一个晴朗的秋晚，我们带着20多个经过改进的鼠夹，请求老猫牯带领，一同到地里捕鼠。老猫牯对放置鼠夹的位置、方向，一一做了具体的指导。翌日，天朦胧时，我们急急赶到现场看个究竟，好家伙！有八只老鼠当场被夹死。

老猫牯还带我们到现场给我们传授熏捕老鼠的方法。观察洞口时，如果发现鼠迹或新土翻动过，这说明里面藏匿着老鼠。鼠穴通常既挖得深又弯曲，我们用破碎布或树枝蘸上煤油，点燃后塞进洞穴里，在洞口拉张小网，老鼠受不了浓烟就会窜出洞自投罗网。

老猫牯是一位平平凡凡的老汉，童年时只念过几年私塾。他专心致志，成为捕鼠能手，为保护农作物做出了贡献。他不是天才，也并非有什么特异功能，"闻道有先后，术业有专攻"，三十六行，行行都可出状元。老猫牯能够做到的事，别人也同样能做得到，关键是有没有坚强的意志，有没有锲而不舍的精神。

故乡在土地改革时，正逢全国各地掀起了除"四害"高潮，是老猫牯大显身手的时候。老猫牯经常带领小伙伴们到沙垄、荒埔、田头地里，村前村后，采用各种方法捕鼠，他在挖地掩埋鼠尸前，砍下老鼠尾巴，送到"农会"统计捕鼠数量。老猫牯捕鼠数量不仅是村里第一，而且居全县前列，受到县里表彰。

蟋蟀——中国第一虫

斗鸡、斗鸟（画眉）、斗虫（蟋蟀），这是中国古代的传统，沿袭至今。斗鸡、斗鸟，大多是封建社会王孙贵族、士大夫点缀无聊生活的一大乐趣。当前，斗鸡濒于绝迹，斗鸟偶尔可见，而斗蟋蟀更具广泛性，似乎方兴未艾，从古代到现代，从城镇到乡村，从黎民百姓到达官贵人，都把斗蟋蟀作为一种高尚的娱乐，历来就有不少生动的文字记载。

岭南地区时令从小暑开始，捕蟋蟀、斗蟋蟀一直延续到白露季节。故乡闽粤边山野、田园、荒埔及村前村后的杂草丛中，都可以捕捉到蟋蟀。尽管是农活大忙季节，农民中午、晚上歇工回村，也喜欢抽空玩斗蟋蟀。榕荫下、祠堂边，村前巷口，男女老少围着木盆，欢叫声、吆喝声交织在一起，处处是指手画脚观看斗蟋蟀的热烈场面。

在环境的熏陶下，我从小就成为"蟋蟀迷"，经常跟随叔伯们或单独到野外捕捉蟋蟀，用陶罐、铁皮盒或竹笋编织的小笼子装蟋蟀。那清脆有节奏的嚯嚯鸣叫声，给孩童带来无限的欢乐，也给爷爷、奶奶们送来温馨的催眠曲。直到我离开故乡在广州瘦狗岭、岗顶求学，夏晚仍受不少蟋蟀鸣叫声的诱惑，走出校门蹑手蹑脚循声捕捉蟋蟀。这种行为，很快就被当成影响学习、玩物丧志而被制止了。

一

盛夏，正是闽粤边传统斗蟋蟀的旺季，捕捉、玩斗、买卖蟋蟀，各显神通，男女老幼都把它作为一种娱乐习惯。

村子里有一个捉蟋蟀能手，靠换卖蟋蟀获得大笔收入，我经常跟着他到野外捕捉，偷师学艺。太阳下山，月亮上山，村边沙垄、荒埔、花生地里、杂草丛中，远远近近蟋蟀声声，清脆响亮，把其他昆虫的鸣叫声都掩盖下去了。我胆子大，撇开小伙伴，独个儿循声寻觅，蹑手蹑脚，屏住呼吸，猫着腰走近洞穴时，机灵的蟋蟀"唧"的一声钻进洞里。我看个正着，认准洞穴位置，拣起石头、瓦片堵塞洞口。待到翌日清晨，提着水桶到附近塘凼打水，揭开石头瓦片，往洞穴里灌满水，蟋蟀憋不住，头一伸出洞口，就乖乖地被逮个正着。

岭南地区夏秋之间多下"捞夜雨"。放晴时，天蒙蒙亮，雨停了，在洞里憋不住的蟋蟀钻出洞外鸣叫，这正是捕捉蟋蟀的大好时机。凭实践中积累的经验，我们提着玻璃瓶，拿着一根草梗，轻步走近蟋蟀洞。大概因雨水淋湿了沙地，只要不正面对着蟋蟀，走近它的背后也不容易被发现。这时，看准向前猛扑捂住洞穴，趁蟋蟀惊慌逃遁时，眼明手快把它扑在手掌中，可惜有时也会把蟋蟀撞压死。要是被蟋蟀溜入洞穴，不要紧，用玻璃瓶里少许的水注入洞里（地湿使蟋蟀误以为大雨灌洞），然后用长草梗插入洞穴里左右、上下摇动，触碰蟋蟀。感到大祸临头的蟋蟀仓皇逃到洞穴口，畏畏缩缩地探头探脑，轻易就擒。

往蟋蟀洞穴里注水或插入草梗撩拨时，首先钻出洞穴的往往是雌蟋蟀。有时，一而再，再而三钻出雌蟋蟀，雄蟋蟀断后。原来，蟋蟀实行"一夫多妻制"，体型大、壮健、善斗的雄蟋蟀拥有"三妻四妾"。有趣的是，雄蟋蟀披星戴月彻夜鸣叫不停，其实是在展示它嘹亮、动听的歌喉和壮健的躯体，竞争着把那些游离在周边，犹豫不决选择配偶的雌蟋蟀吸引到自己身边，身边雌蟋蟀越多，说明这只雄蟋蟀越有能耐。可怜那些弱小、声调低沉的雄蟋蟀，却得不到雌蟋蟀的青睐，往往一辈子打光棍。这是蟋蟀提纯复壮、繁衍后代、优胜劣汰的自然规律。

二

蟋蟀品种繁多，我国幅员辽阔，气候不同，春夏秋季节，田野中都可以看到蟋蟀的踪迹，夏末秋初是盛产期。蟋蟀有金黄色、褐色、黑色、铁青色等多种多样。孵化出来的蟋蟀经过几次脱壳成长为成虫到死亡，前后生命只有三个多月，所以称为"百日虫"。雄蟋蟀前翅长着发声器，张举起来时左右摩擦而发出吱吱曲曲的声响。全国各地斗蟋蟀的方法大同小异，个头大、强壮、行动敏捷的雄蟋蟀一般都好斗、善斗。内行的人说：头大、尾直、后腿粗大，鸣叫声嘹亮，"虎头铁丁尾"型的雄蟋蟀是佼佼者。

斗蟋蟀的方法多样、简单，只要随地挖一个小土坑，放进两只雄蟋蟀就可以看到它们格斗了。我故乡斗蟋蟀最普遍是以"打擂台"的形式进行，在村头巷尾或榕树下放置一个平底直径0.6米左右的洗衣服的木盆或铁皮盆，参战双方各带若干蟋蟀到现场。蟋蟀在生疏的场合一般是不会随便格斗的，用长头发吊着蟋蟀牙左右旋转，或把蟋蟀掭在手掌中左右摇动，使雄蟋蟀晕头转向；或用毛发、草梗在雄蟋蟀头上撩拨，激怒它。然后，把两只蟋蟀头顶着头放在桶边，愤怒的蟋蟀触须相碰，就用头部猛烈地互相撞击。倘若强弱悬殊，只消一两个回合，弱者被顶撞得翻筋斗六脚朝天，或弯腰背弓，夹着尾巴败下阵来。斗赢的蟋蟀张开翅膀得意地鸣叫着，继续守住擂台，败方另选派一只蟋蟀上台格斗。

压台好戏是两只势均力敌的蟋蟀，看它们头部在互相顶撞较量一阵后，不分胜负，就双牙对双牙撕咬在一起，使出浑身解数，彼此你进我退，我进你退纠缠在一起，仰着头，蹬着后腿，互相催逼，几乎直立起来。围观者对两只蟋蟀各有所望，欢呼、叹息声混在一起，斗了好几个回合才见分晓。败者体力不支躺在桶边喘气，有时胜者毫不留情，猛扑上去对同类恣意撕咬，直到对方翅破脚断，肚破肠翻，一命呜呼。

按照约定俗成的惯例，在摆擂台斗蟋蟀的过程中，胜者不能主动"收兵"。斗赢的蟋蟀继续同多只蟋蟀较量，直到斗败为止，换一只上擂台，败方的蟋蟀成为胜方的战利品。这样斗败的一方往往"全军覆没"。外行看热闹，内行看门道。消息灵通的蟋蟀贩卖者，在现场观察，他相中哪只蟋蟀，双方讨价还价进行交易后，转手到市场高价出售。经过"实战练兵"的蟋蟀的主人从中挑选几只善斗的，精心进行喂养。恢复了体力的蟋蟀报复性强烈，格斗更凶狠了。

每当斗蟋蟀时，老母鸡在旁边咽咽地叫着，竖起头向斗蟋蟀木桶张望。人们往往把那些不堪一击和伤势严重的蟋蟀扔掉喂母鸡，母鸡起到清扫战场的作用。散场了，老母鸡也走开了。

三

蟋蟀是一种古老的昆虫，分布于世界上大部分地区，遍及我国大江南北，黄河两岸，古书上大多称为"促织""寒蛩"，北方人称为"蛐蛐"。它的外形同飞翔类的昆虫大体相同：头上长着两条长触须，嘴角两边长着一对锐利的牙，六只爪，两条尾（雌蟋蟀三条尾，不会鸣叫），雄蟋蟀两翼上方各有谷粒般大小的淡黄色或褚褐色印迹。这种成虫体长只有 20 毫米左右的小精灵，在昆虫世界中出类拔萃，被称为"国虫"，同"国花"牡丹平起平坐。

近年玩斗蟋蟀的旧风俗先后在全国各地兴起。当今，邹鲁之地山东省宁阳县是全国最大的蟋蟀集散地，这里的蟋蟀以健壮好斗而出名。大概是从 2000 年开始，宁阳县每年仲秋时节都举办"中华蟋蟀全国友谊大赛"。处暑刚过，宁阳县蟋蟀市场火爆起来，该县泗店镇，穿过镇中的公路两旁蟋蟀市场绵延十几里，两侧摆卖蟋蟀一档挨一档，人声鼎沸，汽车塞途。来自北京、天津、西安、上海、杭州等 20 多个市购买蟋蟀者达 10 万之多。腰缠万贯不乏其人，只要买主中意，购买一只蟋蟀的价格超过一头猪、一头牛不在话下。

中国人喜欢把衣、食、住、行以及一些比较有趣味性、有地方特色的群体活动的自发行为的出现追根溯源到历史文化层面去认识。早在 20 世纪 80 年代，我国出现了"蟋蟀热"，就亮出了"蟋蟀文化"的招牌，为"蟋蟀热"推波助澜。1985 年，天津市民间成立并挂起全国第一家"蟋蟀协会"（应该是蟋蟀爱好者协会，因为协会成员是人，而不是蟋蟀）。紧接着，上海、杭州、广州、西安、沈阳等 20 多个城市也先后成立了协会。一度被视为玩物丧志的玩蟋蟀活动中断了 40 多年后，又重新出现了。

四

我国玩蟋蟀有悠久的历史传统，有广泛的群众基础，使"蟋蟀文化"在中国各阶层中普及，决定其内容雅俗共赏，瑕瑜并存。士大夫、王孙贵族斗蟋蟀、赌蟋蟀，一掷千金，饲养时笼子雕梁画栋，金屋藏"蟀"，喂以珍馐。而黎民百姓把蟋蟀放入竹编小笼或陶罐，放进几粒黄豆或嫩草，欣赏斗蟋蟀，更喜欢夜里听其像催眠曲一样的悦耳鸣唱声。

《诗经》是古代一部百科全书，是古人观察世态、修身养性的一面镜子。其实《诗经》的大部分篇章，是由草木鸣虫飞禽所引发的。周代以来，有关蟋蟀的诗文屡见不鲜，宋代以后，玩斗蟋蟀的民谣、诗文也不可胜数。

童年时在故乡捕蟋蟀的地点主要是村庄东畔的沙垄、南崎山边的踏青埔和程洋冈村附近的余厝洲。沙垄地带的蟋蟀多为暗褐色，个头大，善斗，因近村边遭到滥捕，资源逐渐枯竭；踏青埔的蟋蟀资源丰富，多为黄铜色、红脚爪，个子较小，柔弱，在草丛中日夜不停鸣叫，很少栖息在土穴里，掀翻开石头、泥块，轻而易举捕捉到；余厝洲的蟋蟀多为深灰色，旱园地带的花生地、番薯地里和乱葬岗子到处可见蟋蟀的踪迹，每次到这里捕蟀，没有一次空手回家。我念初中时，同届莲阳乡程洋岗村的郑姓同学是蟋蟀迷，能熟练地背诵贾似道《促织经》中的一些段落。

乱臣贼子贾似道死后虽遗臭万年，但生前对玩斗蟋蟀如痴似醉，历史上称他为"蟋蟀宰相"。贾似道编撰的《促织经》流传在人间，是我国第一部全面研究蟋蟀的专著。专著比较系统地搜集全国各地有关咏记蟋蟀的诗文及民间饲养蟋蟀的方法。《促织经》分上、下两卷，集论赋、论形、论养、论色、论病于一体，至今仍然有较高的参考价值。

莲阳乡程洋岗村郑虎臣后裔虽然对贾似道怀深仇大恨，但对贾似道的《促织经》是认可的。童年时传说程洋岗村郑氏人家还保留着《促织经》的古籍本，据说"文革"期间，在"破四旧"时被销毁。

历史上不乏王孙贵族对国虫蟋蟀奉若神明，死了金棺玉柩厚葬，立牌供奉。更有甚者，用蟋蟀的行为来阐述做人道理，从儒家学说的角度考证，硬是提出蟋蟀也有"三德"：鸣不失时，是其信也；遇敌必斗，是其勇也；败则不鸣，知耻辱也。其实，自然界任何一种昆虫，都有其鸣叫的时间规律；斗败的蟋蟀夹着尾巴逃走还来不及，哪敢再在强者面前耀武扬威；遇敌必斗，毫无英勇善战可言，说到底只不过是向同伴逞凶，同类相残而已。

中国的蟋蟀文化，显得高深莫测。但它又是一锅大杂烩，令食客难以分清涩、咸、甜、辣，哪种是主味。其实，只不过是各种人从不同的观念、不同的角度借以抒发自己的思想感情而已。

手划小艇去采菱

"晚风送爽天放晴,手划小艇去采菱。菱塘碧绿水清清,一划一划慢慢行。手翻菱叶勤勤采,菱角红嫩角尖尖。采菱童谣轻轻唱,引来鱼虾静静听。"走过村庄东畔的沙垄,是广袤的田畴,阡陌纵横,田园成方,树木成行。这种美景,一直延伸到海边。靠近沙垄的一口面积约十亩的长方形水塘,村民管它叫"长堀"。天旱时,长堀仍然一汪清水,村民在此踩踏木头水车,引塘水灌溉稻田,塘水深浅不一,水草丛生,浮游生物繁多,野生鱼虾蟹应有尽有。塘面春夏秋冬长着浮萍,如水浮莲、茨实、菱角、水藻等,以菱角为主,偶尔也见到一些莲荷。长堀不属私人所有,也没有专人管理,动植物都是自生自灭。它的确是远近数十里内少见的充满乐趣、令人难忘的水塘,丰富的资源远没有得到应有的开发和利用。

不知从什么年代开始,村子里流传着长堀经常发现水怪出没的说法,吓得村里的妇女、儿童们夜晚不敢单独从这里经过,这或许就是造成长堀长期荒芜的原因。一次,村里一位中年农民到水渠里放水灌溉稻田,月色朦胧时绕过塘边,听到附近有哗啦啦拨水声和一阵阵低沉的怪叫声。他壮着胆子举起锄头趋前看个究竟,发现两只家猫般大小的水獭,见人走近时,齐刷刷地跳进水里逃遁。他恍然大悟,原来,这两只水獭发情期在塘边嬉戏、追逐、交配。巫婆神棍以讹传讹,村民误以为是水怪出没了。

中华人民共和国成立后，农村不断开展破除封建迷信的教育，并揭露巫婆神棍装神扮鬼欺骗群众的伎俩，提高了村民的思想觉悟。村里的小学生，也利用假日经常到长堀周围搞课外活动，采集动植物标本。

深秋季节，长堀水面上以菱角为主的水生植物繁茂。这里虽然没有北国连片望不见边的湖淀风光，但长堀的野生菱角是缩小了的湖淀"盆景"。顽童唱着采菱的童谣划艇、翻菱叶、摘菱角，却是在北方宽阔菱塘采菱的一个缩影。

夕阳西下，清风徐来，稻花飘香，水波涟漪。小伙伴一到塘边，眼见已开始枯黄半残的莲叶扶持一株将凋谢的莲花，两只蜻蜓时而在莲花上盘旋，时而在塘面上点水。一片枯菱卷曲的荷叶却藏匿着一只老蛙，瞪着眼全神贯注地等待蜻蜓飞近，可以猝不及防地吐出长舌头把蜻蜓卷进口里。塘里鳞潜羽翔，寻食的鹭鸶时而潜入水面，时而露出水面游弋，惬意地享受叼来的鱼虾。

小伙伴们来到长堀边，见到一只被村民弃用的残旧尚可使用的小艇躺在岸边沙滩上，便拖着小艇推下水，啪的一声响，水花四溅，塘水荡漾。受惊的老蛙跳进水里，鹭鸶展翅迎着晚霞飞去，慢慢消失在暮霭中。

小艇一下水，猴子福迫不及待爬上去，以手掌代木浆，一划一划艰难地向前行进。两个小伙伴先后登上小艇后，小艇因超重而停滞不前。原来，艇舷边几个小洞已涉水渗入艇里，小艇将沉没。于是，把瘦小的猴子福继续留在艇上，其余的人都下艇，站在水深齐胸的小艇两边，用手推着小艇向前，穿梭在水生植物之间，发现有一片菱叶在水面上载沉载浮就停下来，左手翻菱叶右手摘菱角。肥嫩的菱角，青里透红，两角尖尖，逗人喜爱。

水塘中心地带，菱叶茂盛，菱角多，可是水深超过顽童的个头，两人下艇扒在艇尾，伸直两脚击水，推动小艇前进，这比平时在池塘里游泳好玩得多。到了塘中心，扒在艇旁休息，眼明手快的猴子福翻菱叶摘菱角，小艇随风在塘中转动。嘴馋的猴子福，临场剥开肥嫩菱角，送进口里，大加称赞清脆香甜，逗得小伙伴直流口水，接着，猴子福不断剥开菱角，轮流塞进小伙伴口里。

其实，顽童们划艇并非单纯以采菱为目的，而是作为消暑戏水的一种方式，一举多得。日落西山彩霞飞，村里炊烟袅袅，大家采了半篮子菱角，准备返村时，偶然又发现几株茨实，脸盆般大小的绿叶在水面飘摇。随手翻开绿叶采摘一个毛茸茸、布满小针刺的茨实，剥开来，果粒上裹着一层黏糊糊褚红色外衣，剥开品尝，既清甜喷香又略带涩味，体会到"新剥鸡头"原来就是这个样子、这个滋味的。

当我们又扛又推着小艇上岸时，猴子福哎呀一声，连连叫疼，原来，他的脚板踩踏到四角菱，被刺得皮破血流。四角菱是菱角的变异品种，茎叶同菱角一模一样，生长环境也同菱角相同，但个头小，四方形，长着四个角。新鲜的四角菱的味道也同菱角一样，但村民们见了也懒得去采摘，它们成熟后自行脱落在塘底，菱壳浸在水里，不易腐烂，又坚硬又锐利，村民们不经意踩踏到它，就会被刺伤。村民们在塘中一发现四角菱，就整株捞上岸，不让它再暗里伤人。

猴子福建议伙伴们在他被刺伤的塘底附近周围摸索、寻觅四角菱。果然，大伙一举在塘底摸索出十几粒四角菱壳，便捞上来深埋在岸边泥土中。

沙垄是锻炼孩子的场所

沙垄，同农村孩子们结下了不解之缘。一方水土养一方人，沙垄虽然是一个毒蛇猛兽出没、蝼蚁结窝、荆棘丛生的地方，但更是一个培养、锻炼孩子们的理想场所。

旧社会，穷乡僻壤的农村孩子往往吃不饱、穿不暖，哪里还敢奢谈设娱乐场所。许多学龄儿童因家境贫穷失去了入学的机会，小小年纪就当"牛倌""鸭司令"，还要帮家里干农活。忙于生计的家长们也没有太多时间严加管教孩子，造成许多孩子任性，养成孩子既淘气又倔强的性格。

穷人的孩子早当家，较懂事的孩子，总要找些力所能及的事情做做。调皮的孩子，不知天高地厚，我行我素，除了到南峙山下捕鱼捞虾，到老榕树底下游水、爬树外，沙垄也成为他们自由发挥的活动场所：滚爬扑打，捉迷藏、掏鸟窝、捅蜂窝、捉蟋蟀、放风筝……玩乐的形式和内容说也说不尽。

沙垄，充实了农村孩子的生活，带来了无穷无尽的欢乐。这是生活在城市里的孩子所没有的。更加重要的是，通过沙垄的风物使孩子们增加了很多感性认识和生活经验，提高了孩子们的独立思考能力，培养了孩子们互相帮助、团结友爱的精神和锻炼了孩子们勇敢、勤奋的意志。

沙垄，是一个令人难以忘怀的好地方！

一　捅黄蜂窝

沙垄荆棘杂草丛中盛开一片紫蓝色漂亮的花朵，一位小伙伴随手想采摘，不料在嗡嗡声中被一只黄蜂飞过来蛰中右手掌，疼得他嗷嗷直叫。顿时间被蜂蛰的地方又红又肿，蜂刺一半蛰插在皮肤里，手指拔不出来。

半神仙就地拾起一块玻璃片，割断野生剑麻瓣端上锋利的刺代针，小心翼翼地把小伙伴手掌上的蜂刺挑出来。其他人急忙找来一些"叶叶红""白花蟛蜞草"等中草药捣碎，贴在同伴的伤口上。这些措施有消肿止痛的疗效。

村民们被黄蜂蛰伤的情况时有发生，这激起小伙伴们捅黄蜂窝，"为民除害"的决心。大家分头观察，跟踪黄蜂往返飞行的方向，寻找蜂窝。机灵的猴子福首先发现蜂窝，大家一看，在沙垄偏僻处的小绿洲上，蜂窝高高地结在一株毛竹上，足球般大小，周围有黄蜂不断飞出飞进。

伙伴们先前已不止一次捅黄蜂窝，所以积累了一些经验。大家分工协作，在竹竿上绑紧小镰刀，旁边扎着破布，蘸上煤油，猴子福自告奋勇当急先锋。他穿着厚衣裤，用厚布包住脸部，只露出眼睛，撑着长竹竿走近前把竿头燃着的火把对住蜂窝又捅又扎。嘭的一声响，蜂窝破裂，群蜂冲出蜂巢乱飞了一阵后，飞拥过来冲着猴子福进行报复。

伏在蜂窝附近地上的小伙伴，马上点燃早已准备好的柴草、破布，泼上煤油，冒起的浓烟很呛人。猴子福机警地跑过来卧在地上。我们也提着火把接应、护着猴子福，且战且走。散乱的黄蜂群龙无首，也不再近前，渐渐飞走消失了。我们称赞猴子福胆大心细，出色完成任务，一根"猴毛"都没受损。现在如遇此类情况，不能这样做了，要由专业人员来处理才妥了。

二　"鬼火"熄灭了

立秋后，秋分前，北方气候逐渐转凉，"无边落木萧萧下"。南疆海隅这边，太平洋形成的台风接踵而来，在酝酿台风之前，气候特别干燥、闷热。白天，沙垄灼热烫人。可一到晚上，沙垄散热后，扑面清风徐来，远近虫声啾啾，自鸣得意。只有蟋蟀自知日子已短，断续哀鸣"悲秋"了。

闷热的夜晚，小伙伴们在家里待不住，结伴到沙垄纳凉聊天。天色昏暗，抬头望不见繁星，也不见月牙，只见东南边沙垄偏僻处，蓝、黄、红色相间的火光星星点点，影影绰绰，忽明忽暗。为何萤火虫又出现了？急性子的猴子福嚷着要上前捕捉。咦！萤火虫是初夏时出现，现在已经是深秋来临了，莫不是有人夜晚还在烧烤番薯、芋头？秋高气爽季节，野外烧烤有可能引发火灾，烧毁大片庄稼，半神仙充满疑惑，思考着。

猴子福已经快步走向前看个究竟。他走近火光时，旷野不见人，只见一片荒埔乱葬岗子。他怔住了，驻足发呆，那火光也随着微风飘飘忽忽对着他迎面移动过来，猴子福慌张了，撒腿转身向后逃走。他一跑，加快空气流动，轻飘飘的火光也紧跟上来，穷追不舍，吓得猴子福瘫坐在地上说不出话来，火光停在小伙伴们面前不移动了。

"神光兮颍颍，鬼火兮荧荧。"见多识广的半神仙不慌不忙地说：我们碰上"鬼火"了，一听是"鬼火"，大家毛骨悚然。半神仙胸有成竹地说：不要慌、不要动、不要嚷，看我收拾"鬼火"，让它引火烧身。他从容不迫地从衣袋里掏出火柴擦亮，点燃了地上拣起的枯枝，挥手扔向前面的火光。刹那间，火光就消失得无影无踪了。

原来，沙垄偏僻处是人迹罕至的乱葬岗子，杂草丛中还可看到有的坟墓中白骨累累。经过长年累月的风吹、雨打、日晒引起骨头里的磷质散发出来，磷与水或碱起化学作用时产生磷化氢，质量很轻，燃点低。磷化氢与空气接触便会燃烧起来，夜里发出似火光的各种颜色，有光无焰，肉眼见光不见火。人走过时，光焰往往跟着移动。

过去不能科学地解释这一现象，历来被封建迷信的人称为"鬼火"。故乡一带的巫婆神棍，趁人们碰到"鬼火"时兴风作乱，说这是冤鬼到处找替身，一遇到它就会把你缠住……

当猴子福弄清楚"鬼火"到底是怎么回事后，建议大家继续再去找"鬼火"，消灭"鬼火"，别让它再到处吓人，半神仙开导猴子福说：鬼火是由空气引起的自然现象，来去无踪，不是随时随地想见就可以见到的。

三　占沙垄，放风筝

童年时，喜欢站在沙垄上，听惯了南海怒潮的吼声，看惯了晨曦从海上冉冉上升，也看惯了夕阳从南崎山慢慢西沉。而印象深刻的是站在沙垄上放风筝，有时也斗狠打"风筝仗"。别梦依稀，六七十年过去了，沙垄不存在了，现在的孩子很少有合适的场地放风筝了。

秋末冬初，长空雁叫，季风从太平洋东南方吹上陆地。这正是小伙伴们施展手艺，放风筝的理想季节。

制作风筝，大家用不着大人们的帮助，自己动手削竹笋、找纸张，用番薯淀粉煮浆糊，备好一捆网线（织渔网的麻纺线），按照自己的意愿和手艺，认真地制作蜈蚣、蜻蜓、蝴蝶、飞鸟等雅俗共赏的风筝，让同伙之间对风筝评头论足。

大家高高兴兴地带着自己的作品，到沙垄上放飞。一人占领一个沙垄，保持一定距离，互不干扰，避免风筝之间纠缠在一起而断线。风筝随风起舞，扶摇直上，欲与天公试比高。半神仙制作的"花蝴蝶"，前后、左右保持协调平衡，个头虽大，但显得轻巧，放飞时头部迎着风，慢慢升上空中，十分平稳，越飞越高，引发一阵阵的赞扬声。猴子福制作的"绿蜻蜓"翅膀左右不对称，头重尾轻，花很大力气放飞却飞得不高，直翻筋斗，左右摇摆，上下浮动，引发一阵阵的笑声。

这时，散仙彬带着风筝"猫头鹰"从附近沙垄走过来，得意扬扬地说："好样的，过来比比谁的风筝飞得高！"散仙彬年纪比较大，性格孤僻不合群，在家娇生惯养，在外面骄横跋扈。他的"猫头鹰"是别人帮他精心制作的，"猫头鹰"的双眼装着两个小铜铃，一起飞就叮铃响个不停。风筝线中据说是添加了混纺的纤维，比一般渔网线坚韧。因此，散仙彬经常向伙伴们炫耀、逞强，故意把"猫头鹰"同别人的风筝纠缠在一起，把别人的风筝线割断，使风筝飘落在远处的荆棘丛中或树梢上而损坏、破裂。

散仙彬盛气凌人激怒了猴子福，他不吭声拉着风筝快速走上前，在散仙彬身边转了几圈，"猫头鹰"和"绿蜻蜓"一高一低紧紧纠缠在一起，再也无法解开，只见猴子福使劲挽着缠在一起的风筝，前后左右走动。结果两败俱伤，风筝线都刮断了。飞得低的笨重"绿蜻蜓"跌落在附近地上，飞得高的"猫头鹰"却落在远处的树梢上。

沮丧的散仙彬蹲在地上，望着远处树梢上的"猫头鹰"叹气。猴子福深知刚才的恶作剧已达到教训散仙彬的目的，富有同情心的他又不忍心看散仙彬难过的样子，走向远处，快手快脚爬上树梢把"猫头鹰"取下交给散仙彬，并教训说："以后你若再在我们面前逞强，你会吃亏的！"

风筝，是中国的国粹。古往今来，在军事上、气象上、农业生产上都有应用风筝的原理。山东潍坊是中国北派风筝的代表，广东阳江则是中国南派风筝的代表，是当今中国最驰名的风筝之乡，它们都传承着中国风筝的文化遗产。

至今，无论是住在城市还是乡村的少年儿童，几乎对放风筝都有浓烈的兴趣。当风筝飘飘摇摇随风起舞，慢慢向天空上升时，你得仰天向苍穹极目远望，风筝的千姿百态，使你心旷神怡。而且，放风筝有利于调节眼睛神经和眼周的肌肉，放风筝，还得随风方向走动，并不断拉伸风筝线，有利于防止韧带和脊柱的退化。而最重要的是，少年儿童放风筝活动，大多是自己动手，按照自己的意愿，削竹笏、缚绳线、糊纸张、涂颜色制作出大小形态各异的风筝，有利于锻炼孩子们的手艺及创新、独立思考能力。

中国的国粹风筝，能否继承下来呢？这项高尚的运动，现在各地越来越少见了，在一些地方，特别是在城市里，开发房地产寸土寸金，像开放足球场那样，谁有能耐开放放风筝的场所呢？可能要等待"猫年"才能有所改进了。国际上各项体育活动，要积极参与，但具有中国特色的传统体育项目，不能让其自生自灭。

四 除虫害保庄稼

澄海县人口密度居广东省首位，人多地少。土地改革后，政府号召农民开垦荒地，增加耕地面积，村东畔连绵不断的沙垄，大多是飞鸟不落脚的光秃沙丘，却成为开垦的主要目标。

那时，上巷村已成立了"农会""妇女会""基干民兵"和"儿童团"，我和猴子福是村里儿童团负责人。小伙伴在沙垄玩耍时，眼见临近田地边缘地带的一片沙丘，稀稀疏疏长着青草和荆棘，不时还见到小青蛙跳跃、蝼蚁爬行，于是判断出附近有水源。小伙伴们在这里开垦近一亩沙地，种植玉米、大豆、花生、番薯、木薯等耐旱作物。新开垦的沙田，成为小伙伴们独立自主实践农业生产的"试验田"。

花生、大豆种子发芽破土而出，苗全苗壮，同村里大田的庄稼没有两样，小伙伴们看了心里欢喜。谁料只消两个晴朗的夜晚，新苗基本被昆虫咬断吃光了。原来，咬吃新苗的是一种土名叫涂蛄的昆虫，它浑身黄褐色，酷似蚂蚱、蟋蟀，个头比蟋蟀大两三倍，穴居、善跳跃，能短程飞行。它发声嘹亮，"隆——隆——隆"长鸣不止，把其他昆虫的鸣叫声都给压住了。涂蛄昼伏夜出，是夜里活动的昆虫类中的一霸，癞蛤蟆、蜈蚣都惧怕它三分。

涂蛄性喜干燥，洞穴往往挖在高高的沙垄上，而且经常搬迁，新挖的洞穴住不了几天，觉得腻了，便另换新居。涂蛄个头大，力气大，腿长爪利，巢穴挖得很深，新翻出的沙土往往有碗口大，大堆的有帽子般大小。尽管穴居距离地里农作物较远，但它行动敏捷，连飞带跃，嗅觉灵敏，很快就闯到田里损害农作物。

如何消除虫害呢？开始时大家把一些小鱼虾烤得喷香，撒上少许农药，星星点点撒在豆秧破土而出的地上。翌日，满怀希望到地里一看，撒下的饵料原封不动，死伤的涂蛄一只也见不到。原来，涂蛄以嫩草嫩根为食，鱼虾的气味倒引起它们反感。小伙伴改进策略，根据涂蛄喜欢晴朗夜晚出洞觅食的习性，在炒得香喷喷的米糠上掺上农药。受不住米糠香味的引诱，涂蛄倾巢而出争食。饱食的当场中毒而死，轻度中毒的六脚朝天在地上做临死前的挣扎。

除虫保护农作物的做法受到了村民们的称赞，之后，小伙伴们主动承担起了在沙垄周边田地除涂蛄、保作物的任务。

五 啃玉米像吹口琴吗？

土地改革时期，人民政府鼓励各地开垦荒地，扩大耕地面积，谁种谁收。顽童们在沙垄开垦荒地，种下花生、玉米、番薯等作物。春华秋实，作物长势良好，大家看在眼里，喜在心里。作物陆续收获时，除了铁哥们半神仙、乌鸟嘴和猴子福外，还经常邀请村里小伙伴前来帮忙收获，共享劳动果实。

故乡民风淳厚朴素。村民在村前村后旱园地里种植经济作物玉米、芋头、番薯以及各种瓜菜，通过间种、套种，一年四季收获不断。大家彼此互通有无，从不计较。东家摘豆角，西家掘芋头等轻活，通常让孩子们去完成，用不着家长们吩咐，孩子们自觉到别家地里帮忙。互助精神代代相传，潜移默化地培养了孩子们助人为乐、团结友爱的精神。

中华人民共和国成立后，这批学龄孩子大多念小学三四年级，假日里，大家经常结伴到沙垄亲手开垦种植的地里掘芋头、番薯，摘豆荚，剥玉米，临场搞野炊。大家随手捡来一些枯枝、干牛粪等作燃料，在地上挖一道坑，铺上一层燃料垫底，引燃后铺上芋头、番薯、玉米、花生等新鲜农产品，上面再盖上薄薄一层燃料。等到燃料烧尽时，大多数食物焗熟了，香喷喷的，总觉得比家里做的食物好吃得多。半神仙等人，总喜欢按照食物的形状，生搬硬套起个花名，摘荷兰豆荚叫"厸斗鱼"，摘青豆荚叫"掠鳗仔"，掘番薯、芋头叫"挖石头"。大家都心领神会。

在沙垄烧烤农产品的诸多项目中，最精彩、最形象的是"吹口琴"，指的是烧烤玉米棒子。它不是在沙坑里烤焗，而是用铁丝穿过玉米棒子，架在火堆上慢慢翻转烤熟。它最讲究火候，火力太猛容易烧焦，火力不均匀则半边烧焦半边不熟。玉米将烤熟时，散发出一阵阵淡香，诱人食欲。

故乡一带玉米的品种繁多，既有雪白、晶莹剔透的糯米型品种，以软滑香甜见长；也有紫色、金黄色和各色相间的品种，以香脆爽口取胜，个人按自己的口味选择品种自己烧烤。惹得附近村民也走过来品尝。

正当大家排排坐，手拿烤熟的玉米棒子横在嘴边啃嚼时，乌鸟嘴像发现新大陆似地叫嚷着，这个样子不是集体在表演"吹口琴"吗？惟妙惟肖啊！"吹口琴"传遍学校，传遍村里，赋予啃玉米棒子新名词，它吸引着更多的小伙伴到沙垄上"吹口琴"。

六　腌菜外销从沙垄出发

中国北方农民，秋收冬藏之后，农活少了，等待来年闹春耕。南海之滨的故乡，不管春、夏、秋、冬，农活永远干不完，特别是冬种作物，被当作一造来经营。除了种植麦、豆、薯等作物外，还是一年之中瓜菜种植的黄金季节，也是农家制作腌制菜的大忙季节。

秋冬季节，天高云淡，气候干燥，沙垄是加工腌菜的理想场所。村民除了小宗的腌菜在家里制作外，大宗的都到沙垄加工。晚稻收割后，村民纷纷利用冬闲稻田种植蔬菜，以芥菜、白菜、萝卜等为主，春节前后收获后，到沙垄搭起简陋临时棚舍，单家独户运来成堆蔬菜，形成一个个手工作坊。平时人迹罕见，夜里猫头鹰、狐狸嚎叫的沙垄，这时人来人往热闹起来了。"阳光披沙垄，卜笃切菜声。"故乡的传统产品冬菜、腌芥菜、贡菜、菜脯（萝卜干），就是从这里出发，远销到海内外的。

潮汕是全国著名的侨乡。许多旅居东南亚各国的潮汕籍华侨，至今仍然保留故乡一些生活习惯，对故乡农家的腌芥菜、冬菜、贡菜、菜脯情有独钟。每年汕头口岸的流通部门都到农村收购腌制菜出口，为国家创一大笔外汇。

在富有地方特色的各种腌制菜品种中，菜脯的名气最大，也是莲阳最大宗的出口产品。村庄周围的肥沃砂质土很适合种萝卜，秋种冬收单造亩产二三千斤。收货后，农民竞相到沙垄加工菜脯。菜脯同腌芥菜一样，既是出口的土特产，也是农家饭桌上常年必备的食品。

制作菜脯的方法虽然简单，但要花很多时间和人力。村民把新拔出土的萝卜一个个平放在沙垄上，任凭风吹、日晒、霜冻，挤出萝卜的水分。两个昼夜之后，僵硬的萝卜缩水，变得较为柔皱。开始第二道工序，根据即将腌制萝卜的数量，分层次把萝卜放进围起来的竹垫（用竹篾编织）里，每垫上一层萝卜，就撒上薄薄一层盐。然后几个人齐上围垫里，用力踩踏密实，盖上稻草封闭。每天早上把围垫里面的萝卜铺在地上晒，晚上又收集放进围垫里踩踏、撒盐、封闭。一层又一层简单重复操作。十多天后，白白胖胖的萝卜被压扁了，腌制的萝卜就可供食用了。

新腌制的菜脯，色泽金黄，咸淡适中，爽脆清香，是下饭、下粥的佳品，饮酒的佐料。用瓷罐陶缸把菜脯封闭，隔若干年后打开，香气扑鼻，变成黑褐色，软滑略带酸甜味的"老菜脯"，有助消化、清热解毒的疗效。

潮汕地区农家传统特色菜"菜脯卵"，原料是把萝卜干剁碎后，同鸡蛋、鸭蛋搅拌在一起，下锅文火煎焗而成。现在，农村饭桌上已很少见了。不晓得是怀旧还是创新，前些时，汕头市一些星级酒店偶尔打出"菜脯卵"的招牌，可惜酒店随意添加一些山珍海味，蜕变成不伦不类的菜脯卵，原汁原味都不见了，可是价格却翻一番。商业行为往往把一些富有地方特色的传统名菜抹黑了。

冬菜，也是故乡一种出口创汇的腌制菜。1950年前后，天津市是老牌冬菜的原产地。另一个冬菜的产地是莲阳乡的涂城村和上巷村，不过生产规模远不及天津。冬菜的原料是大白菜、大蒜（蒜头）和盐。北方的大白菜连片种植，天津市有取之不尽、用之不竭的资源。故乡不适宜种大白菜，用青叶"凤尾菜"（个头只有大白菜的一半）代替，加工后由汕头港外销。

冬至前后，正是加工冬菜的繁忙季节，村子里妇女们都放下潮汕抽纱的钢针，持着菜刀上沙垄，心灵手巧地把棵棵菜切成军棋棋子般大小的颗粒，到处是笃笃笃的响声。沙垄上到处铺着谷笪（竹篾编织成的席子，长 3 米，宽 1.5 米，平时用来晒豆、谷等农作物），把切好的菜粒均匀地撒在席子上风吹、日晒脱水（晚上加盖防雨露），两天后把半干的菜粒装进肚大口小的陶瓷缸瓮里，配上蒜头和盐，由壮汉提着毛竹槌用力一层一层压实，严密封口后便大功告成，等待启封售货。

70 年过去了，天津产的冬菜现在照样行销国内外，而故乡的冬菜在 50 年前就销声匿迹了。冬菜清蒸河海鲜是岭南地区的一道名菜。我逛市场时，所幸至今仍见到偶有天津冬菜出售，像以前的包装一样，是一个小碗般大小，肚子大，口子小的黑釉陶瓷器。谁料掀开包装一看，往往发现主要原料大白菜却由椰菜代替，蒜头少了，盐多了，金黄色泽便黯淡了，质量下降了，再也追不回原来的味道了！

探水深浅知鱼虾

如果说，上巷村东畔连绵的沙垄是培养、锻炼孩子们身直腰板硬的场所，那么，南崎山下稻田区的水域、滩涂，便是让孩子们领略水域韵味，习水性、经风浪的场所。

一百多年前，南澳岛海域发生大地震而引发海啸。上巷村的房屋被淹没，南崎山下稻田一片茫茫，浪拍山坡。潮水退却后，村边的鱼塘及南崎山下稻田中的沟渠、水圳、坑洼积水地，鱼虾蟹混杂比比皆是。

千百年来，南崎山下的"望天田"苦旱苦潦，遭遇病虫害时，造成粮食减产或失收。夏末秋初台风来临季节，一场大雨往往造成内涝，水漫田埂，但见禾苗露出叶尖在水面飘摇。稻田变泽园，成为水产类繁殖的理想场所。

旧社会，尽管孩子们不晓得饼干、糖果是何种味道，但他们衣袋里平时都塞满花生、鱼虾干品。这种现象也是城市里孩子们所罕见的。

在故乡，天气晴朗时，阳光照射得大地暖烘烘的，外地人经过汕（头）厦（门）公路时，不时可以见到光着屁股的孩子们，在公路旁的水域里捕鱼捞虾，弄得满身泥水。生于斯，长于斯，水域是他们理想的活动场所，从小就熟悉水性。探水深浅知鱼虾，同鱼虾结下了不解之缘。

鲤鱼戏春水

惊蛰一声响雷，大地回春，草木萌芽，更唤醒冬眠的爬行类、昆虫类等小动物，飞的飞、叫的叫、跳的跳、爬的爬、游的游，探春、迎春、争春。田野生机勃勃，风情万种。南崎山下稻田水位平连着江河，春水盈盈。地里秧苗碧绿苗壮，飞燕穿梭捕虫，返窝喂雏。村里炊烟袅袅，禽声哓哓。村民们手牵牛，肩负铁耙，忙着赶往田畴，开耕办田，准备插秧。

或许是鱼类的习性，也或许是经过犁冬晒白的稻田引入春水之后，散发着泥土的芳香，一到春雨绵绵的夜晚，引诱着河沟里的各种鱼类以及龟、鳖、蛙、蛇纷纷游到稻田里交配产卵。

夜晚，村民们抓紧时机，披蓑衣、戴竹笠，提着马灯、手电筒和鱼篓、网具到田野捕捞。南崎山下万家灯火，半明半暗，隐隐约约游动着，宛如夜空繁星闪闪，田野到处鲤鱼戏春水。

鲤鱼，是淡水鱼类中资源最多，人们养殖时间最悠久的鱼类，往往成群结队栖息于淡水湖泊、江河、池塘和杂草丛生的滩涂水面。它粗食、杂食，以水生动物、嫩草、草根为主食，耐寒、耐碱也耐缺氧的水域，繁殖力极强。常见的鲤鱼多为灰褐色、黄褐色，背粗肚大，上颚两侧各有两条短须，嘴阔。鲤鱼无论大小，鱼身上都长着 36 片粗大的鱼鳞。

经过犁冬晒白的稻田，灌上春水后，螺蛳和水生昆虫多，吸引着各种鱼类，特别适合喜欢拱土觅食的鲤鱼，可谓摄食、产卵一举多得。雄性鲤鱼经过在河沟里争夺配偶之后，胜者与雌鱼成双成对游上稻田中交配产卵，再不让第三者介入了。鲤鱼生性活跃，一游上稻田就戏水、追逐、翻滚、跳跃，噼噼啪啪声响不绝于耳。在沉寂的田野中，往往引起人们的错觉，以为大群鱼游上岸拥入稻田中。特别是那些不到一斤重的鲤鱼，只要田埂上或岸上凹处有浅薄的积水，往往可见到它在此活蹦乱跳。当你走近它时，它已经溜得无影无踪。遇到稻田鲤鱼多的夜晚，村民采取"捉大放小"的原则，抓捕大鱼，放走小鱼。巴掌大的鲫鱼随处可见，但大家不把它放在眼里。因为此时冬眠的蛇类出洞捕食青蛙、昆虫，村民春天夜晚到田野捕鱼时，切记携带一条竹子，以防备蛇类中有剧毒的眼镜蛇、金环蛇伤人。

天气晴朗的夜晚，村民们借着微弱的月光，远远近近，隐隐约约看到一幅活生生的"鲤鱼戏春水"图景：但见两条前后相随的鲤鱼，在追逐过程中，一会儿纠缠在一起，一会儿又松开，摇头摆尾转圈追逐。那条鱼肚又大又突的，是卵巢饱满的雌鱼，它回过头来侧身横卧在刚好露出水面的泥块上，一动不动，身体比较长的雄鱼快捷地紧贴着雌鱼，雌鱼身子倒转过来，腹部倾斜着朝上。雄鱼时而紧贴在雌鱼身上，时而垫在雌鱼下面，它们排出的卵子和精子结合在一起。之后雌雄鱼不辞而别，各奔前程返回江河、湖泊。而受精卵却附着在田埂边的水草或田底的稻根上，四五天后就会孵出小崽鱼。一部分游向江河、湖泊，一部分留在水稻田里。收割早稻时，小鱼已长成花生粒、蚕豆粒般大小，稻田中随处可见。

为什么南峙山下稻田里的鲤鱼、鲫鱼特别多？村民抓到一条特大鲤鱼后，秘密揭开了。土地改革时期，村民李清浩在春天夜晚南峙山下稻田中追捕一条生猛的大鲤鱼时，被挣扎着的鲤鱼溅得满身泥水，眼看鲤鱼将逃往河里，幸好附近的村民及时赶到，合力把大鲤鱼逮住。鱼尾着地，高度过胸，回村过秤，重量近三十斤，轰动了整个上巷村。莲阳艳芳照相馆的职工特地赶来摄影，放大后挂在照相店前长时间展览，吸引着众多群众前来参观。

群众认为南峙山下只有一些小河沟，水浅容不下大鱼，捕到这么大的鱼真是不可思议。一时间，巫婆神棍口里的好事、坏事谣言四起。几天后，附近村庄在靠近韩江堤围的河沟里捕获到大小不相上下的大鲤鱼。原来，南峙山下的农田是靠引韩江水灌溉的，建了水闸，贯通了南峙山下的河沟，闸门是由多片坚硬的木板组成，闸内外的水位经常保持一定的落差，闸板之间的小缝隙溢出来的水居高临下，经常吸引着鱼类在此闸板跳跃进出，特别是鲤鱼跳得最高，往往一跃而过闸板。春汛时间江水涨，大条鲤鱼顺流从上而下来到莲阳南峙山下闸门，跃过闸板，同黄河鲤鱼"跃龙门"的道理一样。

"惊蛰雷响鲤先听"同"鲤鱼戏春水"是联系在一起的。探水深浅知鱼虾，经过多年同鱼虾打交道的实践，村民发现，春雨绵绵的夜晚，在"先觉先知"的鲤鱼带动下，水域里的鱼类竞相游上岸，到稻田中交配、产卵。雨越大，上岸鱼类越多。好动不安静的鲤鱼一游上稻田，就跳跃、追逐、躁动起来。经验丰富的村民，听蛙声就可以判断那片田段是否有鱼类上岸。听不到咯咯大小青蛙聒噪的声音，说明听觉灵敏的青蛙发觉鱼类已进入稻田，被惊得藏匿进土穴里或杂草丛中。倘若蛙声四起，说明蛙类的天敌鲤鱼、鲶鱼尚未游进稻田中。村民们捕捞的方法多着哩，根据鱼类活动习性，或剔亮马灯，放在田埂上引诱鱼类，或蹲在岸边听周围的动静，做好捕捞准备，等待鱼类游过来自投罗网。每晚可捕十多斤鱼，没有人空篓回村。

春天夜晚到稻田中捕鱼吸引着村里的顽童们，纠缠着父兄、叔伯们带领着前往现场看看试试。顽童一到田野往往管教不住，东奔西跑、大惊小怪，帮了倒忙，破坏捕鱼现场。顽童听到临近岸边的田里鲤鱼跳跃、戏水的声响，迫不及待地赶上前来，灵敏的鲤鱼已跳进河里，错失了良机。等着等着，顽童见到两条鲶鱼双双上岸，蹑手蹑脚走到跟前猛扑过去。尽管手已碰到鲶鱼，但逮不住，让它溜到了河里。他们蹲在岸边守株待兔，眼巴巴等鱼再上岸，殊不知受到惊吓的鱼类再也不回头了。两次噪动抓鱼扑空，本来准备上岸的鱼也被吓跑游往远方了。

当晚，两手空空的顽童失望地回家，路上大家议论纷纷，提出明晚再到田中捕鱼时，大家要协作、配合，不能单独作战，有人建议："面临大敌，要真刀真枪上战场。"原来，顽童光靠双手抓不到大鱼，下一次大家分别带着木棒、菜刀等硬器到田野捕鱼。他们发现有鱼类上岸时，平心静气等待鱼类游到田中，几个人迅速上去，前后、左右包抄，举起木棍、菜刀一阵乱砍杀，尽管多数鲤鱼逃之夭夭，但是，犁冬晒白的田泥凹凸不平，身长、笨拙的鲶鱼往往走投无路，被一阵乱刀乱棒砍死、打伤。

上巷村南峙山下稻田地势低洼，地处韩江下游三角洲水网地带，上游带来滚滚泥沙使下游河床不断增高，内涝严重，河沟、水渠、池塘、水凼、滩涂水面遍布，是水族类繁衍的温床，鱼虾蟹品种繁多，特别是鲤鱼、鲫鱼、鲶鱼，凡是有水的地方就能见到。

稻田摆战场　鱼虾当刀枪

惊蛰时节，南峙山下河沟里的鱼类竞相游上同河沟里水位持平的水稻田里产卵，孵化小鱼。小暑季节，早稻基本收割完毕，在稻田中孵化出来的鲤、鲫等小鱼已长成花生粒、豌豆粒般大小。这时，除了鱼类，稻田里的虾、蟹、蛙以及昼伏夜出的水生爬行类、昆虫类小动物也出穴活动、觅食、繁殖。一物克一物，各种动物互为天敌，纠缠在一起，互相制约，甚至同类相残、逞凶，保持自然界生态平衡。

早稻收割后，田里的渍水只有一寸深左右，被炎炎骄阳暴晒得发烫。水浅鱼虾现，灵敏的鱼类，贴近地面游窜，寻觅水深的排灌沟或田埂边杂草茂盛的阴凉处；笨拙、迟钝的虾、蟹、螺蛳，逃到稻梗头边蜷缩着一动不动；昼伏夜出的青蛙、蛇、鳖等水生爬行类动物，早已钻进田埂边阴凉土穴里。

烈日当空，稻田水烫，正是捕鱼捞虾的好时机。小伙伴们提着戽斗、水桶、鱼篓、网具来到离村庄较近的稻田中物色捕捞场地，首选是田头排水沟较深、连着小水凼、杂草丛生遮阳面积较大的田段。然后围绕目标，脚踏稻田、弯着腰，手掌插入田里挖出一块块泥土，迅速地围起一道高出稻田水面的小土堤，把捕捞场地同大田隔开。接着是把捕捞场地的水用戽斗、木桶戽出去。随着水位逐渐下降，挣扎着的鱼虾东逃西窜，田面鱼虾多寡一目了然。

小伙伴们掌握时机，在戽水的小土堤内挖土围筑一个只容一两人戽水的燕窝形场地，并在这个场地的土堤中打开缺口，一边戽水，一边放置小网具。这样一来，田水集中归口流向燕窝状的戽水处，鱼虾也随着流向自寻死路游进网具里，路边的村民驻足细看后无不称赞小伙伴这种捕鱼方法巧妙、有新意。

有时，小伙伴们在稻田里筑土堤戽干捕捞鱼虾，发现被土堤围着的田块中有些水深过膝的水凼，田面的水已被戽干，鱼虾先后逃到水凼里去。大家戽鱼累得满身泥水满身汗，水凼的水还没戽出一半，网具只能捕捞中、上水层的小鱼虾，较大的斑鱼、塘虱、鲶鱼以及黄鳝、鳗鲡等钻进深水中难以抓住。半神仙想出一个好办法：几个人一齐站进水凼里踩踏泥土，转身搅拌，不断加大水凼的泥土浓度。这样一来，水凼里空气稀薄，迫得塘虱、斑鱼、黄鳝等透不过气失去活力，晕头转向，探头在水面呼吸，被轻而易举逮住了。"浑水摸鱼"竟成为今后小伙伴们一种捕鱼的方法。

稻田里摆战场，打完一仗又一仗。这回小伙伴们把注意力放在田埂边了。田埂长满杂草，布满大大小小的洞穴，藏匿着各种水生小动物，阳光照射不到的阴凉处，可谓水族的"避暑胜地"。熟能生巧，鬼精灵的猴子福，十拿九稳地辨别出洞穴里藏匿着哪种水生动物。他如数家珍地说：洞穴口散布着颗粒形状的泥土，穴里藏匿着成窝的田蟹；青蛙和水蛇的洞口相似，口小肚大，洞口的泥土明显湿润光滑；塘鲺的洞口选择在靠近水面的田埂边，穴口与水面持平，洞底宽，低于水面。实践证明，猴子福这番话说得在理。

田蟹和塘鲺的习性往往"三代同堂"聚在一起。当你伸手进蟹穴里，田蟹散开乱爬，有的用蟹螯狠狠钳住你的手指不松劲，有的则沿着你的手臂仓皇爬出洞；伸手进入塘鲺穴里，大小塘鲺乱作一团，互相碰撞，水花四溅，稍不注意就碰到它胸边棘刺，手指流血疼痛。大家最喜欢掏塘鲺窝，往往一窝就能逮捕两三斤。

青蛙和水蛇与其他水族不同，是孤独单居者，掏蛇蛙洞最刺激有趣。当你把手伸进蛇洞里，警觉的蛇缩成一团，竖起蛇头，紧盯着你手掌的动向。尽管大家都懂得水蛇无毒，不随意咬人，但都带着几分恐惧心态，一碰到粗糙的蛇身，马上把手缩回，自叹倒霉而离开。胆大心细的猴子福最喜欢掏蛇窝，他伸手进洞熟练地把蛇头按住，然后把整条蛇拖出洞。好家伙，肥大的水蛇足有一斤多重。

在稻田中捕捞获得大丰收，鱼篓和木桶装满鱼虾。大家余兴未尽，在稻田摸爬滚打，玩个痛快，个个变成了泥人，索性拉开了"稻田摆战场，鱼虾当刀枪"的打水仗序幕。打水仗的游戏规则是，在稻田里划出一道"楚河汉界"为标志，参加游戏的四个人分成两组，互不跨越界线，任意掏取泥巴或抓捕鱼虾蟹做"子弹"投掷对方。你来我往，参战人员都变成泥人，头发被泥土黏成一团，像戴了一顶帽子；眼睛、眉毛被泥土遮住，像戴着眼镜。仍然分不出胜负，就捉对儿厮杀。两组各自一个骑在另一个肩上，骑在上面的两个人互相推拉、扭打，下面两人互相钩脚踢腿，充分显示"南拳北腿"的硬功夫，而不是好看不中用的"花拳绣腿"。这是顽童一项最剧烈的游戏，双方往往难分难解纠缠好几个回合，谁跌下来就算谁输。更为刺激的是，胜利者在田埂洞穴里掏出水蛇，像围巾一样挂在失败者的脖子上。胜者很得意，败者不服气，继续争斗，结果双方都是胜利者，又是失败者。

收工了，荷锄负犁的村民在归家路上，见恶作剧的顽童玩得疯狂，不叫好也不叫骂。长者的观念是，这种游戏像爬树游水一样，有利于培养孩子们勇敢、敢担当的精神。

缕缕炊烟从村中升起。在稻田中打闹了几个小时的顽童这时已经又累又饿，来到塘边，来不及脱衣服，一头栽进亮光光、水汪汪的池塘，浸泡个痛快，洗去满身泥水满身汗。上岸后把"果实"分为一摊摊，每人一份带回家里。各人回家后拣出大的鲫鱼、塘鲺、田鸡做菜，小的鱼虾当场喂鸡鸭。

听取蛙声一片

夏至时节，南崎山上的小溪涧"清水石上流，蝌蚪顺水游"。由山上游向山下的蝌蚪，途中有的已由蝌蚪蜕变为拖着大尾巴形似蝾螈的小蛙，有的到了稻田中，已完全脱掉大尾巴变成小青蛙了。沿山溪虽然人们肉眼看不见青蛙，但是，"十里蛙声"的图景已呈现在人们眼前。虽然黄梅时节已经远去，但岭南地区村前村后都"青草池塘处处蛙"。

青蛙，两栖类动物，分布于世界各地，栖息于淡水水域、湿地、荆棘杂草丛中，繁殖力强。故乡一带还有栖息于树上的树蛙、栖息于旱地的旱蛙和山上的石蛙等，大大小小品种多得数不清。世界各地还不断发现青蛙新品种，人类的认知是无止境的。媒体曾报道福建省武夷山区发现青蛙新品种，取名"角怪"。细看媒体的图文，似曾相识。原来，儿时在树下玩泥沙时，在浅土层的洞穴中经常挖到头部呈三角形，眼边红色的小青蛙，当地村民也管叫它为"角怪"。看来，角怪也不是新品种。

青蛙，广东人叫田鸡，杂食，以捕食昆虫鱼虾为主。青蛙胃口大，当它饥饿时，饥不择食，同类逞凶、相残，在田野间，可以看到大蛙追捕、吞噬小蛙的场面。旧时，农村缺乏农业基本常识，也是千百年来沿袭的传统观念，分不清什么是益鸟，什么是害鸟，什么是益虫，什么是害虫，把青蛙当作饭桌上的一种佳肴美味，滥杀乱捕。现在，这种旧观念再不会沿袭下去了，当农民懂得青蛙是保护农作物的益虫时，采取了各种行之有效的措施加以保护。

晚稻插秧大忙季节，正是台风登陆频繁时。每次台风都带来滂沱大雨，连续数天，江河水涨。稻田里水满漫基，插下不久的秧苗，只露叶尖在水面飘飘摇摇。稻田里的青蛙憋不住长时间浸泡在水里穴中，纷纷爬上路边、堤岸边透气。夜晚到处蛙声一片，田野里众多昆虫齐鸣的"音乐会"，变成青蛙"独唱"了。青蛙能适应各种生活环境。爬上路边的青蛙不是随意到处乱蹦跳，而是蹲在地上，背对风雨吹打来的方向，既鸣叫着又警觉地察听周围的动静。倘若一只蛙觉得周围有可疑的声响，便扑通一声跳下水里，"一蛙跳惊，众蛙跳声"，引起了连锁反应，附近青蛙都纷纷跳进水里。隔了一会儿，多疑的青蛙觉得周围平静如常，又慢慢爬上岸鸣叫。

村民掌握了青蛙的习性，在细雨霏霏的夜晚，亮着手电筒摇摆，像萤火虫一样时隐时现，分散青蛙的注意力，听蛙声，迎着风雨的方向，轻步向前，隐约中发现青蛙蹲在地面，手电筒的强光直射过去，青蛙懵了，一动不动地闭着眼，坐以待捕。

潮汕地区民间俗语"老水鸡（青蛙）倒漩"（说的是有经验、有谋略的军事家，分析敌人排兵布阵的虚实，不为表象所迷惑，杀回马枪）富有经验的老青蛙遇到危险时，扑通跳下水回避，接着游回头来埋伏在附近观察敌情。感到平安无事时，又回到原来的地方。

能在旱地滑行的鱼

春夏之间，汕（头）厦（门）公路旁的河涌、沟渠、滩涂水面上，鱼儿在水面不停跳跃，这是难得一见的奇观，不时有捕食的鹭鸶掠过水面，鱼儿毫无顾忌地照样在水面跳跃，构成一幅"鱼鸟双飞"图，外地人路过，莫不驻足欣赏。

念小学时，学校刚好坐落在鱼塘旁边。在一个大雨滂沱的下午，班里两位坐在窗边的同学惊叫起来。原来，他们眼前一条笔架般大小的鱼，在雨中从院子里东边迅速滑行着溜到西边的阴沟里。

这种奇怪的鱼叫"过山鲫"，学名叫"攀鲈"，土名叫"巴摩"。它生长在热带亚热带的淡水水域里，粗生、繁殖快、杂食，成鱼最大不超过二两重。过去农田水利建设条件差，村庄周围低洼的稻田与河沟、滩涂、塘凼的水面连接着，水暖土肥，浮游生物种类繁多，藻类丰茂，是攀鲈殖的理想场所。

成语"缘木求鱼"，意思是说你想爬上树去捕鱼，简直痴人说梦话，等于赶牛上树；也形容人们的思维出现偏差，解决问题的方法和方向都不对头。可是，有些事情要重新再认识，过去认为不可能的事情现在也变成可能了。海滩上的弹跳鱼潮退时在滩涂上活蹦乱跳，无拘无束地在红树林中爬上爬下，这不足为奇。攀鲈，既能在地上滑行，也能爬上树。这种奇观你见过吗？当它在水里遭遇到水蛇、鲶鱼等天敌时，就会跃上岸躲避，还能利用坚硬的鱼鳍，迅速又跳又爬地攀上岸边的灌木丛。原来，攀鲈鳃里上方有一处肉眼难以看清的辅助呼吸器官，因此，它能像黄鳝、弹跳鱼一样，既能在水里呼吸，也能在缺水的陆地上呼吸，顽强生存下去。

秋冬季节，晚造稻田里的水干涸，村民忙着踏木头水车在河沟里引水灌田。有一次，邻居大叔在挖引水排灌沟时，凿开淤泥，竟然发现淤泥中一潭水养活大大小小一窝攀鲈，尾尾生蹦活跳，而窝里的渍水只有半寸深。原来，攀鲈准备穴居冬眠。这个发现，可以解释为什么春夏之间水域里不知从哪里冒出这么多攀鲈。

小伙伴们平时喜欢垂钓，水域到处是饥不择食的攀鲈，最易上钩。大家先在泥土里挖蚯蚓当作鱼饵，并从阴沟或村前村后的渍水处捕捞一些蟛蜞、孑孓撒在水面引诱鱼儿游过来争食。然后坐在树荫下，放下鱼竿，等待鱼儿自来上钩。鱼竿刚下水，马上就有攀鲈上钩，一尾紧接一尾。小伙伴提竿上岸捕鱼，重放饵料，既弄得手忙脚乱，又兴奋不已。念过两年私塾，肚里有点墨水喜欢张扬的半神仙摇头晃脑朗诵着苏曼殊的诗词《钓鱼竿》："想当年绿叶婆娑。自归郎手，青少黄多。受尽了多少折磨，历尽了多少风波。莫提起，提起来清泪洒江河。"

"六月天，孩儿脸"，原本晴空万里，顷刻间海边风起云涌，黑压压一阵浮云雨像豆子般洒下大地，大家的衣服都被淋湿了，扫兴地准备回家。乌鸟嘴无意中抬起脚把鱼篓踢倒在地，地上攀鲈乱跳，大家把鱼抓放进竹篓里时，乌鸟嘴不慎被鱼鳍划破手指，滴着鲜血，被激怒的乌鸟嘴用脚去踩踏它，谁料脚未着地，那条攀鲈已迅速滑过潮湿的路面逃入稻田中，大家都看得目瞪口呆。

攀鲈的鱼体长着既硬又厚的鳞片，胸鳍、背鳞和鱼尾都长着锐利的硬棘，人在捕捉它时，往往不小心就被它的硬棘刺破手指。天敌水蛇、鲶鱼一遇到它，都退避三舍。有一次，猴子福同半神仙在河溪边垂钓时，堤边杂草中随风吹来一阵阵腥臭味，走前一看，一只口里还含着一条攀鲈的灰鹳死在杂草丛中，在烈日下已开始腐烂。看样子这尾攀鲈不大，大概是在灰鹳嘴里还垂死挣扎，展开枊鳞、鱼鳍。兴许是灰鹳被卡住咽喉，欲吞不能，要吐不得，终于同归于尽。

攀鲈瘦骨嶙峋，刺多肉少，产量多，在淡水鱼类中是不值钱的。村民捕捞后，往往把小的攀鲈剁碎喂鸡鸭，挑选肥大的烹饪，肉质细嫩，味道鲜美。

退休后，我在春末夏初的日子里回到故乡。南峙山下水网地带几乎都被填为平地了，再也看不到水面攀鲈到处跳跃的场面，存下来的沟渠受到污染，已见不到鱼虾。过去孩子们喜欢饲养斗鱼，观其恶斗，现在这里的斗鱼几乎绝迹。过去人们看不上眼的攀鲈，现在被当作观赏鱼而身价倍增，它杂食，适应各种生活环境。小攀鲈形似斗鱼，被孩子们养在玻璃罐里欣赏。村前村后比较干净的水体里，偶尔见到零零星星的攀鲈在水面跳跃。在不久的将来，攀鲈兴许会在村前村后消失。

秋风起　泥鳅肥

　　晚造抽穗扬花时节，水稻田逐渐干涸，而南峙山里的涓涓泉水不断渗入沙质山坑田里。田中排灌沟和田边的渍水地，变成水生动物的活动场所。泥鳅同青蛙、黄鳝一样，或食稻花，或食水蚊、水虱、小鱼小虾，养精蓄锐，准备钻入土穴冬眠。

　　寒露草蜢（蚂蚱）满田飞，稻花香里泥鳅肥。泥鳅，分布于太平洋沿岸各国，我国南方各地常见的泥鳅体型较小，身长二三寸，体形圆，体色随环境而变，一般有黄褐色、灰暗色，头小眼小，腮边长着五对肉须。它浑身沾满自身的黏液，滑溜溜的，是淡水鱼类中最难捕的一种，用手很难抓得住，用力越大，抓得越紧，它溜得越快。闽粤边群众把泥鳅叫为"胡溜"，很恰当。淘气的孩子很喜欢捉泥鳅，经常同它打交道，掌握了它的习性，也积累了一套捕捉的经验。

　　在水层较深的地方，谁也没法抓到泥鳅。顽童们经常来到南峙山下，把抓泥鳅的目标放在稻田的排灌沟上。他们细心探水情，了解周围的环境。首先选择水层不超过一寸深的地段，细看水层是否浑浊，水浑浊说明可能有较多的泥鳅藏匿在这里，且经常钻出来活动。"水清无鱼"的俗语不是完全没有道理的。倘若水层浅薄，水底出现一个个小窟窿，有的还不断冒气泡，说明泥鳅经常钻出来透气。气泡越多，说明藏匿的泥鳅越多。

在探水情时，发现水面有两三根手指般大的塘鲺（胡子鲶）游向一块大石块边，消失得无影无踪。大家暗自高兴，好戏还在后头，这回可以顺手牵羊抓塘鲺了。

　　大家在众多的水利排灌沟中选择水层较深的一段，填泥土筑起高出水面的小土堤，堵住排水沟两头，戽干积水。嘈杂的戽水声和水面的波动，吓得小青蛙乱跳，小鱼乱闯，但泥鳅若无其事摇头摆脑，游来游去。一条受到惊吓的黄鳝拼命往田埂外溜走。猴子福赶上去，手掌在干沙里擦了擦，回过头来把黄鳝逮住，滑溜溜的黄鳝受到泥沙的摩擦摆脱不了而就擒。当积水将被戽干时，小鱼虾不断挣扎着，而泥鳅早以钻进泥土中了。

　　抓泥鳅开始了。大家弯着腰扒开前面的泥土，顺势把泥土往后面推，见到泥鳅了，可是一碰到就让它溜走了。我们改变了捕捉的方法，硬的不行，就来软的。见到盲目往泥土里乱钻的泥鳅，就合着双掌小心翼翼地把它捧在掌心里，泥鳅再也逃脱不了。把泥鳅放进竹篓里，接着重复前面的做法，捧住一条又一条，直到篓满为止。

　　泥鳅是淡水鱼类中的珍贵品种，历来被食客当作滋补品，并且具有药用价值。富裕人家或高档饭店烹饪泥鳅有独特的方法。先把活泥鳅放在盆里用清水养两三天，不喂一点食物，勤换清水，让它把肠肚里的食渣吐出来或排泄干净。这样把泥鳅饿得饥肠辘辘，然后打鸡蛋或鸭蛋放进盆子里，让泥鳅争着吃个肚子滚圆后，才把整条泥鳅下锅进行烹饪，制作成色、香、味俱全的特色食品。过去，农家饭桌上经常见到"泥鳅滚豆腐汤"，现在成为星级饭店的名牌菜了。

　　近年来，由于农田过量施放化肥农药，土壤和水源受到污染，野生泥鳅资源日益枯竭，童年扒开泥土捧泥鳅已成为一种美好的追忆。现在，市场上偶尔有人工养殖的泥鳅出售，个头大，但失去野生泥鳅的光泽。烹饪时尽管增添了不少配料，却找不到野生泥鳅的色、香、味了。

　　捉完泥鳅后，我们沿着刚才发现小塘鲺游去的方向寻觅。石头边附近，明显有鱼类活动的印记，洞穴口还隐约听到鱼类的拨水声响。我们移开碎石把洞穴扒开，发现一个直径近两米的凹下去的积水窟窿，里面密密麻麻的塘鲺挤在一起挣扎着。我们把洞穴口堵住，塘鲺无处藏身，大大小小全部被逮住。意外的收获，得来全不费工夫。

塘鲺，学名胡子鲶，栖息于热带、亚热带的淡水水域。我国南方的滩涂水面、河沟、水塘都栖息着塘鲺。鱼背呈黄色、灰褐色，腹部呈白色。潮汕地区的塘鲺一般身长不超过 20 厘米，体重 200 克左右，头部扁而平，鱼身光滑无鳞，头部有四对触须。最特别的是胸鳍两边棘刺很发达，既能支撑身体，又是御敌的武器。塘鲺的习性是喜欢成群聚居在一个洞穴里，由于受到环境的影响，也有离群独居的散兵游勇。它昼伏夜出，以捕食小昆虫、水生小动物为主。多肉，嫩滑鲜美，是淡水鱼类的珍稀品种之一。

这次意外发现石边的塘鲺窝，捕获大的、中的、小的塘鲺近 30 条，这大概是它们"祖孙三代同堂"。猴子福在抓塘鲺时被其锋利的棘刺划破手掌流血，叫痛不止。

同泥鳅一样，野生塘鲺资源日益减少。前些年，南方一些地方引进尼罗河水域塘鲺养殖。这种塘鲺个头大，食量也大，且肉质粗糙乏味，在江河里食鱼类，成为害鱼。

放长线　钓大鱼

一提起钓鱼，往往都是以为手提鱼竿，头戴竹笠，身披蓑衣，坐在岸边，凝视着水面的浮标，静心地等待鱼儿上钩。有的文人想得更逍遥：著一叶扁舟独钓寒江。其实，哪有闲情逸致花时间等待鱼儿上钩，村民大多应用传统习惯钓鱼，"放长线，钓大鱼"，今夕放鱼钩，明晨鱼满篓。

放长线钓大鱼要讲究时令和时机。"大暑小暑，上蒸下煮"，江河水烫，白天鱼类游到水草丛生的遮阳处或贴近河底避暑，夜晚水凉游到上层水面觅食。小伙伴们趁着闷热的傍晚，带着木桩、鱼钩、网线和饵料，踏着夕阳来到江河边。习性白昼吟唱的蝉鸣已经日落而息，白天偃旗息鼓的蛙类，放声聒噪起来。我们选择蛙声热闹、水深流急的河段，操作放长线钓大鱼的游戏规则：在河边插紧一根木桩，一条长长的网线一头紧捆在木桩上，一头捆绑已经带着饵料（蚯蚓或烤熟的鱿鱼须）的鱼钩，然后把连在一起的线、钩、饵用力抛到河中。操作完成第一桩后，再向前走二三十步，插下第二桩。就这样不断重复操作，直到把木桩插完为止。

每插完一根桩，随手向河面撒下一把在家里炒得喷香的米糠，惹来成群的小鱼浮出水面争食。小鱼游过来时，后面往往引诱着大鱼游过来吃小鱼。同时，大鱼觉得这里可捕食的小鱼较多，因而停留的时间较长，从而容易被发现、吞食饵料而上钩。完成插桩工作后，我们洗净手脚上的泥水返村，准备翌晨收获。

晚间，我们在河边插桩放钩时，经常见到田野里动物相克、相残、吞食的许多有趣场面。当我们踏上村道回家时，前面岸边杂草丛中传来了青蛙咯咯吱吱的凄厉惨叫声，循声上前细看，原来一条蛇身只有大拇指般粗的花蛇，紧紧咬住一只比自身大的青蛙的后腿，青蛙挣扎着向前，而狡猾的自知底气不足的花蛇，把尾巴缠紧在一株灌木上，蛇头咬着蛙腿，绝不松口，青蛙筋疲力尽挣脱不了。花蛇见人走近，松开缠住灌木的尾巴，咬住青蛙拖着游到对岸。蛇能吞下比自己身体大得多的动物，这是千真万确的。那只可怜的青蛙，逃得过初一逃不过十五，必然被蛇慢慢吞下肚里。

我们沿着河边慢慢往回走，见到一根木桩上的网线被拉得紧紧的并且不断摇动着，不到半个小时就看到鱼上钩的信号了。上钩的鱼不断翻转挣扎，激起水花四溅。大鱼呀，机会来了。我们用力收线，一条饥不择食约两斤重的鲶鱼上钩了，被拉上岸还活蹦乱跳着。

自然界的各类动物都一样，为了求生存，使出浑身解数，玩新花样，各出奇招，目的是为了抵御敌人，保护自己，繁衍后代。出现了许多弱肉强食、同类相残和彼此相克的趣闻。你见过斑鱼上岸装死骗食蚂蚁的场面吗？有一天晚上，我们在插桩放线时，见到一条约半斤的斑鱼，一动不动地躺在岸边，鱼身上爬满密密麻麻的蚂蚁，我以为斑鱼已经死了，轻步上前看个究竟：原来斑鱼装死，带着满身蚂蚁，一跃跳进河里，许多蚂蚁在水面挣扎着。好奇心驱使我们不动声色全神贯注地看着。不一会儿，斑鱼游过来吞食，把水面上的蚂蚁一扫而光。这是一出令人难以置信的"活报剧"，这不是斑鱼有意识的行为，而是本能。

有一次我们在河边杂草丛中见到一只老蛙张大嘴巴，把一条大拇指般粗大的水蛇的前半部吞进肚里。可怜的水蛇只能摆动着尾巴，再也没有能力挣扎了。而老蛙艰难地咬住水蛇，只吞下了一半，显得筋疲力尽，四脚朝天倒翻在岸边动弹不得。我们猜想：当水蛇和老蛙狭路相逢时，老蛙觉得这次难以逃脱了，鼓起勇气拼死一搏，吐出长长的舌头挡住蛇眼，然后张开口咬住蛇头，却吞不下整条蛇，"蛇蛙斗"就这样相持一段时间。要是水蛇较小，会被老蛙当作美餐慢慢吞下肚里，要是蛇身粗大，老蛙只能吞下蛇头，虽然水蛇会被憋死，但老蛙也可能撑破肚子，最后力尽再也不能吐出水蛇，结果是蛙蛇同归于尽。

在人们的心目中，蛇捕食青蛙是正常的事，而青蛙吞蛇则鲜有所闻。事实上，蛇和蛙是相克的，蛇吞蛙是普遍性，蛙吞蛇是特殊性。正像大鱼吃小鱼一样，大蛙吞小蛇，这在自然界是合情合理的。宇宙间造物者（水源、空气、阳光、雨露和土壤）是公平的，每造出一类物种，"天生我材必有用"，必定有它的生活环境和存在空间，或互相依赖生存，不然怎么能够保持生态平衡呢？

插下木桩放下鱼钩，翌日天刚破晓，我们迎着晨曦、踏着露水到河边起桩收钩。这时，夜晚聒噪的群蛙已平静无声，日落而息的群蝉却迎着朝阳放声鸣唱。

咦！一个木桩连同网线竟消失得无影无踪！我们在20多米外发现木桩标浮在水面。下河捡起木桩钢线，原来上钩的是一条两斤多重的大鲤鱼，鲤鱼生猛、力气大，吞钩后拼命挣扎把木桩拉倒浮在水面，拖到远处。捞上岸时，鲤鱼已经半死不活了。

起桩收线后清点一下，捕到鲶鱼、鲤鱼、斑鱼、鳖、蛙……装满鱼篓。大家踏着朝阳，哼着小调返村。

神秘"吸血鬼"——蚂蟥

南方水稻地区和淡水水域，凡是有鱼虾蟹、贝壳类、蛙类等动物生长的地方，必定有蚂蟥。尤其是浅水滩杂草丛和常年积水的山坑湖洋田，更是蚂蟥理想的繁殖场所。

蚂蟥吸血，人们一提到它就觉得恶心。嗅觉灵敏的蚂蟥闻到人体上的血腥味，就穷追不舍，神不知鬼不觉地游过来附着在你的脚上、腿上，甚至钻进裤裆里肆无忌惮地吸血。当你感到肌肤上有一点痒时，为时已晚，被吸血的伤口流淌着鲜血，摸上去染红了手掌。

蚊子、臭虫、虱子、跳蚤和蚂蟥等都会吸食人类宝贵的血液。蚊、虱、蚤、臭虫吸血时不是遮遮掩掩，而是明火执仗，特别是蚊子，直叮人体肌肤，一针见血。而蚂蟥咬人时却神秘兮兮，偷偷摸摸，不易觉察，这更加阴险。

一

秋分过后，晚稻正在抽穗扬花。岭南地区步入秋旱季节，田野低洼浅滩面积逐步缩小，河涌、水塘、水凼水位也逐渐下降。成群结队的蚂蟥藏匿在稻田中的排水沟和山坑田里伺机出来活动。这时正是农村孩子们大显身手，到浅水滩、稻田排水沟挖泥鳅、捕塘鲺、捞虾蟹、拣螺蚌的旺季，饥肠辘辘的蚂蟥在这个时候特别凶残，想借此机会依附人畜把血吸个肚子滚圆好过冬（钻入泥中冬眠）。在稻田中捕鱼捞虾的孩子们最容易受到蚂蟥的伤害，早已习以为常，见怪不怪了。

初冬的阳光照射得人暖烘烘的。我们来到南峙山下的山坑田挖泥鳅，猴子福是抓泥鳅能手，他发现前面一条黄鳝向杂草丛中逃遁，眼明手快扑上前把黄鳝逮住，谁料裤子被泥水染湿了。他干脆脱下裤光着屁股坐在田埂边，得意扬扬地哼着小调。殊不知被两条饥渴的蚂蟥一左一右吸住屁股两边。蚂蟥咬人吸血的动作十分利索，被咬的人毫无疼痛感。当猴子福发觉屁股有点麻麻、痒痒时，站起身扭过头一看，好家伙，两条蚂蟥已经吸个半饱还不松口，他伸手摸着，掌心染满了血，鲜血还不断在屁股两边淌着。大家帮着用力拉，用树枝、石块挑刮，蚂蟥始终不松口。

在附近干农活的一位村民走过来，他旱烟筒不离身，随手摘下一段硬草茎捅进旱烟筒里，抽出涂在草茎的刺鼻的烟油气味，涂擦在蚂蟥身上，在强烈的烟味刺激下蚂蟥终于松了口，缩成一团掉在地上，吸进肚子的血也吐出一大半。

猴子福多次被蚂蟥咬过，胆子大，习以为常，都不在乎。他喜欢搞恶作剧，以往被蚂蟥咬叮之后，还要把它捉住，带来村里唬吓小孩。这次被蚂蟥咬后，鲜血染红了屁股，同伴取笑他名副其实真的变成红屁股的猴子了。

蚂蟥在自然界为了求生存，在进化过程中不断适应环境，长成浑身黏滑、柔软的长扁形，富有弹性，能伸能屈，像橡皮筋一样，身体能拉长、能缩短。蚂蟥身体头尾两端各有一个吸盘，吸血时，吸盘中肉眼看不清楚的颚齿深深地、牢牢地扎进肌肤里，要顺势反复用力往下拉才能让它松开吸盘。它吸饱了血之后，身体胀得圆滚滚的，缩成一团，吸盘自然松开，自行脱落下地。

二

蚂蟥的通用学名叫"水蛭"，故乡方言称其为"胡蜞"，成虫体长相等人的小指，灰褐色，形状似蚯蚓而扁平，喜藏匿在水草里。只要水面一波动，一闻到人身上的气味，蛭身迅速蠕动起伏，波浪式游过去，紧紧地附贴在人的肌肤上，嗜血成性。

淡水里的水族类同蚂蟥都是冷血动物，它们和睦相处。可是螺蛳、蛤蚌等贝壳类，往往受到蚂蟥的侵害，把卵子产在贝壳类体内，孵化出小虫，等到小蚂蟥长大能够独立生活，就离开寄生的贝壳类母体，自己寻觅活路。

古书有不少关于蚂蟥骇人听闻的记载，说它尺把长、吸血食肉、高温烧不死……《齐书》记载着：广州刺史肖季敞同都护周世雄争斗时，遭遇周世雄伏击而大败逃入深山，为蛭所啮，肉尽而死。《齐书》所说的蛭大概是山蚂蟥。山蚂蟥生长在热带、亚热带地区，我国以海南岛、西双版纳等地为多，广州地区较为鲜见。山蚂蟥的习性同水蛭不同，藏匿在杂草丛中或枝叶繁茂的树上，不知不觉爬到人身上，甚至钻入衣服贴身吸血，而不是啮人肉。有的甚至说：蚂蟥烧成灰，以碗覆于地，过一夜复生。这种说法是毫无科学依据的，以讹传讹。

蚂蟥的再生能力极强，把它打死或切成两段后放进水里，过一段时间后就起死复生，被切成两段的，居然变成两条蚂蟥。但是，蚂蟥怕暴晒、怕烫，别说沸水，只要50摄氏度就必死无疑。软绵绵的蚂蟥，死后尸体变得僵硬。这些，很多人都亲眼见过，也实践过。

春秋时期，贾谊撰写的《新书》中有一则故事：一次，楚惠王在用膳时，见到菜里混入一条蚂蟥，想了想硬着头皮吞下肚里。不久腹部却隐隐作痛。侍臣前来探病时，楚惠王如实告诉病因。并说："倘若说我菜里见蚂蟥的事情，就得按照国家制定的法纪追究厨师及送菜、洗菜的人，这势必造成许多无辜的人被诛杀；如果不按章法办事，则国家的威严受到损害，权衡利弊，我无可奈何地把蚂蟥吞下肚，大家相安无事。"侍臣十分感动不断安慰楚惠王说："王有仁德，蚂蟥不会伤害您。楚惠王吞蚂蟥，这是一件非常了不起的事，千秋万世留美名！"

三

连年来，农村兴修水利，整治排灌系统，削高填低，平整土地，蚂蟥的滋生地少了；水稻田不断增加化肥、农药的施用量，特别是城镇工业废气废水不断排放，水、空气、土壤受到严重污染，许多益虫和蚂蟥都遭到相同的命运，野生资源逐步减少，以至消亡。

自然界有许多物种随着时间的推移，真善美和假恶丑的东西往往可以互相转化。随着科学的发展，人类认识水平的提高，过去百害而无一利的蚂蟥，现在却显现出它应有的价值。近年来，媒体曾先后披露蚂蟥的药用价值，肌肤红肿或生毒疮，可以通过活蚂蟥吮吸瘀血。蚂蟥对防治心脑血管疾病等都有药用价值。随着蚂蟥药用价值的深度开发，其市场要求的潜力巨大。

广东省英德市西牛镇花田村是养殖蚂蟥脱贫致富的典型，成为佳话。村民高兴地说："蚂蟥过去被称为'吸血虫'，现在吸血的蚂蟥被我们打造成我村脱贫致富的'造血'产业。"花田村地势低洼，过去田野是蚂蟥的滋生地，环境受到严重污染后，野生蚂蟥资源濒临绝种。得知蚂蟥有药用价值之后，村民因地制宜，抓住市场机遇，开荒挖地或利用荒滩渍水地用网箱养殖蚂蟥，由制药厂定点收购。2017 年每公斤蚂蟥干 1 万元左右，每亩养殖蚂蟥年收入达 3 万多元。

凶猛又柔情的斗鱼

斗鸡、斗鸟（画眉）、斗虫（蟋蟀），在我国已有千百年的历史传统，古人都有专著论述而入"正传"。斗鱼，兴许只兴盛于南方局部地方，没有得到全国性的普及认可，因而历来只有野史的记载。其实，闽粤边民间斗鱼活动同斗蟋蟀一样普及，甚至有过之而无不及。

要促使斗鱼同类交恶、逞凶、相斗，必须营造一个特殊肃穆的环境。首先，把分别养在玻璃罐里的两条斗鱼并排靠近在一起，透过玻璃，斗鱼怒目相视，摆出厮杀的架势，双方都被对方激怒，头对着头撞击玻璃罐，非要冲过去拼个你死我活不可。斗鱼的斗志被激发起来时，斗鱼的玩弄者掌握时机，把各自养着的雄性斗鱼放进一个较大适宜当战场的玻璃罐里。拉下房屋里的窗帘，现场显得暗淡，不易受到外界声音的影响。为了显现本身的威武，战斗前，斗鱼的尾巴、鱼鳍、鱼鳞及全身各部位的花纹颜色从淡色变成鲜红、深绿，鲜艳夺目。

被同时放进一个玻璃罐里，狭路相逢的斗鱼互不示弱，弯着展开尾巴（有葵扇型、斧头型和彩旗型，斧头型最凶猛，彩旗型好看不中用）使劲地划水、拨水，显示自己的力气，玻璃罐里水面激起涟漪。接着，鱼头互相撞击，水花四溅，啪啪有声，你撞我碰，互不相让，非撞个你死我活不可，直到遍体鳞伤，头破尾裂，还不见胜负。后来，各施撒手锏，互相咬紧对方（斗鱼的嘴颌长着细长的颌牙）。它们嘴对嘴紧咬在一起，像接吻一样，侧着身在水里进退翻滚。两条鱼势均力敌，咬累了，浮上水面稍息一会，又继续紧咬在一起。它们全神贯注争斗正酣，此时已顾不上窗帘拉开，强光照射，观赏者喝彩声不断。往往咬斗五六个回合（一个回合一分多钟），直至一方筋疲力尽，败下阵来。败者鱼身变得苍白，失去光泽，灰溜溜地在玻璃罐中乱钻想溜走。胜者鱼身颜色变得更加鲜艳，耀武扬威，见好就收，不恃强凌弱，再不追击失败者了。

斗鱼，北方叫黑老婆、铁鱼、月鱼；岭南一带叫花手巾；潮汕地区叫沙曼。栖息于淡水湖泊、沟渠、水塘、水稻田等静水地带。鱼体侧扁，长7厘米左右，吻短而突出，眼大而圆。雄鱼个头大，颜色鲜艳；雌鱼较小，颜色暗淡。鱼身有10条红、蓝、绿横带，平时呈浅褐色，受周围环境的影响，可变得苍白或鲜艳。广东省和福建省南部的斗鱼，分类学上属泰国斗鱼，凶猛善斗，生命力强，能在氧气较低的水中生活，掉在地上离水20分钟后，再放进水里尚能存活。

农村穷孩子喜欢玩金鱼、蟋蟀和斗鱼。金鱼娇生惯养，穷孩子不易服侍它，往往过了一段时期，便让它自生自灭。斗蟋蟀十分赏心悦目，但被称为"百日虫"，饲养时间短暂。玩斗鱼就不同了，春夏秋冬四季均可饲养，资源丰富，随时随地可以捕到。把它放养在大大小小的陶瓷罐、玻璃罐里，用饭粒和苍蝇等小昆虫喂养，简单方便。

莲阳一带群众不饮江河水，家家户户都凿水井，饮井水。为了保持井水常年不受污染，不少人家都习惯水井里放养着两三条雄斗鱼，以捕食井里的小动物或井壁上的青苔，起着净化水质的作用。斗鱼的命长，一般可在井里生活几年。倘若在井里死了，则浮在水面上，人们肉眼是看得见的，及时地捞上来。打水时，偶尔发现斗鱼随水被打上来，体型长得又长又瘦，喂养一段时间后，打斗时特别凶猛善战。故乡把斗殴凶狠的人称为"井底斗鱼"。

斗鱼的习性不喜欢群居而喜欢"夫唱妇随"另立门户。在流水缓慢或静止的同一水域里，只能同繁多的鱼类混杂栖息在一起，和睦相处。雄鱼之间经常"朝见口晚见面"，格斗的习性逐渐会被消磨掉。别误以为雄鱼都凶狠善斗，其实大多数雄鱼，特别是在水面较广阔的河沟、淡水滩里，任你怎样挑动、刺激，都鼓不起其格斗的勇气。

像善斗的蟋蟀一样，善斗的斗鱼的产生也是有地域性的。小伙伴们希望能抓捕善斗的斗鱼，经常到南峙山麓的山坑田或坑涧中去寻觅。这里的雄斗鱼头大眼突，身短吻长，尾巴多为斧头型，拨水力气大，鱼身转动快捷。这种斗鱼可见而不可多得。即使是外表雄伟的雄斗鱼，也要经过一定时间的调养，才能达到能斗、善斗的目的。首先，把雄斗鱼单独隔开放养在玻璃罐里，饿几天，然后把养着斗鱼的玻璃罐放置在镜子面前，斗鱼看到镜子里恶眼相视的自己身影，误以为是同类向自己逞凶，恨不得钻进去厮杀。还需放进一些活小鱼或水生小动物，让雄斗鱼追逐吞食。这些措施，能有效地培养雄斗鱼咬斗的胆色。

同其他鱼类比较，斗鱼体型小，鳞大且粗，肉少。村民在捕捞鱼虾时，往往把斗鱼从中拣出来喂鸡鸭。"三年经济困难时期"，广东一些地方以讹传讹，吹嘘斗鱼浑身是宝，营养价值高，三四尾斗鱼的营养价值不下一个鸡蛋。一时间，有人到处寻觅捕捉斗鱼并高价出售。其实，这是由于当时副食品供应奇缺，人们把平时不起眼的斗鱼当成美餐罢了。

在人们的心目中，凶狠、好斗是斗鱼的特性。很多人不知道，其实斗鱼柔情的一面也是很突出的。在鱼类中，雌雄斗鱼被誉为"恩爱夫妻"，抚育幼崽也尽心尽责。盛夏是斗鱼交尾产卵时期，雄鱼求偶方式十分讲求"门当户对"，独特有趣，没有雌雄大小不相配和"阴盛阳衰"的现象。斗鱼严格挑选对象，一经成为配偶，便夫唱妇随，形影不离，共患难、同进退，这在淡水鱼类中是很少见的。斗鱼交尾后，受精鱼卵附着在滩涂水面或稻田中的杂草丛中。为了保护鱼卵不受伤害，雄鱼夜以继日守护在旁边，雌鱼也在附近徘徊，不会远离。孵出崽鱼之后，雄鱼更加辛勤，不断吐出一种淡褐色的泡沫，聚集成堆，像银圆般大小，浮在水面，形成护崽的屏障，也像一把太阳伞挡住烈日，密密麻麻的鱼仔就在阴凉的泡沫堆下活动着，不会随便离开。雄鱼寸步不离地警觉守护在旁边，倘若风吹草动，发现疑似敌情，雄鱼就张展尾巴，鱼身色彩变得鲜艳，做好迎敌的战斗准备。一旦发现小青蛙等动物近前袭击，为了保护鱼崽，雄鱼会奋不顾身冲上前头撞嘴咬，直到把敌人赶走为止。雄鱼往往因遭遇到强敌，力不从心而战死。

同一水域或相近的地段里，不能同时存在两条吐泡沫护崽的雄斗鱼，倘若临近在一起，它们会拼个你死我活，这或许是因为它们疑心对方会前来伤害或吞食鱼崽。鱼类为了在自然界中求生存，繁衍后代，至今还有许多人类不能解答的奥秘。兴许，雄斗鱼吐出来的泡沫具有某种性能或特殊气味，使天敌不想接近捕食崽鱼。不久，小崽鱼逐渐长大，离开雄鱼各自寻找生路，泡沫也自行消失了。

捞螺摸蚬乐趣多

软体动物中的螺蛳、蚬蚌，分布在全国各地的淡水江河、湖泊、滩涂水面。在我国南方，它们春天产卵繁殖，秋冬季节长得肥美，冬天就钻入泥土里过冬。它们是农家餐桌上常见的食品，资源丰富，随处可见，捕捞容易方便。大概是货多价贱，向来农民不把它们放在眼里，倒是农家小孩，经常结伴到田野间捕捉田螺、蚬蚌，当作一种生活乐趣，且个个都是捕捞螺蚌的行家里手。

刚抓回来的螺蛳，要用清水浸泡一段时间，让体内的泥腺吞干净，敲破螺尾后配上调味品，才上锅炒熟。在通常的情况下，成年人忙于农事活动，懒得花时间去炒螺，这项工作当然要落到小伙伴身上，好在左邻右舍的小伙伴彼此互相帮忙。

在月光皎洁的夜晚，农家大宅院里显得格外祥和、安静、和谐。那边叔伯们悠闲自得品工夫茶，畅谈不违农时投入农业生产劳动的经验。这边妯娌们把炒熟、煮熟的田螺一盘又一盘地摆在饭桌上，嘴馋的孩子们围坐在一起，或用嘴巴吸食田螺，或用牙签挑出螺肉蘸酱料吃，总觉得自己动手捕捞来的田螺的滋味别样好！

一

白露前后，晚稻插下去的秧苗逐渐返青、分蘖，一片嫩绿。田里薄薄一层清澈透明的清水，水层中的鱼虾蟹等水生动物的活动情况，肉眼都看得一清二楚。遇到干旱气候，雨量少时，村民们在河边呼呼唔唔地踩踏着木头水车，引水灌田。清水一到田里，缩进贝壳里的螺蛳伸出肉身，背着外壳爬行寻食，这时正是捕捞螺蛳的大好时机。小伙伴们提着竹竿，竿尖系着小网袋，背着鱼篓，来到南岙山下。每人选定一片田垃，踏上田埂，背着阳光，向田里左顾右盼，一经发现田埂两边田里爬行着的螺蛳，便轻手轻脚伸出竹竿对准螺蛳捞进小网袋里，拣大的捞，放过小的。只消一个多小时，个个竹篓已装满螺蛳。

稻田里螺蛳的品种繁多，有田螺、石螺、丁螺、小香螺等。捕捞对象以田螺、石螺为主。田螺，这里指的是中国田园螺，螺大体圆。石螺个头比田螺小，体较长。螺蛳头部都长着角质薄片厣，遇到危险或休息时，把肉身缩进贝壳里，用厣盖住贝壳口，一切就平安无事了。捕捞螺蛳的方法很多，可以在浅水的池塘、沟渠、滩涂中摸索，也可以把浅水滩涂的水戽干捕捞。收割晚稻时田里的水已干，螺蛳早已爬到农民在耕种或除草时留下的脚印凹处或排水渠中，藏进泥土中冬眠了。用割禾的小镰刀或其他金属器具在田土上轻轻探测敲打，若表土发出声响，说明敲着螺壳了，成窝的螺蛳藏在这里，掀开表土就可以拣择了。

小伙伴在一起捕捞螺蛳时，约定俗成，回家前，务必聚集在一起对螺蛳进行筛选，把相对较小的放回滩涂中，让它们回到自然界中生长繁殖。大家捕捞到的螺蛳数量往往参差不齐，就采取以多补少的形式，或者一齐再上田埂，帮助少者捕捞到篓满为止。别看这班顽童平时打打闹闹、争强好胜，却通过很多生动的实践，培养了团结友爱、互相帮助的精神。

近年来农田大量施用农药化肥，害虫、益虫一齐受到毒杀，螺蛳等软体动物野生资源日益减少，目前市场上供应的田螺大多是人工养殖的。媒体披露了某地饭店见利忘义，把"福寿螺"（形似田螺，个头大得多）当作田螺上桌，食客吃后中毒。这是值得警惕的。

我于 1989 年 10 月 19 日在《人民日报》发表文章《福寿螺，祸兮福兮》。文中谈到被某些人称为"高蛋白、低脂肪的现代高档营养品"福寿螺，其实是从亚马孙河流域引进来的"舶来品"，原本是毁坏农作物的"瘟神"。被农民发现它一文不值后弃于沟渠里，但它逐水草而居，蔓延到广东各地，数十万亩经济作物和数十万亩水稻受螺害而减产、失收。国家农业部及时帮助广东控制、防治螺害。谁能料到，30年过去了，福寿螺阴魂不散，对农作物的威胁尚未解除，令人担忧的是，像病毒在人体内的潜伏期一样，福寿螺祸害农作物的隐患会不会再度复发？

二

秋旱时期，江河水位下降，两岸内堤水浅斜坡现，正是挖捕河蚌的时机。河蚌生长在流动的河底泥沙中，肉身藏在左右对称的两扇贝壳中，蚌体直插在泥土里，头部只露出一部分，半张两扇贝壳，摄食水生小动物和腐殖质。从幼蚌开始，就相对固定藏匿在一个土穴里。倘若环境变化，它会移居到另一个地方。故乡的河蚌长大了，有手掌般大小。

我们沿着岸边滩涂寻觅河蚌，它们一般藏匿在泥沙中，只有触须露出水面，当感到周围环境不平静时，触须马上缩进壳里。凭实践经验，我们看得出河蚌藏身的破绽。在滩涂水面，砂质土和淤泥土不同，藏匿河蚌的表土也不尽相同。藏在砂质土中的，表土只露出一条细小的裂缝，从裂缝的长度可以判断土中河蚌的大小。倘若河蚌藏在淤泥中，表土会形成一个凹下去的小窟窿，积水混浊不清。

出于好奇心，我们把刚挖到的几个较小的河蚌，原封不动地放置在它们原来藏匿的土穴里，测试它们的生活习性和移动规律，并在岸上搬来一些石头放在穴边作标志。几天后再到原地观察，它们已然全部溜得无影无踪。原来，河蚌已感到环境险恶而迁徙新居，能像螺蛳、蜗牛一样，碰到危险时，背着外壳逃到别处。

我们在挖河蚌过程中，也会顺手捕获一些青蛙、塘鲺、鲶鱼、黄鳝和龟鳖之类。每当见到表土层出现裂缝且不断颤动的，往往藏着张牙舞爪的老鳖，要果断地提起脚踩踏鳖的背部，紧紧压住，让大家合力逮捕它。

三

蚬，状如去柄的斧头，淡黄色，蚕豆般大小，繁殖于流水缓慢的江河沙土里。岭南地区江河蚬的资源丰富，各地群众历来有到江河里捕蚬的传统习惯，用粗竹竿撑着大小不一的铁耙，套着网袋在河滩里耙蚬。

故乡属水网地带，但距离大江河较远，河沟河床多为淤泥，蚬的资源较少。夏日炎炎，顽童们往往相约五六人到河沟摸蚬，既是摸蚬，又是趁此机会到河沟里戏水消夏，一举两得。摸蚬时每个人必备一个木桶，桶上绑着长长的麻绳，麻绳的一端围系在腰间，木桶发挥了多功能作用。大家把摸捕的蚬放在木桶里，木桶浮在水面如影随形跟在你前后，它无形中起到保护你的作用。原来顽童跳进河沟里，醉翁之意不在"蚬"，趁机泼水、扔泥、嬉戏追逐。大凡河水流动有缓急，河水有深浅，到处散布着曾被挖泥拥堤的坑坑注注。而且当河段转弯时，往往会出现急流漩涡，一不小心就会出现溺水危险。每个人背后有一个浮出水面的木桶，倘若出现险情，根据浮在水面的木桶判断你在哪里，聚集在一起的小伙伴可以及时帮助、营救。在南方江河中，水上居民长年累月地生活在船艇上，小孩都背着一个木头葫芦。倘若孩子不慎掉进江河中，被急流冲走，大家看见木葫芦漂在水面，就是会竞相游上前去解救孩子。

故乡的家长们对小孩结伴到河沟中摸蚬是宽容的、放心的。这也可以说是顽童们游泳、潜水的训练场所，不少游泳、潜水的好手就是在这些地方训练出来的。

那片榕树林

韩江三角洲的村容村貌的布局基本上同珠江三角洲相同，大多以祠堂为中轴，民宅等建筑物向左右两边伸展。祠堂东西南北坐向不讲究，堂前是一片开阔地连着池塘，两边的榕树、绿竹成荫。韩江三角洲的村庄相比珠江三角洲规模更大，人口更多，往往村边有多座祠堂和多口池塘。

上巷村的村容村貌布局富有特色，由村中间一片南北走向的沙垄分成东畔和西畔。西畔有两座祠堂前面是鱼塘，东畔的一道小沙垄夹在两口池塘之间，土名脊后。前池叫花园池，后池叫脊后池。脊后是上巷村最大的一片榕树林，浓荫蔽日。这是一片神圣不可侵犯的风水林，是先人建村时，经过风水先生到寺庙烧香、求签、跪拜土地神、摆罗盘、测方位定下来的格局。村规民约规定，在这片风水林中，不准间种别的树种，不准在林中动土搞建筑物。

脊后的老榕树底下，成为村民喜爱的活动场所，是信息传递中心，也是村民赴田园里耕作的必经之路。中午、晚上村民收工回家，进村前，往往在这里稍停一下，交流春争日、夏争时，不违农事季节播种、插秧、割稻、点豆、锄草经验和农业生产知识。夏秋之间，太平洋中形成的台风，频频登陆我国东南沿海，故乡一带首当其冲，村边这片茂密苍劲的老榕树，起到了阻挡狂风暴雨，保护村庄的功能。这充分显示了风水树的重要作用。

情系榕荫下

　　脊后老榕树底下，竟成为村里顽童们的乐园，不管严冬酷暑，每天都有三五成群的孩子们，在这里开展各种游戏活动，嬉戏追逐、滚爬扑打、攀树游水、掏鸟窝等，各适其所，各显其能。

　　上巷村人多地少，很多人家长期缺少烧水做饭的柴草。南峙山上的草皮被刮光，石头裸露。不少家庭冬天农闲时，起早摸黑带着干粮，赶20多里路到潮安、澄海、饶平边的山里砍柴割草。脊后这片榕树林的枯枝落叶以及周围沙垄的荆棘、茅草，无形中为村民烧水做饭增添了一部分燃料。每当台风来临，阻挡风雨的老榕树的枝丫折断落下地面。台风刚停下来，村民竞相把折断的榕树枝捡回家，连飘落在池塘水面的枯枝落叶都打捞得干干净净。秋末冬初，西北风劲吹，老榕树的枯枝落叶飘摇，村民竞相提着扫帚、箩筐到树荫下扫枯枝落叶，把地面打扫得干干净净。在平常的日子里，不管春夏秋冬，不少小伙伴提着竹篮子和一根近尺长的钢丝到老榕树底下，用钢丝插地上的落叶，当被插的枯叶将挤到钢丝尽头时，用手指拉脱落到竹篮里，待竹篮装满树叶，就又蹦又跳高高兴兴地回家。

　　1967年白露前后，我出差到北京，住在五棵松中央组织部招待所，当时周围附近还是一片田园风光，一到傍晚，就感到秋风阵阵，有点凉意。我走出招待所，沿村道步行四五分钟，眼前无边的青纱帐里，高粱穗子沉甸甸的，玉米苞长得结实硕大，一派丰收景象。苍黄的天底下，村道上小叫驴低着头吃力地驮着满载着玉米秆的板车，农民赶着驴向升起袅袅炊烟的村庄走去。村边参天的老柏树，鸦巢高高地挂在树梢上，老鸦飞在巢边聒噪着。路旁土丘上的老枣树，树身像火烧刀劈过似的，长着疏疏落落的枝丫，细看嫩枝绿叶间，却密密麻麻地长满花生米大小的枣子，老枣树坚强的生命力甚是感人。枣树下灌木杂草丛中，缠着濒于枯萎的牵牛花，还坚强地绽开五色花朵。土溜溜的蚂蚱儿，半飞半爬在花草丛中。庄稼地，远远近近的蝈蝈儿也继承"悲秋"的遗传，自知活着的日子不长了。

时令也正是白露前后，是岭南地区一年之中最酷热的时候，此时此地，我身在燕山下，心在南海边。在老榕树底的情景，童年的记忆是刻骨铭心的。站在老榕树底下凝视着，夕阳西下，沉浸在池塘里的水牛只露出牛角和鼻子，几只牛虻围绕水牛不愿飞开，牧童骑在牛背上泼水驱走牛虻后，或浮游或钻进水里。一只老黄狗趴在榕树头边，伸出舌头频频地喘着气。村民们铺开草席，或谈笑聊天，或摇着葵扇纳凉，嗓子好的唱起潮剧段子，不少村民还趁天黑前下棋、玩纸牌……负犁荷锄迟收工的村民进村前也到榕树下歇歇脚，凑凑热闹。此情此景，不是梦幻，是追忆童年时的生活。

燕山下，南海边，山重水复，羽翔鳞潜，万千里路一线牵，这边那边一样秋晚，却是万种风情。时代巨轮滚滚向前，那返璞归真，田园风光的景象从此一去不复返，它将留在人们美好的记忆里，也将引起人们淡淡的乡愁！

退休后，我回到故乡，第一时间就是来到昔日老榕树底下遐思、徘徊。这里变得面目全非。沙垄和两个池塘已被削高填低而变成平地了，成林的老榕树不见了，只留下村道边那一棵，独木不成林，孤零零地在风雨中摇曳。老榕树底下的那片平地，出现了参差不齐的建筑物，有的已成为加工农副产品的场所。

令人牵挂的老榕树林消失了，这说明什么？中华民族数千年的农耕文明历史，到处留下大量承载着传统民族文化的古村落、古遗存，由于精神文明层次猝不及防的转变而引起的怀旧、惆怅。古村落、古遗存逐步从大地上"蒸发"，这并非失去一些村容村貌或一些老房屋、老活动场所，而是一代一代人的乡愁和记忆。但是，这并不是人们在拒绝社会进步、现代化的生活方式，而是大势所趋，是人们对过去那些美好生活环境的怀念。

有知名人士说，乡愁是对童年生活地方的美好记忆。这固然有一定道理，但是，乡愁并不是单纯对家乡的怀念，把乡愁局限于狭小的天地，如果乡愁只有距离而没有沧桑，就显得单薄、苍白、无力，它还包含着更深层的社会内容和人生价值观。因受到战乱饥荒而从甘肃陇西地区逐步南迁的李氏先民，经历千辛万苦跋涉千山万水之途，一支定居在南疆海隅的"陇西世家"，你能计算得出在迁徙过程中引发多少代人的乡愁吗？

顽童的"快活林"

老榕树林这片风水宝地，是我乡愁中最牵挂的地方，孩提时很多时光是在老榕树下度过的。晚上，顽童们经常到闲间弦馆听说书者讲述古典小说故事。《水浒传》中武松醉打蒋门神，帮助施恩夺回"快活林"的情节，听得入脑入心。因此，还把风水树林叫"快活林"。

老榕树林是村中的风水树林，树林于村中间隔着一个状如燕窝的鱼塘，面积三亩多，名叫花园池，池边是一座花园，叫"群芳圃"。群芳圃是村里唯——座花园，是村里首屈一指富豪绅士的大宅深院。

一

群芳圃里不但种植一批奇花异草，还广种着番石榴、荔枝、龙眼、莲雾、阳桃、黄皮等岭南佳果。大宅深院里的男丁多在汕头或东南亚各地经商，守家的是一个老妇人和一些佣人。果熟蒂落满地任凭飞鸟啄食、腐烂，嘴馋的顽童们看不过眼，秋天翻越围墙，夏天游过池塘，进入花园里拣水果吃。

一听到园里发出声音，那位老态龙钟的老太太策着手杖一摇一摆地走过来巡视驱赶。要是在夏天，老太太尚未赶到跟前，顽童们早已扑通跳下水游走了；在寒冷的冬天里，进园拣果的顽童们急逃的路线只有翻越围墙，往往被赶到的老太太狠狠一杖打在屁股上。因此，顽童们与老太太积怨甚深。

黄皮是极诱人的岭南佳果，从黄皮果半熟开始，顽童们就经常溜进园里采摘。善于攀爬的猴子福几乎每次都爬上树梢，采摘又大又熟的果实，两个口袋都装满了，得意忘形又啃果又哼着小调。殊不知老太太躲在暗处突然挥着手杖赶过来。爬不高的，马上跳下树逃走。可叹爬在树梢的猴子福来不及逃走，就被老太太一手杖朝屁股横扫过来，猴子福下意识地以左手挡住，正好打在大拇指上，疼痛得在地面上打滚。看这场面，老太太心里也埋怨自己用力过猛，急忙呼唤佣人过来扶着边哭鼻子边指着老太太咒骂的猴子福离开花园。

顽童们在门口等着猴子福走出来，马上上前搀扶、安慰。有的伸出舌头，吐出唾沫舔着他受伤的手指，有的马上在杂草丛中寻觅蟛蜞草、蒲公英等中草药，捣碎后敷在猴子福受伤的手指上。过了两三天，猴子福的手指才消肿止痛。

几天后我们才知道，老太太生怕猴子福手指受伤过重，叫佣人给他家送来一瓶"跌打药酒"。家长们也没有把这一小摩擦当成一回事！

二

猴子福挨打后，同老太太的积怨更深，总想弄点颜色给她看看，解解恨。他出了一个坏主意，建议大家参照他的叔叔在河底敲砖头捕鱼的经验来报复老太太。当晚，大家按照猴子福的计划实施，顽童们各自提着两块折断的砖头，趁天黑时溜进花园鱼塘里，憋气潜入塘底，两手使劲敲打砖头，笃笃扑扑响个不停。水中传声又快又响，塘水震荡了，受惊的鱼四处逃窜。塘鱼中最活跃的鲮鱼晕头转向，鱼头直插在岸边的泥土中，动弹不得，被顽童们轻而易举抓住。

不消半个小时，大家把半死不活的鲮鱼堆放在一起，足有六七斤重，怎样处理它们，大家又犯愁了。把鱼带回家，会被父母责骂，无可奈何把鱼放回池塘里，但鲮鱼再也复活不了。翌日，村民们发现鱼塘漂浮着死鱼，顽童们也觉得愧疚极了。

调皮捣蛋的猴子福，经常既做好事又做坏事。弄死了一批鲮鱼之后，他还不解恨。被老太太痛打时，他在逃走中见到围墙边一棵香蕉树结出一大串将熟的硕果，建议合力砍获转移出来。有的认为这是盗窃行为而反对，半神仙糊里糊涂，信口开河地说："老太太为了区区几颗黄皮而打人，实属不仁不义，她家的香蕉是不义之财，取之何妨。"

当晚，顽童们悄悄来到花园墙边，由两人翻越围墙砍香蕉，两人隔着围墙接应。香蕉串大而沉重，只好从地上拖到墙边，然后身高力大的半神仙骑在围墙上弯着腰伸手把香蕉拉过去，拖到沙垄剑麻边放进事先挖好的沙坑，周围密密实实塞上稻草，盖上沙土后才离开。

几天后，把熟透的香蕉从沙坑里掏出，黄澄澄、香喷喷的。一时吃不完，又不敢带回村。邀请村里小伙伴前来共享后，把蕉皮就地掩埋。被老太太打过的猴子福耿耿于怀，搞恶作剧进行报复，故意带着一些香蕉皮翻过围墙散落在香蕉树旁边。这一招，不仅刺激着老太太，连佣人也发怒了，称若再捉住顽童，要狠狠揍一顿。

三

其实，经历人间冷暖的老太太深知顽童们虽然染上一些恶习，但都是心地善良、天真无邪的孩子。她厌烦顽童们经常进园损坏花草树木，想教训顽童们一顿，而顽童们阅历未深，分不清善恶美丑，待人接物意气用事，当触动着自己的利益时，就不分青红皂白以牙还牙进行报复。

在猴子福的怂恿下，半神仙还想出一个戏弄老太太的馊主意。他让猴子福翻越围墙，在老太太必经的小径上放置树枝、石头试图绊倒老太太，然后走到果树下，叫嚷着要爬树摘果。当老太太被其引出来追赶时，顽童们闪到树背后叫骂，并以手划脸挑衅她，惹得老太太恼羞成怒，颠抖挥着手杖赶过来打顽童，结果被绊倒跌坐地上，顽童们幸灾乐祸哈哈大笑，但惊见老太太躺在地上没有起身，顽童们心慌了，急忙跑上前，把她扶起身坐稳，拍拍她衣服上的灰尘，询问她哪里疼痛，并为她捶肩按背。老太太一言不发，任由顽童们摆布。接着，顽童们小心翼翼地搀扶起老太太送回屋里，猴子福心里害怕，早已溜得无影无踪。老太太坐定后，顽童们一时还不敢走开，等待着老太太的责问。

老太太虽然看不惯调皮捣蛋的顽童们搞恶作剧，但从心底里喜欢这些天真无邪、心地善良、互助友爱的小朋友。她非但没有责骂他们，反而面带笑容招呼他们坐下，并示意仆人端来一大盘黄皮、阳桃等水果请顽童们吃，并开口说："不打不相识嘛！"她欢迎顽童们经常到花园里玩，但不要偷偷摸摸爬围墙进来，要正正经经地从正门走进来。此后，老太太和顽童们交了朋友，顽童们随时随地走进花园帮助老太太整理花草，采摘水果，老太太总是请顽童们把水果吃个够，并捎带一些回家给姐弟们吃。花园，无形中成为顽童们新开发的"根据地"！

"能攻心则反侧自消"，这充分显示了中华民族的传统观念和文化底蕴。顽童们和老太太从"敌人"转变成"朋友"，使人们从中受到启发，无论大事小事、公事私事，往往因一念之差造成积怨仇恨。宽宏大量，退一步海阔天空，就是这个道理。

四

珠江三角洲地区的榕树品种比较奇特，同闽粤边有点差异。这里的榕树（细叶榕）的树干和枝丫布满茂密的根须，从树上垂挂下来，着地后"落地生根"，若干年后，往往会形成一片榕树林。新会县的小鸟天堂，就是这样形成的，举世闻名。在闽粤边，同样是属于细叶榕树，但树的躯干高大，枝叶繁茂，亭亭如盖，树干不长须，只在枝丫上长着疏疏落落的根须，垂挂在枝丫到地面的空间摇曳摆动，但不会落地生根。

脊后那片老榕树，树干都要几个人才能合抱，每棵相距10多尺，枝叶繁茂，形成树林，遮天蔽日。枝丫纵横交错在一起，从这棵树可以攀爬到另一棵树。夏日炎炎，顽童们竞相到榕树下剪割根须，攀爬到枝丫繁多的树梢上，用根须织结成状如鸟巢或竹篮子的树窝。一人一树一窝巢，占树为王，互相抛递食物和生活用品，也可以从这个窝攀爬到另一个窝，互相串连。在窝巢边可以两手抓紧枝丫，十分得意，像荡秋千一样前后摆动，引起孩子们的效仿。

远古的"有巢氏"，为避开毒蛇猛兽的伤害，在树上结巢而居。故乡的顽童们在树上结窝，却是锻炼孩子们的勇敢、耐力、敏捷，是一种很有意义的游戏。有人担心孩子们会有从树上掉下来的危险，其实根本用不着担心，聪明的孩子们结窝时会选择面临鱼塘的地点，倘若掉落下来，趁机游泳潜水，一举两得。

顽童们在树上结窝，打打闹闹，随心所欲，无所畏惧，这是他们认为最刺激的一项游戏。大家还随时随意攀住枝丫像玩单杠、吊环一样，左腾右挪前后翻滚，还别出心裁表演"猴子捞月"的游戏。在临近水面的枝丫上，由力气大的半神仙两脚钩紧树丫倒挂着，头向水面，双手垂直向下，早已游到水面轻巧灵活的猴子福翘起两脚，由半神仙双手紧紧接住，惟妙惟肖的"猴子捞月"图出现了。扮着鬼脸的猴子福咿咿呀呀怪叫着，引得路过的村民驻足观望，说猴子福真是猴子化身。

五

惊蛰一声雷响，春气涌动，草木萌芽，昆虫蠢蠢欲动。大榕树底下的那片土地，钻在地里冬眠的昆虫类虫蛆破土而出，蜕变为成虫后飞的飞、跳的跳、叫的叫，忙于择偶交配繁衍后代。

这个季节是小伙伴们大显身手，各出奇招，捕捉、啖食昆虫的大好时机。树底下的竹虫、果虫、树虫，周边塘里、沼泽里的龙虱、水龟、水鳖等和许多不知名的水生昆虫，都可以烹饪为可口的食品。行家认为地球上众多的昆虫，将成为人类食物的一大来源，各地开发利用仅是开始。

榕树林附近东南面沙垄边有一片竹林，青竹、毛竹、刺竹……品种繁多，迎风摇曳。这片竹林被认为是村里的第二片风水林，长势茂盛。这里是竹虫（头部淡红色，虫身白色的一种肥短沙虫）的滋生地。一阵春雨过后，小伙伴凭经验一眼看穿竹子边泥土出现微凸的裂痕，断定这是即将钻出地面脱茧化蝉的竹虫。扒开表土，里面往往有几条头尾相接蜷成圆圈的竹虫聚在一起，形成一窝。它动弹不得，任人摆布。不到半个小时，往往可以挖到竹虫半斤（过去食客尚未认识到竹虫的价值）。带回家里，家长嫌少，懒得起火开锅放油煎炸，用它喂鸡喂鸭。

春末夏初，当旱园里点播的黄豆、黑豆破土长叶分蘖时，榕树下和周边的地面土里大批虫蛹将脱壳蜕变成金龟子。其中一种金龟子有成年人足趾中的大拇指般大小，褚褐色，村民叫它为"涂鳖"或"南风龟"，是当地的土特产。傍晚，藏匿在土穴里的虫蛹脱壳蜕变时，使劲向表土伸张，头部露出地面，引来众多的画眉、喜鹊、白头翁、斑鸠等鸟类飞过来啄食，涂鳖的头脚翅膀掉满地，一片狼藉。夜幕降临，涂鳖破土而出，成群地在荆棘、杂草丛飞舞盘旋，嗡嗡闹着，追逐交尾。小伙伴们就地折下灌木枝迎上扑打，使它跌下地就擒。许多涂鳖完成交尾任务后就销声匿迹，纷纷跌下地面，有的几只纠缠在一起成团，轻易被抓进竹篓里。

翌日，小伙伴们把昨晚抓捕到的涂鳖集中在一起，到家里捞取咸酸菜汁进行烹煮，煮熟后，邀请小伙伴们前来共同分享。去掉头、脚、翅膀，从其尾部把内脏掏干净，连皮带肉送进口里咀嚼，香浓、酥脆，回味无穷。这在当今高档筵席上是难以吃到的。

六

名副其实的风水树，不仅起着阻挡台风的作用，还具备了村前哨所的功能。平时站岗放哨、通报情况的任务理所当然地落在顽童身上。

故乡在中华人民共和国成立前，革命力量和反动势力在这里胶着斗争。闽粤边游击区武工队员经常到村里发动群众，传递音息。国民党反动派敌务也经常来这里刺探情报，官僚劣绅乘机摊派苛捐杂税。

风水树下是孩子们滚爬扑打、攀树游水的场所，警惕的眼睛一发现陌生人，就尾随跟踪，或赶在前面告诉村里的叔伯们。一次，武工队员老余在公路边遭到反动武装队的追捕，躲进村边的甘蔗地里。反动派赶到村头，盘问是否见过陌生人，为了转移敌人视线，猴子福指着村边小路大声嚷道，他从这里逃上南崎山，快追上去！事后，小伙伴们又把老余带进村里见老犁（地下党员），老犁把他带到安全地点，避开敌人追捕。

一天下午，乌鸟嘴正躺在树窝逍遥，望见村道远处一群人荷枪实弹走过来，急得他边爬下树边大喊大叫，附近村民发现紧急情况，马上告诉老犁。村里青壮年拿起锄头、镰刀、担挑、棍棒，埋伏在甘蔗地里看个究竟。原来，国民党胡琏兵团节节败退到潮汕地区时，已溃不成军，到处拉"壮丁"补充兵源。被抓者当场被剃光头或刮掉眉毛，倘若逃走的"壮丁"被其抓回，往往遭受酷刑甚至枪杀。当时潮汕地区流传一句话："胡琏，胡琏，剃头免钱！"

村道上三个荷枪实弹的国民党兵，押着四五个被捆绑得严严实实的"壮丁"，看似饿得发慌，准备进村找饭吃。"壮丁"中一个十五六岁的男孩，满脸幼稚，甘蔗地里的村民看了揪心，一声呐喊举起器具冲出来，猝不及防的伪兵束手就擒，原来，被抓的"壮丁"都是汕头市郊的农民，松绑后带进村，让他们吃饱饭并尽快回家见亲人。三个被抓的国民党兵，都是外地人，缴枪后给他们路费回家，还给每人准备一袋番薯、芋头、玉米等路上充饥。国民党兵感恩戴德，表示改邪归正，不再为反动派卖命。

事后，村民们都表扬小伙伴们勇敢、机智，小伙伴们也表示今后更加主动积极为村民站岗放哨，一经发现不正常情况，立即吹响海螺，以引起村民警觉、自卫。

那只领头鸭

故乡水网交错，水暖土肥，鱼、虾、蟹、贝、藻类资源丰富。那些水草丛生的滩涂，更是水生小动物的繁殖场地，饲养鸡、鸭大有可为，村边、田野到处禽声哓哓。

这里的村民历来就有饲养群鸭的传统习惯，一些村民很早以前就成为养鸭专业户，小伙伴们挥舞着长竹竿，当"鸭司令"。村民养群鸭的操作方式有两种：一种是养肉鸭，春节前后孵出鸭苗，饲养到早稻收割后刚好上市，称为"早禾鸭"；另一种是饲养母鸭下蛋，取蛋出售。不是养群鸭的农户，养鸭则自产自销。农户在家门口的旧屋地避风雨那个墙角边，用篱笆围起一个鸭栏，养七八只鸭子，逢年过节或接待亲戚朋友时才宰杀。

饲养、管理鸭子的任务自然而然地落在小朋友身上。鸭子食量大，荤的、素的都吃。平时家里给鸭子喂米糠和番薯等，假日里或下午放学回家，就抽空到河沟里捞捕一些小鱼虾或蚬仔、田螺捣碎后喂养鸭子。每隔两天，还要手执竹竿，肩荷小锄头赶鸭子到风水树边旱园里挖蚯蚓喂养，赶下池塘戏水。

农家孩子从小就成为饲养鸡、鸭、鹅能手。这三者比较，鸭子比鸡、鹅聪明、听话，更通人性。我同鸭子混熟了，无形中产生了一些感情。它们一见到我走近鸭栏，居然走近栏前嘎嘎地叫，特别是那只健壮的公鸭，竟然扑打着翅膀，鸭颈伸出栏外，像欢迎我似的。

听村里长者说，鸭子是有灵性的。那年早稻收割时期，邻村的"鸭司令"赶着一群鸭到水田里觅食。过一座小石桥时，迎面来了一颠簸的载满稻谷的木板车。载重倾斜的木板车压死了走在后面的一只鸭子，只见走在前面的"领头鸭"走回头来在被压死的鸭子旁边走了几圈并嘎嘎地大声叫，有四五只鸭子也后退走过来望了望，见被压轧的鸭子已一动不动了才走开。长者说，在众多禽类中，没见过鸭子出现像其他禽类同类逞凶、骨肉相残的现象，鸭子像鸿雁一样，富有灵性，而且富有同情心。

听长者一席话，更加深了我对鸭子的好奇心。在家里养的鸭子中，那只雄壮的公鸭，是不是领头鸭呢？我无时无刻不细心地观察着。

一个星期日早晨，我手执竹竿，肩荷着小锄头，还未走到鸭栏边，鸭脖子已伸出栏外，扑打着翅膀嘎嘎地叫嚷着，像在诉说饿了。我打开鸭栏，它们大摇大摆地往外走，寻食去了。在一阵嘎嘎声中，那只大个头的雄鸭走在前面，其余摇摇摆摆快速跟在后面。用不着指挥驱赶，鸭子已熟门熟路走向旱园地里。

村边那些旱园，泥沙比例适当，土质松软、土层深、腐殖质多，是蚯蚓和其他小昆虫的滋生地。地里的花生、大豆、瓜蔬收获后，村里养鸭户常到这里掘蚯蚓喂养鸭子。

令人意想不到的是，在这里吃惯蚯蚓的鸭子，居然也积累了吃蚯蚓的经验。当你举起锄头锄向地面时，倘若鸭子不慎而伸脖子往地上寻食，不长眼睛的锄头会把鸭子锄个正着。可是，灵性的鸭子不会这样，或举头仰视或低头俯视，那只大雄鸭不动，其他鸭子也不会动，鸭眼迎着锄头的起落，当你一锄一锄地翻开土壤，蜷缩在土块中的蚯蚓仓皇地四处乱爬乱钻，锄头一停下来，鸭子竞相把蚯蚓生吞活剥，当作美餐，没有一条能逃过鸭子的眼睛，每只鸭子直吃得颈腹间的食袋鼓得像皮球为止。

吃饱了的鸭子，由大雄鸭带路，习惯性地走到大榕树底下的花园池塘或脊后池塘，纵情地游弋、潜水，展翅扑打，激起塘面水花四溅。过了一个小时，大雄鸭爬上塘边，用扁平的鸭嘴梳理着羽毛，其他鸭子也跟着到塘边，或卧或站整理羽毛。当我举起竹竿在大雄鸭的前面挥动，它马上会意，爬上岸，带领其他鸭子在嘎嘎声中大摇大摆地沿着原路返回鸭栏里。

在养鸭子过程中，我看在眼里，记在心中，确定那只大个头的公鸭是领头鸭无疑了。自此，我对领头鸭另眼相待，抓到鲜活的小鱼虾蟹，总要给它"开小灶"，可它却不领情，摇摆着扁平的鸭嘴把饲料散发在周围，引得其他鸭子过来争食。领头鸭是清廉的"鸭官"。

日复一日，将到年终，家里饲养的鸭子已先后被宰杀，只剩领头鸭了。过冬节（冬至）时，领头鸭也难逃一劫，家里已磨刀霍霍。我和领头鸭的感情难割难舍，流着眼泪再三恳求不要宰杀它，母亲因我纠缠不休只好作罢。

鸭栏孤零零地只剩下领头鸭，鸭走栏空。平时的神气、霸气断然不见了，它的餐量也比以前差得多了，总是无精打采地躺在角落里。领头鸭成了光棍司令，脱离群鸭存在，就体现不出它的领导艺术；没有群鸭，再也显示不出它的威信。忧郁的领头鸭一天天衰弱下去，鸭眼也被蚊子叮瞎了，鸭嘴里只发出低沉的沙沙声，再也听不到它嘎嘎叫唤发号施令。终于有一天，墙角的颓垣断壁崩塌，把领头鸭压死了。

我和小伙伴把领头鸭埋葬在村边的一个沙垄上，用砖头刻着"领头鸭之墓"，树立起墓碑，并在旁边种上一棵苦楝树。若干年后，我回到故乡，步行到当年"领头鸭之墓"怀旧，沙垄已被平整，并出现一排水泥结构的新楼房。

我于1987年到湖北省黄梅县龙感湖（古称雷池，典故说"不敢越雷池一步"）边采访养鸭户，他们敢越雷池，春暖时节投鸭苗之后，有的养鸭户赶鸭群南下，一路在草地、河涌、稻田里寻食，翻山涉水，长途跋涉，行程 3 000 多里。到深圳时，鸭苗已长为成鸭（也称"早禾鸭"）出售。养鸭者说，群鸭在路上行走、寻食，都由领头雄鸭引领，成为"鸭司令"。他说，领头鸭不是终身制，当其体力不支或伤病时，本能地引退，由另一只雄鸭代替。

自然界一些动物的进化过程，至今还有很多未解之谜。秋末冬初，北雁南飞，长空雁声不停，雁队成形，飞在最前面引路的是"领头雁"。天空的行列飞雁，一会儿变阵成"一"字形，不久又变阵成"人"字形，一切都要听从领头雁的指挥。领头雁是这一群雁中的首领，它体格强壮，事事都肯出头向前，最有飞行经验，在雁群中也是最有威信的。在飞行过程中，领头雁根据天空气流、风向的变化，不断变换飞行的队列形式。体格健壮的飞在前面挡风，老弱的飞在后。领头雁，就是飞行在最前头的那一只。要是没有雁群集体飞行、歇息，孤雁的下场可想而知。鹅鸭是由雁类进化而来的，传承祖先的一些基因，出现了领头鸭，就不足为奇了。

心平气和好听蝉

"蝉鸣荔熟稻田黄"，这是一幅富有岭南地区特色的丰收图。从日出到日落，到处蝉声不断，催耕催种，日出而作，日落而息。夜幕来临，蝉声偃息，取而代之的是听取蛙声一片。

故乡一带或许是地偏，夜里不曾闻蝉声。千古名句"清风半夜鸣蝉"值得商榷。半夜叫鸣的蝉，兴许是另类。

人们心情不同，往往对蝉声的反应也截然不同，当你心情烦闷时，你会觉得蝉声单调枯燥，一片杂乱，越听心情越浮躁。当你心平气和时，你会觉得蝉声粗中有细，杂乱中却有一定的规律。历史流传至今的"蝉琴蛙鼓"并非没有道理，"蝉鸣如弹琴，蛙叫像打鼓"。一样蝉鸣，多种反应，见仁见智了。

一

我从小就喜欢听蝉鸣。长辈们说我还在襁褓时，夏天中午闷热，总是啼哭不能入睡，但只要附近有蝉鸣唱，就酣然入睡了。家里人经常抓几只蝉，装进小竹笼里，挂在门角边，让我听蝉声。

念小学时，家门口附近有一片苦楝树，长得特别茂盛，几乎成为附近蝉的大本营。小伙伴们经常在树下滚爬扑打，叫喊声往往压过蝉声，蝉纷纷飞走得无影无踪。顽童走后，环境安静下来，蝉也逐渐飞回栖息在苦楝树上，鸣唱得更欢。这时我却喜欢独个儿坐在草地上，心平气和地听蝉鸣。

日积月累，我慢慢听出了蝉鸣的玄机。我觉得，群蝉中有一只领唱的，只听它吱——一声长鸣，紧接着，栖息在苦楝树上的群蝉也竞相鸣叫起来。开始总觉得一片枯燥、单调、杂乱，但只要你跟着蝉声的节奏品味，会觉得时而急促、缓慢，时而高亢、低沉，有一定的规律。当群蝉一齐鸣叫时，声调零乱响亮，群蝉叫声趋于缓和时，却突出一两只蝉响亮的鸣叫声。心平气和听蝉，你一定会感觉到心绪随着蝉声多寡、轻重、缓急的变化而变化，可以品味到蝉声有时颇似音乐抑扬顿挫，有一定的旋律和节奏。这样，让听者宁静致远，心旷神怡。

像音乐晚会演员出场演唱一样，骤然间，独蝉高昂的鸣叫突兀而起，掀起了一个高潮。像平静的海面上突然风起云涌，波浪起伏，一浪接一浪向前推进。高潮过后，蝉声又趋于平静、低沉，像琵琶、古筝叮叮当当独奏，行云流水。蝉声起起伏伏，一阵过后，又像是大唢呐响起，锣、鼓、钹等打击乐齐奏，由一个高潮推向另一个高潮。

听蝉，因人因时因地而异。"心烦莫听蝉，听蝉费思量。"

二

蝉是一种古老的昆虫，分布于世界各地，体形有大有小，颜色各异，不下几千个品种，是昆虫类中的一个大家族。故乡一带蝉的品种不多，最常见的一种有成年人脚拇指般大小，灰褐色，鸣声单调响亮。成语中有"金蝉脱壳""薄如蝉翼""噤若寒蝉""螳螂捕蝉，黄雀在后"等，可见，蝉和人类有千丝万缕的关系。

盛夏季节，是蝉类交尾产卵时期。雄蝉使出浑身解数，无休止地叫个不停，这是吸引雌蝉的求偶声。个头大、鸣声响亮的雄蝉，更获得雌蝉的青睐，这是昆虫提纯复壮、繁衍后代的进化规律。雌蝉不会鸣叫，雄蝉也不是靠喉嘴鸣叫，而是靠近腹肌的振动膜发出声音，振动膜一张开，蝉就鸣叫起来。雄蝉被逮住之后受到惊吓，不动也不鸣叫。只要用手指轻轻地捏住它的腹肌两边，逼振动器张开，它就照样鸣叫起来。顽童们掌握了这个特点，把雄蝉带到哪里，哪里就能听到蝉的鸣叫声。

人们肉眼看不清蝉的嘴巴，误以为蝉不吃食物而靠"餐风饮露"。其实，蝉的头部和腹部之间长着一条细长锐利的吸管，像针一样插入树皮中吮吸液汁。蝉不喜欢树脂浓度较高和含有黏胶质的榕树皮，而喜欢吸吮苦楝等皮层厚、汁淡的树皮。

三

蝉交尾产卵后，蝉卵附着在肉眼看不见的树木表皮上，幼虫孵出后钻进树下的地里，吸食树根的液汁。有的幼虫在地下一直生活几年，经过多次脱皮才蜕化成蝉又飞上树，一代一代反复循环繁衍。蜕化后的蝉一般只能活一个多月。有人开玩笑说：蝉在黑暗的地下折磨生活了几年甚至十几年，来到世上，见到阳光只有一个多月，来时匆匆，去时忙忙，难怪它十分珍惜短暂的生命，活着时不断通过鸣唱表现自身的价值。

蝉是怎么样从地下破土而出飞上树梢的呢？

一天中午，阵雨过后天气放晴，顽童们在灌木丛中见到一个形状半似沙虫半似蝉的虫脱，湿软软地缠挂在树枝上。大家聚精会神地注视着周围的动静，肉眼见到旁边泥土表面有一道小裂缝，表土突起，摇动着。用树枝拨开一看：一条头部淡红色，虫身雪白，蜷缩着的蝉虫在伸展着，虫背已经裂开，顽童们呆呆地静观即将脱壳化蝉的过程。幼虫脱壳后软体飞不起来，爬入灌木中，过不了多久，就能飞上树，踏上它最光辉灿烂的最后生命历程。

岭南地区树荫下、竹林边、杂草丛，凡是绿色覆盖的地面，就有蝉蛹存在。种类繁多的昆虫，都是由藏匿在地下的各种蝉蛹蜕变出来的。蝉蛹，成为当今岭南地区筵席上的高档珍馐。地球上昆虫的种类数也数不清，无论空中飞的，水里游的，地上爬的，还是土里钻的，很多品种都可以制成美食，将成为人类食物结构中的一项，有待人类去开发。

四

童年时在农村，小伙伴玩耍时，往往把捕捉到的萤火虫、蟋蟀、蝉等昆虫当作玩具，所以对从蝉是怎么样从地下破土而出、飞上树梢鸣叫到听蝉、捕蝉都有所了解，对蝉的生活环境和习性较为熟悉。

顽童食蝉，这种事是鲜为人知的。

假日里，小学生们三五成群，被蝉的鸣叫声引诱，结伴爬树捕蝉。但谈何容易，蝉的嗅觉灵敏，还未等你攀登上树，已飞得无影无踪，连附近树上的蝉都被吓跑了。村民们启发我们沿袭村庄传统的方法捕蝉：拣来一些废弃的橡胶，烧融后涂在一块破布料上，然后找来一根长竹竿，把涂上黏胶的布料紧扎在竿头上。举着竹竿走到树下，对准鸣叫的那只蝉的后背迅速擦上去，被橡胶黏住的蝉，挣扎得越厉害，被黏得越紧。竹竿横放下地上，把蝉逮住了。有的蝉没有被黏住，在仓皇逃走前急得撒下一泡蝉尿（肚子的水分被挤出来），不偏不倚撒在仰面向上望的顽童的脸上，引发一阵欢笑声。

有时，捕来的蝉多了，怎么办？从中挑选了几只个头大、鸣叫声响亮的蝉，擦干净黏在翼上的橡胶，放进早已准备好、用竹笋编织的通风透气的小笼子里，吊挂在遮阳处的屋檐下，周围环境安静时，蝉不晓得"身在异乡"，起劲地鸣叫着。

乌鸫和麻雀的不同命运

地球上有一些飞禽品种，因为不能顺应变异的自然气候、生活环境而死亡甚至绝种。因为，自然规律是改变不了的，顺者昌，逆者亡，新旧物种循环交替，这也是正常的现象。有许多接近人类的飞禽，却遭受人为的猎杀而濒于绝种，这是不应该的，不正常的，是人们认识有偏差而造成的。

乌鸫和麻雀本来都是益鸟，但由于人类认识水平的局限，两者的命运截然不同，乌鸫受到保护，而麻雀却受到猎杀。以保持自然生态环境平衡为出发点，要能准确无误判别出鸟类中谁是益鸟、谁是害鸟。随着时代变迁，新的看法有待后人进一步去认识验证。

一　乌鸫

在花园池旁边，高大雄伟的刺桐树下，一处颓垣断壁的屋地里，灌木、杂草丛生，人迹罕至的地方，隐隐传来叽叽喳喳的雏鸟鸣叫声。小伙伴误以为是鸟儿的天敌蛇、鼠要伤害它，随手提着一根竹子，循声上前看个究竟。原来，在一棵石榴树（村民称为红花、吉祥树）茂密的枝丫上结着一个蜂窝般大小的鸟窝，五只尚未长出羽毛的雏鸟张开大嘴求食。雌雄两只大乌鸫飞翔穿梭，劳碌奔忙，叼来虫子喂雏，当大鸟叼来食物飞到巢边时，雏鸟争食的不公平场面发生了。强者争得多，弱者争得少，甚至没有争到而捱饥受饿，形成强者恒强、弱者恒弱的鸟类优胜劣汰的进化规律。

乌鸫，是岭南地区常见的一种小鸟，浑身长着黑色的羽毛，只在鸟喙边长着一圈黄色，个头比麻雀稍大。乌鸫在鸟类中其貌不扬，既没有彩色的羽毛，也没有动听的鸣叫声。它杂食，以昆虫为主，有时也啄食稻谷等农作物。初夏产卵孵化，繁殖快。乌鸫是除虫能手，在岭南地区被人民视为益鸟而受到保护。

小伙伴们乐见乌鸫在此筑巢、产卵、孵雏。大家相约规定，一定要严加保护，不准掏鸟窝，捕雏鸟，也不宜随意告诉别人，以免节外生枝。这样，有效地保护乌鸫的安全，我们也借此机会观察鸟儿成长的整个过程。

有一次，我见到饥饿的雏鸟趴在巢边张开嘴，嗷嗷待哺。我捕捉了一些小青虫前来喂雏鸟，殊不知一到巢边，雏鸟就缩进巢里一动不动，大鸟却在巢边低飞盘旋，鸣叫不止，以为我要来捕捉雏鸟。直到我走开，大鸟才飞出去捕虫。

鸟巢附近长着一片香蕉林。兴许是香蕉树不藏匿虫子或散发出一种异味，平时总见不到飞鸟在香蕉林中落脚。这一天晌午，丽日蓝天，尽管巢里的雏鸟伸颈张嘴叫个不停，可是雌雄两只大鸟却烦躁地在蕉叶上跳上跳下，对雏鸟的饥饿无动于衷。顷刻间风起云涌，大雨将至，两只大乌鸫飞进巢穴，张翼护着雏鸟。一阵风夹雨掠过后，浮云雨点尚未停歇，大乌鸫已离巢飞出去捕虫，随即大雨也停止了。鸟类在自然界中求生存，本能地感知气象急剧变化，因无法在短时间内选择较安全的地点保护雏鸟而焦躁不安；又感知暴雨将停，提前飞出去叼虫喂雏。日复一日，大鸟重复着奔忙，叼来小虫喂雏。

一个星期过去了，我们走近鸟巢观察，见到雏鸟已长出短短的羽毛，不知发生什么情况，巢里原来的五只雏鸟只剩下三只，生不见鸟，死不见尸。难道是在夜里被蛇鼠等天敌捕食了吗？伙伴们百思不得其解。

听村里老汉们说，原来，雏鸟逐渐长大，胃口也随之越来越大，尽管雌雄鸟终日奔忙寻食捕虫，也满足不了雏鸟的食量。大鸟已精疲力竭无能为力，这样，出现了骇人听闻的惨剧：巢里雏鸟争食，手足相残，在争斗中弱小者当然是失败者，或饿死，或被活活啄死。鸟类为了寻觅食物，求生存，提纯复壮，繁衍后代，不惜进行残酷的窝里斗，优胜劣汰，达到后代能够在自然界存活下去的目的。

至今，我还一头雾水，伤残、饿死的乌鸫雏鸟的尸体哪里去了呢？有的说是在巢里被饿慌了的同类强者当作美餐啄食，有的说是被大鸟叼往附近抛尸。众说纷纭，却是一个谜。乌鸫雏鸟之死，让我联想到离巢雏燕之死，这也是一个谜。

童年时，我家的故宅院厅堂里有燕子在墙壁筑窝结巢。燕子冬去春来，代代相沿，眷恋旧巢，农家把燕子当作吉祥鸟而加以保护。

那是初冬的一个中午，大燕刚飞出去捕虫。我听到燕巢里一阵嘈杂的喃喃燕语后，只见一只羽翼未丰的雏燕跌落在地上飞不起来。我急忙捧起雏燕爬上木梯把它送进燕巢，满以为雏燕得救了。当大燕叼虫归巢喂雏燕后不久，我认出那只被送上巢的雏燕重新从窝里跌下地面，翅膀骨折，受伤，在地上挣扎着，我把可怜的雏燕再次送进燕巢，只听到巢里又是一阵躁动争吵声。我离开一会儿回头看，那只受伤的雏燕已离巢跌在地上死了。

我带着疑问询问授生物课的老师。他告诉我，可能是该雏燕因争食物而争斗不过同伴，被挤出燕窝而跌死；也或许已接触过地气、人气，与窝里的气味不相投，带着异味而被当成入侵的异类，被挤出窝而活活跌死在地上。这个谜至今尚未解开。

二　麻雀

夕阳西下，村庄笼罩在云霭中。除了栖息在村边老榕树上的夜鹳离巢寻食外，百鸟投林归巢。投林的鸟类中，就是看不到麻雀。

白天，在农家庭院里或屋顶上，三五成群的麻雀叽叽喳喳叫着，闹得正欢。天黑了，麻雀各自归家，安静地钻进屋檐下砖瓦裂缝中的小洞穴。平时它们叼来一些柔软干草或鸡鸭毛，在小洞穴中筑安乐窝，下蛋、孵化、喂雏，繁衍后代。在种类繁多的鸟类中，麻雀可以离开山林，但离不开村庄，离不开院宅，它最接近人气地气，是同人类接触最频繁的鸟类。麻雀杂食，除啄食稻谷等粮食外，主要以小昆虫为食。村民家里的日常食物，它样样都要沾光，包括饲养禽畜的饲料，它也不放过。可以说，麻雀是过着寄人篱下的生活。

"麻雀虽小，五脏俱全""解剖麻雀"等词语，许多人都背得滚瓜烂熟。但人们很少考虑到的是，小型动物比比皆是，就算鸟类，个头比麻雀小的也不少见，但为什么偏偏要把麻雀作为解剖对象呢？兴许是人们对麻雀太熟悉了，解剖它，内脏更容易看清楚。也许是人们对麻雀有成见，传统观念把它视为害鸟，首先用它来开刀。

念小学时，语文课本就有"麻雀儿，真可恶"的课文，把它说成十恶不赦的害鸟，课本里还配有孩子们拉开弹弓射杀麻雀的插图。小伙伴们的主要活动就是削树丫、做弹弓、制泥丸，目的就是射杀麻雀。传统上家长们管教得特别严厉，是不准爬树掏鸟窝的。这里面除了有生怕孩子爬树不慎跌下来的因素外，传统观念还把掏鸟窝、捡鸟蛋视作残害生灵，做缺德事。但对顽童在家里叠椅子、爬梯子在屋檐下掏麻雀窝，从来就不过问。这无形中使孩子厌恶麻雀，就像过街老鼠，人人喊打。

记得故乡农村实行土地改革前夕，全国范围内轰轰烈烈掀起了除

"四害"（老鼠、麻雀、蚊子、苍蝇）运动。当年，顽童们学到不少捕捉麻雀的方法。盛夏中午，屋顶瓦片被烈日暴晒得发烫，迫得麻雀倾巢而出，飞到院子里遮阳通风处叫闹，用嘴喙整理羽毛。顽童端来一盘清水，在盆边撒上一些稻谷，饥渴的麻雀经不起诱惑，飞上前展翅戏水、啄食。顽童趴在窗口，在射程内拉开弹弓，往往射个正着，被弹弓打中挣扎的麻雀被逮住了，飞走的麻雀不懂得现场发生什么事，飞开后，隔了一会儿，又有麻雀经不起诱惑飞过来争食而遭受同样的命运。

有时，准备一个阔口的大箩筐，箩底朝天，用一根木棍撑高箩筐口的沿边，使箩筐倾斜着不倒。在箩筐下面放着稻米等饵料引诱麻雀进入箩圈里啄食。木棍系着长长的麻绳，顽童用手拉着，躲进隐蔽处。待贪食的麻雀一进入箩筐，便拉倒木棍，把麻雀罩在箩筐里。顽童上前把箩筐抬高露出一道缝，里面惊慌失措的麻雀拼命往外钻，鸟头挤出来却卡住鸟身，夹在缝间再也逃脱不了。

有趣的是，家里的老花猫居然也加入捕雀的行列。它夜里灵活地捕捉老鼠，白昼却懒洋洋地躺在墙角打盹，但一听到麻雀的叫声，便竖起耳朵，瞪着眼注视着。猫步无声，蹑着脚急速向前，弓着腰向麻雀扑去，往往十扑九空。老花猫毫不气馁，一扑再扑，一空再空。偶尔抓到一只伤残或刚学飞羽翼未丰的幼雀，却充分暴露出动物的残忍兽性，它不急于撕吃，而是玩弄"权术"，瞪眼溜须竖起毛、翘尾巴，兜着麻雀左右转动，呼哧呼哧展示威风。当丧魂落魄的麻雀想逃命飞走时，被猫脚爪快捷地按住。如此反复多次，才把麻雀叼到墙角撕吃。

中华人民共和国成立初期，记得是我念小学三四年级时，由于人们对麻雀的认识出现偏差，把它作为害鸟对待，当作"四害"之一进行围剿、捕杀。栖息在村庄里的麻雀，不像其他鸟类逍遥自在栖息于山林，因此难逃厄运。

上面发出除"四害"的号召，下面不管青红皂白坚决贯彻执行。到了乡村就具体定任务、定指标，落实到户到人。夜晚，以民兵为骨干，带领"妇联会""儿童团"，挨家挨户开展大搜捕，捕雀者扛着木梯，举着手电筒，屋前屋后，檐下、砖瓦间以及旧屋地的颓垣断壁等处掏雀窝，扫荡得七零八落，雏鸟、鸟蛋被一扫而光。翌日，逃过一劫的麻雀在旧巢附近盘旋鸣叫，这时，村里男女老少齐出动，有的挥舞着扎结着纸条的竹竿呐喊，有的站在屋顶或高处，一见到麻雀飞过来，就吹起海螺，敲锣击鼓，甚至拿起铁桶、脸盆敲打，受到惊吓的麻雀乱飞乱闯，从村前被赶到村后，从村东被赶到村西，呼唤声此起彼伏，麻雀找不到歇息落脚点，晕头转向，丧魂落魄，力竭气绝，跌在地上扑打着翅膀，再也飞不起来了，或猝死，或被逮住。

科技的发展、进步使人们改变了旧观念，对麻雀有了新的认识。麻雀虽然也啄食稻谷和其他农作物，但是以捕食小昆虫（多是害虫）为主，功大于过，是益鸟。幸得人们很快提高了认识，很快就制止了滥捕滥杀麻雀的行为，这一宗鸟类中重大的冤、假、错案，及时地得到了平反昭雪。当前，地球上还有不少鸟类受到人为的破坏捕杀而濒于绝种，这是人类的过错！

一方净土李厝洲

人们的欲望、追求是无止境的，随着社会生产力的发展，物质生活水平的不断提高，也随着生态环境的变异，暖衣饱食之余，多少人向往着返璞归真，追求田园牧歌式的生活环境，寻觅人间的伊甸园。

南疆海隅一方净土——李厝洲，它虽然尚未完全与世隔绝，但土地改革之前，来到这里的人，有饭同吃，有工同做，平等互助，返原古代人类群居的一些特征，堪称现实生活中的伊甸园。

李厝洲是上巷村李氏先人开垦的沙田围，远离村庄，人迹罕至，村民到这里耕种，要翻越沙垄，涉水过两道河，往返三四个小时。农忙季节，村里部分劳动力，牵牛负犁，带着大米、咸菜、油盐，来到这里搭起茅寮而居，过着日出而作，日落而息的田园生活。夏夜，茅屋里闷热，蚊子纷飞，就在草地上铺开席子露宿，昆虫、青蛙在你身上乱爬乱跳已习以为常。三餐每人掏一把大米合在一起煮大锅饭，摆上咸菜或随手捕来的鱼虾，围在一起吃饭。在这里，谁家地里的甘蔗、番薯、花生、瓜果成熟了，不分彼此，随意取获，毫不计较。哪家农活一时干不完，这家干完农活后就主动去帮忙，不计报酬，这是先人留下来不成文的乡规民约，农业合作化、公社化之前都是这个样。

潮汕地区妇女们过去一般不下田参加劳动，李厝洲又远离村庄，自然成为男人的世界。夏天，不管下田耕作还是休息时，男人们都赤身裸体。天气稍凉时，大多披着最具潮汕特色的"潮州巾"（围腰水布）。在海边经受风吹雨打日晒，个个皮肤都晒得黝黑光滑，在煤油灯反射下发着亮光。北风凛冽的冬天，壮汉们身上仅披着一件麻包袋缝制而成的唐装，穿着短裤，腰间绑紧麻绳，个个都是"赤脚大仙"，自如行走，下地劳动。

这里不是原始公社制社会的遗址，而是体现古人类生存的一些特征，现代中国人生活很难找到的一方净土。大家聚集在一起迎风雨、听海潮，挥动锄头镰刀，同饮韩江水，同耕海边田，同吃大锅饭，不受剥削，不受欺凌，不谈意识形态，不搞阶级斗争，风雨雷电奏音乐，日月星辰唱凯歌。

　　大海熏陶着的海滨人有坚强的性格，并且胸怀豁达、彪悍健壮、耿直爽朗，富有乐于助人的精神。这是潮汕地区民情风俗的一大特色。

牧牛、知牛、护牛

人的一生中，童年是一段难以忘怀的岁月。我童年时，尽管家境贫寒，缺衣少食，但我是兄弟姐妹中最小的一个，很多事情都受到长辈们的袒护。作为天真无邪的孩子，"不知苦中苦，只求乐中乐"，我基本上是在糖水中泡大的。

长辈们为家计奔波操劳，因而放松了对孩子的管教。我经常和邻居的顽童聚集在一起，游水摸鱼虾，爬树掏鸟窝，顽童之间经常几个人结成一伙，分分合合，称兄道弟，形成小团体。小团体之间为了小事情而争强好胜，大打出手，往往打得嘴青鼻肿，在长辈们制止下方肯罢休。

我七岁开始念小学，总觉得学校生活枯燥乏味，经常旷课、逃学，跟村子里牧童一起，到野外享受大自然的快活环境。在念小学阶段，曾辍学两年在村里当牧童。

家乡土地改革时期，在驻村"土改"工作队的教育引导下，村子里顽童的各个小团体联合起来，成立"少年儿童大队"，我任大队长，兼三联（上巷村、竹林村、兰苑村）乡儿童团的副团长。我念初中时，已经成为家里的半个劳动力，参加农业生产，农忙时，还经常停课下田劳动，学习成绩因此受到影响。1956年夏，我初中肄业。同年冬，我响应政府的号召，到中山县港口公社民主大队插队落户。

小学、初中正是少年儿童长身体、长知识的阶段，学生们的集体生活是值得留恋的。参加乡村举办的各种文娱活动和社会福利事业活动，虽然是平淡无奇，激不起浪花，但能力所及的工作，是实实在在的锻炼，开阔了我的眼界，提高了政治思想觉悟和独立思考问题的能力。那两年，可以说是我童年中最宝贵的经历，是我人生过程中如诗似画的美好阶段。

一

我念小学时，虽然学校里也有一批调皮捣蛋合得来的同学在一起玩，跑跑跳跳，打打闹闹，周末或假日也经常下河涌捕鱼虾、挖河蚌以及爬树掏鸟窝、捉蟋蟀、捕鸣蝉、放风筝，到沙垄滚爬扑打，但总嫌学校生活枯燥乏味，经常旷课、逃学，同牧童在一起投入大自然的怀抱。

小学时，我学习成绩起落不定，经常受老师的责备，被用藤条打手心和留堂（惩罚放学留在课堂站立一定时间后才让回家）。这些处罚都是司空见惯，我毫不在意。但后来发生了一件当时震动学校的事情，令我终生难忘。

孩子们喜欢到处乱涂鸦，当时，同学们流传着用铅笔在纸上打一个大问号（?），在问号里配上"公"字，下端配上"巴"字，问号同公字、巴字配合在一起，惟妙惟肖地形成一个前额突出的人头。我觉得很好玩，在做完算术课作业后，信手在纸张背后画着面对面两个问号、公字、巴字组成的前额突出的人头，额对额相互碰撞，并鬼使神差地写下"哈哈大笑！二人干和棋（打平手）"一行字。殊不知这却惹了大祸。

我的算术老师是一位文质彬彬、西装革履的谦谦君子。我们师生关系还算融洽，我对他格外尊敬，并经常抓捕些蟋蟀、吟蝉供他玩赏。他勤奋好学、知识广博，尤其擅长算术（数学），小学三年级已经给学生讲"植树问题""鸡兔问题""和差问题"等算术课程。可是，他的容貌令人不敢恭维，大脑袋架在单薄的肩上显得很不配称，年届三十还是单身汉（那时堪称大龄青年），因此产生了自卑感，情绪消沉。更要命的是，其父是清朝秀才，大脑袋兼突出的前额比儿子有过之而无不及。我无意在算术练习簿上的涂鸦，一竿子打到了他们父子的心窝，严重地伤害了他的自尊心。

也许，他以为我的涂鸦是别有用心，受人指使。他把我拉到教务室，铁青着的脸比吹胡子溜眼珠更难看，把我训斥了一会，又拉着我到学校大礼堂，叫我站上早已准备好的一张椅子，张开双臂，拉开他用毛笔书写的"我以后不敢在算术簿上画龙画虎"横幅，罚我站立近一个小时，让全校同学们围观、取笑！消息很快传遍全村，我的奇耻大辱更成为笑料，成为我童年时心灵上最大的创伤，从此我再也不愿意踏进校门。长辈们见我终日在外面游荡，生怕我再闯祸，无可奈何地把我安排在一位宗亲家里当放牛娃。

人与人之间的一些纠结在你还活着时可能会难以解开。当年老师怀疑我受他人的指使而故意伤害他，其实只是我无意识的涂鸦。当年无知的我，不懂也不敢直接向老师解释、赔罪，造成彼此误会。土地改革时，算术老师因家庭的一些历史原因，想不通而在他乡榕树下上吊自杀。在留下的遗嘱中说："第一个到现场的人，取下'派克笔'和'依波罗'手表作为我的馈赠，并把我扶下地。"噩耗传来，童年的我惊呆了而流不出泪。后来晓事明理，想向他诉说，可是他已经离开人间。现在再回顾此事，仍禁不住潸然泪下。

二

"小牧童，快乐多。吹短笛，唱山歌。骑牛背，上山坡。"牧童如诗似画的生活情趣，怎不令孩童羡慕。的确，一年四季，春夏秋冬，气象变幻，风雨雷电，野外佳景不同，充满乐趣，无忧无虑的生活多么诱惑人。

当牧童的岁月，往事一幕幕浮现在我的眼前：早上，那头壮健的牛，要是我怠慢带它赴草场，它会烦躁地在牛栏里蹬蹄或转圈圈。一见我到眼前，立刻停蹄昂着头望望我，像是久别重逢的朋友。夕阳西下，它吃饱了草，会来到我面前，摇摇尾巴，示意我趁天黑前进村。每当我到牛栏解开牛绳，它看眼色跟着我，要是我走在他后面，它领会到要到熟悉的草场啃草，加快步伐前进，它走在前，我跟在后，有时骑上牛背，逍遥自在。倘若我牵着牛绳走在前面，它领会到要到陌生的草场去了，它跟在后面，步伐跟我保持一致，不争先。

有时牧场青草短缺，牛吃不饱而野性发作。牧童若不留意，它便闯入地里吃青菜、豆藤、番薯藤，庄稼的主人责骂的不是牛而是牧童。倘若牛偷吃农作物的次数多了，牧童受不了委屈，就把牛拴在树干上，愤怒地挥动牛绳鞭打牛。牛好像自知做错事，默默地站着任由鞭打，打在牛身上，痛在牧童心上，含泪上前抚摸牛头时，灵性的牛也伸出舌头，舔舔牧童的手，好像在诉说，"我错了，该打，请你不要难过"。后来，牛居然改变了偷吃地里庄稼的习性，对牧童越来越温顺，越来越亲近。

故乡村民传统习惯把牛奉若神明，尊牛为六畜之首，爱牛、知牛、护牛，同战士爱战马、警犬一样，像亲人般看待。春争日、夏争时，农事季节大忙，耕牛起早摸黑犁田耙地，疲惫不堪。主人放心不下，宁愿招引几位叔伯兄弟，齐心协力，拖犁耙地，当耕牛使用，让耕牛多些时间休息，恢复体力后再负重。尽管牛的食量大，但主人经常熬煮一大锅番薯、豆类或米粥喂牛，增加营养。

村民经常对牧童的工作评头论足，说长道短，谁好谁坏有一定的标准。"不怕不识货，只怕货比货"，谁把牛养得膘肥体壮，谁就受到表扬，被称赞为"聪明、办法多、责任心强"，牧童和家里人脸上都有光。这样，无形中令牧童产生了思想压力，起到比、超、学、帮的作用，尽心尽力把耕牛养好。

随着农村向小城镇发展，故乡那些大大小小的草场已经消失了，取而代之的是一片片的民居小洋楼和厂房、仓库等，村民千百年来沿用的牛耕种田地和踩踏木头水车引水灌溉的方式也悄然消逝。现在村里再也见不到耕牛，取而代之的是现代化农业机械设备。向子孙们讲述当年有趣的牧童生活时，他们一脸茫然，故乡的耕牛已远离子孙们而一去不复返了。

三

日落西山，村里炊烟袅袅，村边禽声哓哓。牛儿啃饱了草，肚子滚圆。牧童悠闲自得骑上牛背，沿着弯弯村道，整整齐齐地踏着夕阳返村。为了显示勇敢、机智本色，快进入村庄时，几个牧童按照年龄大小，大的开路，小的断后，领头的吹起口哨，大家约定俗成地一跃而起，手紧拉着穿过牛鼻子的牛绳，站在牛背上（当地俗称蹬牛顶）像耍杂技一样进村，也像打了胜仗的军队，带着凯旋的威风，惹得村子里的小朋友们夹道看热闹，露出钦佩、羡慕的表情。

日复一日，每天，牧童每人牵一头水牛，早上迎着晨曦，晚上目送夕阳，结伴放牧去。牧童三件宝，弹弓、竹篓、小镰刀，这是每个人必备的。弹弓，用来射杀飞鸟、蛇鼠；竹篓，用来装捕捞到的鱼虾螺蚌；小镰刀，到牛蹄踏不进的小田埂或陡坡割草喂牛。竹篓还有另一个功能，牧童出门前，装着家里新近收获的花生、玉米、芋头和祭祀、祭祖的糕粿，到野外与伙伴们共享。

寒夜，备好草料，牵牛进牛栏，让牛饱暖过夜；热天酷暑，把牛拴在屋前屋后木桩上，让它悠闲自得地卧在地上磨牙反刍，摆动尾巴驱蚊子。天黑了，抱来一捆饲料，给牛当夜草。夜晚，成群的蚊子纷飞嗡嗡响，叮呎在牛身上吸血，牛被搞得摇头摆尾，拨耳蹬蹄也无济于事。醒目的牧童捎来半干半湿的燃料，泼些煤油点燃篝火，浓烟轻罩在牛身周围，能有效地驱散蚊子。

故乡人多地少，牧牛的场地受到限制，海边滩涂水草丰茂，但路途遥远，只有在开耕牵牛到沙田地区犁田耙地时在海边稍住几天。平时，只有越过沙垄沿河边走向的一片荒地"牛埔头"和南崎山麓的"踏青埔"是较好的牧地。耕牛虽少，但到秋冬季节，有限的草场也被耕牛啃得只留下草头、草根。幸得牧童们的责任心强，手脚勤快，想方设法到牛蹄踏不进去的地方割青草喂牛，总算低标准让牛吃得饱。

有时，牧牛草场离村庄较远，就轮流委托一人到各户筹备午饭。家长们都备好饭菜给孩子们吃，牧童把各家的饭菜合在一起，加上在野外烧烤的鱼虾、河蚌等食物，花式品种丰富，大家围在一起痛快吃个饱。小集体的生活，从小就培养了大家团结、友爱、互相帮助的精神。

南崎山下的沟渠里，到处是一种白色的黏土（有人说是瓷土）。有一位念过小学二年级的牧童，喜欢捏泥人，擅长捏牛马猫狗猪羊等动物。他捏的泥牛十分精美，是学校玻璃橱窗里的展品。在他的带动下，大家认为捏泥人也是一种生活乐趣，有时也进行捏泥人比赛：在规定的时间内，个人凭自己的手艺、想象，捏造动植物，然后互相评比，看谁捏得快，捏得好。

我念过几年小学，有时也把课堂老师讲解的趣闻或《水浒传》《西游记》中的一些章节讲给牧童们听。这样，在他们当中，我被误判为有文化、有能耐的人。假日里，老同学经常到野外玩耍，他们见我晒黑了，力气大了，外表健康，羡慕不已。这样，我的形象在牧童和学生两边都沾了光，无形中说话有人听，做事有人帮，办事情往往推我站在前头。其实，同其他牧童相比较，我的岁数不算大，个头不算高，力气不算大，学识不算深，被小伙伴看得起，是他们的误判。

后来我走出校门走进社会，发现有一种人，逢场总欲选边站。除了政治思想喜欢选边站外，在工农干部群众中，自诩是书香后裔的知识分子；而在知识分子干部群中，却改口标榜自己是劳动人民出身的"大老粗"，甚至满口污言秽语。其目的无非是两边讨好，两面沾光。

四

牧童最大的责任是爱牛，同牛交朋友。看得见摸得着的硬功夫是想方设法把牛养得膘肥体壮，犁田耙地效率高、速度快。

故乡寸土寸金，牧地是见缝插针挤出来的。秋冬季节，草场早已被牛啃得只剩下草头、草根。正像南方人以米饭为主食一样，青草是牛的主食。养牛的重担子落在牧童身上了。牧童单独解决不了的难题，大家想方设法，劲往一处使，难题就可以迎刃而解。牧童一共六个人配搭分成两队，一队在草场看管牛，一队觅寻青饲料，两队轮换操作。找青饲料的提着镰刀到平时牛进不去的地方割草，进入田埂和甘蔗园里，这里的青草嫩绿茂盛；或者到溪涧、山坑的陡壁，由个子瘦小者或坐骑或站在力气大者的肩上，贴着陡壁割草。

秋冬季节，村民先后收获番薯、甘蔗、秋花生等农作物，从中挑选嫩绿的豆藤、薯藤、蔗叶代替青草，特别是甘蔗顶部尚未枯黄的嫩叶，牛最爱吃。为了找青饲料，牧童经常往返走十多里路程，负重或背或挑青饲料喂牛。如果靠近村庄，还要挑背一部分青饲料，作为牛的夜草。周边传统形成规矩，牧童无论到哪家索取藤叶青饲料，主人都来者不拒，有求必应，并且亲自帮牧童挑选，捆绑藤叶。

农活大忙季节，牛也得起早摸黑犁田耙地，终日劳累。为了抢时间、争速度，村民有时也违心地吆喝、鞭打耕牛，牧童看了心疼而又无奈，在旁边恳切地说：牛已显得十分疲劳，让它歇一会吧！得到粗里粗气的回答：谁不晓得牛也累了，耽误了农时能补回来吗？牧童感到自己责任重大，用实际行动细心照料牛的生活，防止耕牛劳累过度而病倒。每当犁田耙地告一段落时，早在田头等候的牧童，马上牵牛到附近的水塘、河沟边。亮光光，水汪汪，耕牛一头栽进水里，牧童也跟着下水，用刷子轻轻地擦着牛身，洗去牛身上的泥污，又抱来一捆早已准备好的青草，让牛上岸吃个饱。牛脸上似乎露出笑容，眼睛直望着牧童，只有牧童能理解从牛的神态中传递出的善意。

冬天，水牛少下水，牛的尾巴、颈下、腿部关节毛茸茸的，藏匿着牛虱，虱卵一串串。这种情况，往往被粗心的牧童忽视，而责任心强的牧童，当耕牛低头啃草，蹄步缓慢时，依着牛身，手执木梳，眼明手快梳出爬行着的虱子和成串的虱卵，保持牛身干干净净。

蚊子、牛虻、虱子、蚂蟥是吮吸牛血的四大害。水稻产区是蚂蟥的滋生地，对软体动物蚂蟥的侵害，牛一点办法都没有，只能听天由命，任其摆布。由于牛经常在稻田边或水利沟边啃食青草，隐匿在杂草丛水中的蚂蟥嗅觉特别灵敏，水面稍有波动或闻到血腥味，就神不知鬼不觉地游过来，贴在牛蹄周围肆无忌惮地吸血。当耕牛感到痛痒时，尾巴甩不到，舌头舔不着，无法摆脱蚂蟥，烦躁地缩起牛蹄不断摆动、用力蹬地。经验丰富的牧童晓得发生了什么事情，及时把牛牵到路上，查看牛脚牛蹄，一经发现蚂蟥，马上用瓷片或玻璃片用力刮开蚂蟥。吸饱了血的蚂蟥身体滚圆，膨胀得橄榄核般大小，当场把它处死。要是粗心大意的牧童没有及时发现蚂蟥，那就要等到贪婪的蚂蟥饱餐后自行脱落掉下地了。

五

牛是有灵性的，据说它能察看主人的表情分辨其喜怒哀乐。你对待牛友善，它懂得给予回报。牧童同牛的关系，就像军人同战马、军犬的关系一样密切。故乡流传着不少耕牛保护牧童的故事，其中有些是我和同伴们亲身体会到的。

夏秋之间，南海边经常产生空气强对流天气，温差大，蓝天丽日顷刻间变脸，电闪雷鸣。故乡的民谚"白露雨带雪"，一场秋雨成寒冬。狂风夹暴雨横扫过来，牧童在野外猝不及防，睁不开眼，成为落汤鸡，冷得瑟瑟缩缩依偎在牛身旁取暖。有灵性的牛立即停步，调整牛身方位，原地站着，横身顶着吹泼来的风雨，悠闲地磨牙反刍，让牧童蹲在牛腹下取暖。风雨过后，牧童把淋湿的衣服披在牛身上晾晒，靠牛的体温很快就把衣服焙干了。

"老马识途"，其实老牛也识途。牛在牧地啃草，晚上归村，用不着牧童走在前面，牛熟门熟路进村后各自找到牛栏。今天在野外哪个地段吃到嫩绿的青草，第二天放牧时，牛自觉奋蹄到昨天的牧地吃草。牛脾气倔强，当它瞪眼怒视时，能把狐狸、豺狼镇住、吓跑。牛身上散发出一种气味，毒蛇、蜈蚣、癞蛤蟆等一闻到就不敢近前。

那年头，南崎山经常有豺狼出没，伤害人畜。我们经常放牧的"石鼓尾"附近的管陇村，发生了一个少年被豺狼咬死的惨剧，这引起牧童的高度警惕，预先做好防范措施。有一次，牧童在山涧边割草，一只老灰狼裂口龇牙从山坡上走来，吓得牧童边走边喊，灰狼也跟在后面。其他牧童见状，靠拢在那头健壮的牯牛旁边，挥舞镰刀叫喊声援。灵性的牛牯低着头抬高双角，做好搏斗准备，注视着灰狼，好像在说："胆敢走过来，且尝尝牛角的滋味！"附近村民一听到牧童的叫喊声，纷纷放下农活，提起锄头、棍棒赶来，胆怯的灰狼便夹着尾巴溜得无影无踪了。

牧牛、知牛、护牛在这里已形成传统习惯，周围也流传着很多耕牛保护主人的动人故事。炎夏的一天下午，村民犁完田回家，牧童独自留在旷野牧牛，尽责的牧童提着镰刀到河边割嫩绿的青草。"六月天，孩儿脸"，顷刻间风起云涌，电闪雷鸣，来不及回头戴雨笠、穿蓑衣，牧童的衣服就被淋湿了，手中握着镰刀急忙赶回头照料耕牛。电光闪烁，霹雳一声响，牧童不幸被雷电击中，耕牛望见小主人倒地后长久没有站起来，走上前用鼻子闻闻牧童的身体，用舌头舔舔牧童的脸，见他毫无反应，就寸步不离地站在牧童旁边，牛蹄蹬地不断哀叫。天黑了，家里人见牧童还未回家，急忙提着灯火到野外觅寻，循着牛的叫声上前才弄清楚牧童已被雷电击毙。家人悲痛地抬着牧童归家，耕牛还目不转睛地望着牧童，默默地跟在后面回村。

六

牧童在野外放牛过程中，经常会遇到一些难题，都要靠自己临场想办法解决，这无形中培养了牧童独立思考的能力及敢于担当的勇气，提高了综合素质。

你见过勇敢的牧童骑在牛背上渡过急流的江河吗？

故乡河流纵横，村民犁田耙地时，由牧童牵牛涉水过河，已习以为常。秋冬江河干涸，水清底现，牧童骑在牛背上过河，干手净脚。春夏水涨，河深流急，有时还有暗流漩涡。这个季节，农事活动频繁，牧童要经常赶牛到海边沙田地区劳作，有时一天要往返横渡四趟江河。盛洲渡口是村民到沙田地区必经之地，这里河面狭窄，水深流急，岸边种植着护堤的高大茂盛的毛竹，竹梢风动，倒影在水中飘摇，阴森森的，增添了涉险气氛。盛洲渡口人来人往，长年累月有艄公摆渡，渡船只载人和轻便物资，牛上不去，家长们肩负犁耙农具，只得乘渡船过河。护牛过河的任务自然落到牧童的身上了。

渡河开始了，牧童把衣服全部脱光，放在翻转过来的竹笠里，用左手顶托举起，以防止衣服被浸湿；骑在牛背上，右手勒紧穿过牛鼻子的缰绳，两条腿紧紧夹着牛的前腹两侧。熟谙水性的牛顺流水慢慢向对岸游过去。游到河流中间，水深流急，牛身载沉载浮。这时，骑在牛背上的牧童身子也随着上下浮动着，飘飘摇摇，有时只露出头部和托着竹笠的手。约800米宽广的河面，要顺流泅涉1 000多米的距离，终于有惊无险安然到达对岸。

是不是家长们不负责任放纵牧童们冒险呢？不是的。当牧童骑牛横渡急流时，周围到处是警惕的眼睛，家长们聚精会神注视着河面，早已做好下水的准备，倘若发现牧童骑牛背渡河的情况不正常，就立刻跳下河解救。淳朴、忠厚的村民，也会立即撑着停放在河岸边的竹排、小艇过去帮助。另外，在同时、同地一起渡河的牧童中，家长们挑选出一位水性好、有骑牛渡河经验的牧童，让"老牛识途"者"一牛当先"，游在最前面引渡，从而增加了安全系数，确保渡河工作有惊无险。

外地人看了"牧童骑牛渡河"，莫不惊叹牧童灵活、勇敢，简直像杂技团在表演杂技一样。其实，南方水网地带的孩子们，长年累月同水打交道，谙熟水性，在水中游泳如履平地。这正像大漠南北草原地区的小孩经常同马打交道，掌握了马的习性，善于骑射一样，得心应手策马飞奔在蓝天白云底下的大草原上。

别具一格的沙田围

李厝洲地处韩江三角洲下游水网地带。历史上，韩江上游闽粤赣边山区年复一年带来大量泥沙，在出海口沉淀，形成冲积土，变成滩涂水面或小浮洲。李氏先人自清代中期以来，招募闽粤一带穷苦人民前来开垦沙田并定居。

李厝洲是别具一格的沙田围，开拓者围垦时充分发挥聪明才智，因势利导，量力而为，沿韩江出海口顺流而下，穿越滩涂进行围垦，并注意滩涂与河流相向，利用河水上下游的落差，直挖一条头尾贯穿整个沙田围的中心排灌沟渠，在上游建进水闸，下游建排水闸，在中心沟渠两边沙田里修建排水沟网络。这样，形成一个进水、排水通畅，排灌自如的水利系统。围垦李厝洲的构思、实施是广东沿海沙田地区罕见的。

李厝洲新围垦起来的土地，高低不平、坑坑洼洼。开拓者不是简单采取削高填低的做法，而是依据地形，宜高则高，宜低则低，从低处挖土，往高处填高。在整个沙田围中，无形中形成了高矮相间沙田和旱园平分秋色的场面。低洼地称为咸田，种植水稻；高亢地称为垱，种植甘蔗、花生、番薯和其他经济作物。这种把滩涂变成亦田亦园的做法，在沙田地区独树一帜。

韩江下游三角洲滨海地带的沙田围，多为每年在夏秋之间种植一造高杆、耐咸的红米稻，由于经常遭受台风、咸潮的袭击，产量很低。李厝洲沙田围形成亦田亦园的格局，即使在稻谷歉收的年景，经济作物也可以补上。更重要的是，李厝洲沙田围水利格局通畅，排灌自如，在一般年景下，粮食和经济作物都能获得好收成。这种亦田亦园的布局，成为周边四乡八里效仿的榜样。

抗日战争和解放战争时期，李厝洲是闽粤边游击区武工队员下乡发动群众、了解敌情的一个落脚点，也是地下党员传递信息的地方。随着社会主义建设的步伐，李厝洲再也不是与世隔绝的地方了。

李厝洲是上巷村李氏先人开垦起来的，历代相沿产权为宗族所有，由族中德高望重的长者管理。土地由族人"投标"耕种，若干年后重新调整投标，耕作者每年按土地面积，向宗族缴纳一定的代金或稻谷等实物。宗族每年除去要向旧社会地方官吏缴纳"人头税""地头税"等苛捐杂税，存下来的代金、实物已寥寥无几，用作男孩子读书的"助学金"、修桥造路等公益事业开支和"祭祀"、扶持族中的孤寡老人。土地改革时，土地分给村民，宗族管理制度也就自生自灭了。

李厝洲安排生产和灌溉工作、作物看护，由一名熟悉水性、农业生产经验丰富、身体健壮的老农负责，看管者称为"大工"，由宗族付给报酬。大工责任心强，从早到晚在沙田中走动巡视，看水色，探农情，对各个片段农作物生长情况了如指掌，及时向村民传递信息。

李厝洲沙田围"七分土地三分水"，鱼虾蟹繁多。住在这里的村民，虽然肉类短缺，但鱼虾多，吃腻了，居然也挑肥拣瘦，不单挑肥大的吃，而且追求"鱼底虾，虾底鱼"，即吃饭时，在大盆鱼虾中，虾多时挑鱼吃，鱼多时挑虾吃。农事季节繁忙时，驻扎在这里的村民较多，"大工"察看水色，加紧开闸放水，在上水（前闸）和下水（后闸）放置网具。这样，从江河流入和从沙田园里游出的很多鱼虾都流入网袋，活蹦乱跳的鱼虾装满箩筐水桶，供应村民们食用。在这里，轻而易举就能捕捞到鱼虾，不到现场的人是难以置信的。有时煮饭菜不够，两个人提着木桶举着网具到水利沟渠捕捞，饭将熟，半桶鱼虾已摆在炉灶前。

咸淡水交界处的滩涂水面虾的种类特别多，大的小的，颜色、品种各异，捕捞时抓大的、放小的。沙虾（野生基因虾）最受青睐，夏秋季节开闸放水时，捕捞的沙虾特别多，几个人往往就煮了一大锅。熟了，撒把盐，没有油也没有调味品，任你吃个够。牧童初次在这里啖虾时，把头尾吐在地上，被呵斥一番，因为违背啖虾的规矩。这里有一个不成文的规矩，人人都要严格遵守：啖虾时，除了吐出虾须外，必须不剥壳连头带尾整只嚼碎吞进肚子。因为，在此地耕种的村民，个个都是不穿鞋袜的"赤脚大仙"，如果虾刺、鱼骨随地乱吐，你举手投足一不留意，就容易被刺伤。最可怕的是虾刺，又脆又利，刺进脚板里容易折断，很难把碎骨挑出来。吃鱼也有一套规矩，就是每人饭前必备一个盘碟以盛鱼骨头，饭后各自把它埋进土里。

有时捕捞到大量的鱼虾，村民把鱼虾在烈日下晒干带回家。有趣的是晒虾，晒干后把它装进布袋里，用木棒轻轻敲打，虾干的头、尾、刺全部脱落干净，就成为"海米"了。

李厝洲是男人的世界，大家过着平等互助、有工同做、有难同扛、有福同享的生活。大家头戴青天，脚踏海滩，拿起农具"绣地球"，做顶天立地好汉！

且敬海滩一杯酒

千姿百态的海滩，是我辈童年时代赖以生活的地方。广阔的海滩，涨潮是一片汪洋，成片的红树林只露出树梢，在潮水的推动下有节奏地左右摇摆，载沉载浮在海中挣扎着。呼风唤潮的海鸟，不甘愿地在即将成为汪洋的海滩上展翅扑打，盘旋寻食，同随着潮水游上滩涂的鱼、虾蟹构成"鳞潜羽翔图"。海面微浪轻涌，远处白帆点点。

潮退了，海滩恢复了原来的面貌，却换上另一番景象。成片的红树林经过海潮的冲刷更显婀娜多姿，周围蟛蜞横行，弹跳鱼（一种两栖小鱼）互相追逐。这些小动物依恋着红树林，或跳或爬在树头、树干上不愿离开。滩涂上星罗棋布的坑坑洼洼，藏匿着来不及随潮水退却的鱼虾蟹。似曾相识的飞鸟身影，兴许正是栖息上巷村村头的榕树上，平时穿梭在滩涂上叼捕鱼虾返巢喂雏的灰鹳。

牧童们巴不得农忙时牵着牛随家长到李厝洲耕种。一见滩涂，顽童的本性暴露无遗。扑水泼泥巴、追逐海鸟、逮捕弹跳鱼、螃蟹……滚爬扑打，在海滩这个大舞台尽情"表演"。余兴未尽，此时此地牧童把海滩当作自己的领地，认为自己有至高无上的驱使权力，喝令潮水退却，大海让路，数不清的虾兵蟹将在自己麾下听任指挥……

海滩是当地村民的聚宝盆，鱼虾蟹、贝类、藻类取之不尽，用之不竭。村民祖祖辈辈在长期讨海（海滩捕捞）实践中，积累经验，能够准确地掌握潮汐时间，避潮涨，追潮退时讨海。熟水性的村民农闲时三五成群背着鱼篓，腰系潮州巾（多功能水布，可以铺在地上当草席，可以围在身上当衣服，也可以盘在头上遮阳挡风），算准潮退时间下滩涂捕捞，潮涨时上岸。有时潮汐时间是在夜晚，讨海者照亮手电筒，海滩上灯火闪闪烁烁，同天空的繁星相映成趣。这种美景，只有夜里讨海人才能欣赏到。

在李厝洲耕作的村民，不少人曾经是讨海者。晚上收工歇息时，往往几个人聚集在苦楝树下，甘蔗园旁，把乡村作坊自酿的番薯、木薯、玉米酒，用陶瓷罐、玻璃瓶装着，凑在一起，围在一起共享大碗酒、大锅鱼虾。这些对讨海熟门熟路的村民，有些人曾经把讨海作为维持家计的方式。

50开外的老汉李亚树望着拂海的长云和穿浪的阳光，随着潮退潮涨而心潮起伏。他的父亲不幸英年早逝，靠母亲终日飞针走线抽纱的微薄工钱养活祖母和嗷嗷待哺的弟妹。他16岁时就起早摸黑去讨海，每次出发前，母亲都爱怜地为他备上一小瓶白酒，让他上岸时暖暖心。往事如烟，李亚树眼角湿润，盛满一碗酒，站起身来动情地说："且敬海滩一杯酒。"大家齐刷刷地站起身，一人一口轮流喝着大碗酒，喝完一碗又一碗，直到酩酊大醉，随意躺在草地上。

"讨海三成命"，旧社会穷苦人家为生活所迫才走这条路。大自然有时气候反常，常规"皇历"不准确，讨海不幸被海潮卷进大海葬身鱼腹的事情屡有发生。土地改革后村民分得土地，不再去冒险讨海了。

螃蟹巧施苦肉计

捉螃蟹很有趣，牧童们的性格就是这么倔，又好玩又害怕，越是被螃蟹钳痛手指，越是要和它作对。

蟹类的品种繁多，一般又分为咸水蟹和淡水蟹。除生长在海边滩涂中扁蟹、螃蜞类之外，这里所指的螃蟹是青蟹，成熟的青蟹可达一斤重，肉质鲜美，营养丰富，特别是膏蟹（母蟹），经济价值不下阳澄湖大闸蟹。较大的青蟹穴居，在洞穴附近爬行，用大螯钳住游到跟前的鱼虾进行捕食。而中、小青蟹像散兵游勇，喜欢在滩涂水面、河沟中到处游荡寻食。文中指的就是这些中、小青蟹。

当你在水里捕鱼捞虾时，不慎摸到青蟹，它反应灵敏，迅速用大脚（蟹螯）钳住你的手指，当你觉得疼痛时，这家伙已溜得无影无踪。你把手伸出水面细看，蟹螯还紧紧钳在你的手指上。

原来，青蟹在长期与天敌做斗争时积累了经验，在紧急关头，用强有力的蟹螯钳住敌人，既蒙蔽又伤害敌人，达到牺牲局部保护整体的目的。这是青蟹特有的本能，脱螯同壁虎脱落跳动的尾巴引诱天敌有异曲同工之妙。它们的再生能力很强，过不了多久，就会重新长出蟹螯。

吃一堑，长一智。被青蟹钳过的人，有了对付的办法。下次再摸到青蟹时，不管它尚未反应过来或早已钳住你的手指，都要忍着，顺势用手掌把它摁在水底泥土上。这样，青蟹缩成一团，无法反抗，再用网具把它捞起。顽童们抓到钳过自己手指的青蟹，煮熟来吃，别有一番滋味。

海滩上的这种青蟹生长缓慢，从崽蟹到成蟹往往要生长一年以上。它在生长过程中要经过几次脱壳蜕变，每脱一次壳，蟹身几乎增大近一倍。刚脱壳的蟹，全身（含蟹壳、蟹脚爪）软绵绵的，肉质肥美、鲜嫩，吃这种蟹的机会十分难得。脱壳后过了几天，蟹壳、蟹脚爪逐渐从软变坚硬，肉质萎缩而水分增多，俗称"不值钱"青蟹。

近年来，沿海地区农民挖蟹池，引海水养殖膏蟹，蟹价倍增。

识破河豚真面目

邻居卓哥是一位小学青年教师，暑期期间，他主动跟着村民到李厝洲体验田园牧歌式的生活。

看到沙田围内围外，水利沟渠纵横，鱼虾蟹跳跃爬行，卓哥十分兴奋，立马跳下沟渠摸鱼捕虾，想试试本事。他笨手笨脚地东摸西捃，就是一尾鱼虾也抓不着。在他丧气准备上岸时，意外地摸到一个粗糙活动的东西，满以为是摸到青蟹，手掌用力把它捂住（村民曾向他介绍抓青蟹的经验）。殊不知这粗糙的东西一边挣扎一边膨胀起来，吓得他缩手拔腿跑上岸，结结巴巴地嚷着："这是何方怪物！"

一位心中有数的村民不动声色地在卓哥碰到怪物附近摸索了一会，一个怪物自投罗网闯到他手边，合掌把它捧在水面，"且来看看怪物的庐山真面目"。此怪物刚上水时，身体膨胀得像个鸭蛋，离开水面后慢慢干瘪，身体缩小了。

原来，怪物竟是一条鱼，鸡蛋般大小，鱼头、鱼尾、鱼鳍都比一般鱼类短小，鱼背褐、白条纹相间，腹部呈乳白色，一对又大又圆的鱼眼在头部突出来，同鱼体大小很不相称，这是河豚（鸡抱鱼）。河豚的品种繁多，大小不一，海洋和淡水河流都有栖息，刚才抓到的是繁殖在咸淡水交界处一种个头较小的河豚。河豚在水里一接触到有危险的物体，身体膨胀得浑圆，可一到水面上，就像泄了气的皮球一般缩小了。

河豚体内有剧毒，人类误吃了会中毒，这是大家都知道的事情。它的形状丑陋，令人望而生畏，在一些地方，人们把它视为不祥之物，抓到后打死掩埋掉。其实，这是一种误解，对人类而言，河豚利大于弊。早在100多年前，闽粤边沿海地区就有捕食河豚的习惯。东洋日本，素有"拼死食河豚"的说法，被其美味所诱惑，明知山有虎，偏向虎山行。话又得说回来，烹饪河豚也要胆大心细，在劏开鱼肚时利索地把内脏去掉，干干净净不留毒素在鱼身，烹饪得法，味道嫩滑鲜美，堪称宴席上一道难得的佳肴。

我国东南海域河豚资源丰富，有的品种个体重一两斤。广东省饶平县曾经同韩国相谈合作开发河豚资源，但因相关问题未能妥善解决，事情不了了之。多少年过去了，河豚资源有待去开发利用。

晚稻扬花禾虫肥

广东沿海沙田地区，冬季农民在兴修水利整治排灌系统时，在挖掘出来的泥土中，经常发现一种五颜六色的小毛虫，蜷缩在田泥中一动不动地冬眠。单独一条把它拉开摆在地面上，体长 3 厘米多，宽 0.3 厘米。它毛茸茸、软绵绵、湿漉漉、黏糊糊，形状像小蜈蚣，十分丑陋，令人望而生畏。此物种名叫禾虫。

顾名思义，禾虫是在稻田里随着稻禾的生长而生长的。特别是在晚稻抽穗扬花时，长得又大又肥，准备钻入土地冬眠，有人误以为它是食禾花长大的，故也称它为禾虫。其实不然，禾虫的整个生长过程全靠吸食沙土中的腐殖质和微生物。

惊蛰一声雷响，大地回春，冬眠的禾虫苏醒了，纷纷从土层中钻出来，在水暖土肥的沙田里交尾、产卵，大量、高速繁衍后代。到了白露季节，沙田地区晚稻正当抽穗扬花，这个时候禾虫也长成肥大的成虫。寒露风劲吹，天气转冷。为了促进水稻根系发达，防风防倒伏，农民逐渐排干田里渍水。这样，田里的禾虫大量涌向排灌沟渠。潮退时，河里的水位比沙田围里排水沟的水位低。田间管理者适时利用水位落差开闸放水，围头开闸，围尾排水，禾虫成群结队顺流而下。管理者在涵闸的出口处布置好网具，禾虫贸贸然游进网具自找死路。上网的禾虫蠕动着纠缠在一起，集结成一团团，任由人摆布，往往装满盆、桶，捕捞多时作为鸡鸭的饲料。

禾虫，是广东省沿海地区的名优特产。像小鱼虾一样，农家饭桌上常见不鲜。农家烹饪的方法简单：把洗干净的禾虫同打开的鸡鸭蛋搅拌在一起，连同配料放进锅里文火煎烙到熟透，或同萝卜丝一起煲汤，香气四溢，村民往往拿来当饭吃。

随着农田排灌系统的改善，加上滥施化肥、农药，水土受到污染，禾虫资源日益枯竭。因禾虫是野生资源，人工养殖不了。

兴许是自然生态环境向好转变，久违了的禾虫，重新在广州、深圳和港澳的一些星级酒店的筵席上出现，它的经济价值与海参、鲍鱼、龙虾等不相上下。

白虾戏浅滩

处暑前后，夜晚，住宿在李厝洲茅寮里的村民经受不了闷热和成群蚊子的折腾，踏着暗淡的月光到河流浅滩中泡凉消夏。

天气说变就变，顷刻天空繁星消失，月黑风高，河面不见波光粼粼，暴雨将至。村民正准备上岸时，仿佛拥来杂草贴近身体，草茎刺得手脚麻麻痒痒，伸手往下摸，原来是白虾在作怪。气候骤变时，有些鱼虾本能地预先感知，这样，浅海里的白虾成群结队游到咸淡水交界的河流浅滩。这时的白虾不怕人，而且越聚越多，这种现象俗称"白虾戏浅滩"，并不常见，而是偶然出现。有经验的村民，能根据这种现象做出天气变化的判断。

白虾，顾名思义，虾体白色晶莹，只有一对虾眼像黑芝麻般大小，因其形状当地群众称它为白虾。白虾个头比沙虾短小，壳硬肉稀，经济价值比沙虾低。虾类煮熟后多变为褚红色，而白虾煮熟后仍然是乳白色。白虾盛产于江河出海口的浅海中，成群结队浮游在水体上层摄食。夏秋之间，气候急剧变化之前，从浅海游向河流浅滩，正常的气候很难见到白虾。白虾戏浅滩而不恋浅滩，暴风雨过后，它很快游回浅海，消失得无影无踪。

白虾是当地寻常百姓家的饭桌上常见的食品。抓白虾的时机稍纵即逝，村民一发现白虾，及时持网具捕捞，装满鱼篓、水桶。若一时吃不完，铺在通风处晒干，去掉虾壳，就成为虾米了。

微浪轻涌捕蜇忙

　　秋末冬初，在风和日暖的日子里，海面微浪轻涌。傍晚或黎明前，浅海浮游着星星点点的海蜇，载沉载浮，顺风顺水浮游到沿海的浅滩。沿海渔民起早摸黑，备好网具，划着小船忙着捕捞。喜逢大群海蜇时，多只船艇靠拢合作，顺着海水流向，撒下长网捕捞，往往满载海蜇而归。

　　我国绵长的海岸线都盛产海蜇。它是常见于浅海的腔肠动物，属暖水性水母，喜欢在浅海水域栖息、繁衍，尤其是浮游生物多的河口附近及咸淡水交界处。海蜇自游能力差，往往凭借风力、海水流向和潮汐涨落，随波逐流，飘零到海岸。

　　在晴朗的日子里，临近黄昏，李厝洲河口的浅滩上，不断有形态各异的海蜇随着潮涨时慢慢漂浮到岸边。在海面，它像张开的雨伞，伞部隆起，外形似馒头，蜇身直径五六十厘米，在水面，颜色同海水保持一致，隐约见到它的触手呈乳白色。群蜇漂浮过来时威风八面，"大兵团"开道，浅海中的虾兵蟹将也惧怕三分，纷纷让路。

　　当人们全神贯注着拂海的长云掠过浅滩水面，微弱的阳光穿浪，晚霞纷飞时，海蜇"千军万马"拥向岸边。过了一会，随着一阵风起浪涌，神出鬼没的海蜇消失得无影无踪，沉下海底去了。原来，海蜇有一种感知天气变化的特殊本能，在天气变化，风雨来临之前，就逃之夭夭了。而那些被潮水催推上沙滩的海蜇，来不及随着退潮的节奏，再也返回不到海里，暴尸于沙滩，等待下一轮涨潮时，尸体才被卷进海里葬身鱼腹。

退潮后，浅滩变成了沙滩，星罗棋布的海蜇动弹不得。它在岸上的颜色看上去白里透蓝，蜇体胶质较坚硬，半透明，有的部位已同沙滩黏在一起，用力才能把它拉开离地。用力踩踏它，不见淌出水分，把它剁碎放在鸭子面前，鸭子视若无睹，不看也不吃。

村民亚洪说他曾见到一位老汉来到沙滩上，用刀子把海蜇剖开一道痕，撒上一把盐，海蜇慢慢淌出水，体积也缩小了。之后，老汉把海蜇一个个搬移上沙滩干燥处，在烈日暴晒下，慢慢地脱水，晚上才捡进箩筐里。这个过程只是初步的粗加工，带回家后还不知道要经过多少晒干、腌制的环节，才能成为食品。

家乡一带流传一句口头禅："煲蜇打死猫。"说的是屋主在厨房煲海蜇时，装了满满一大锅，旁边蹲着一只大花猫，主人因事外出，返回厨房时，但见满锅海蜇剩下的不足二成。屋主不分析锅里海蜇缩水的原理，以为被花猫偷吃了，不分青红皂白，盛怒之下拿起棍棒把花猫活活打死。这意为只看表象，不看实质，主观武断，随意行事，误了大事，害人害己，后悔莫及。

过去，沿海一带认为海蜇笨重，经济价值较低，又缺乏加工海蜇的场所和设备，捕捞海蜇费时费力，丰富的海蜇资源被白白浪费掉。现在，水产部门在盛产海蜇的沿海各地设立收购和初加工网点，然后再精加工成商品出售，调动了渔民捕捞海蜇的积极性，单家独户或结伴联合勤出海，多下网，迎潮头，追潮尾，把千家万户分散捕捞生产向集约化生产方向过渡，海蜇产量大增。经过腌制的海蜇皮含有较高的蛋白质和其他营养价值元素，是老少咸宜的美味可口佳肴，在市场上供不应求。

苦楝树下吐苦水

农忙时来到李厝洲耕作的村民，风餐露宿，生活返璞归真，虽苦犹乐。不管你愿意不愿意，不管白天黑夜，经常与野生小动物做伴。每天除了离不开同鱼虾蟹接触外，身前背后最害怕的是蛇、蜈蚣、毛毛虫等有毒物种接近，可是回避不了，防不胜防。

夏夜闷热，村民只好铺着草席在草地上睡觉。连续不断、不请自来的小青蛙、草蜢、飞蛾、蟋蟀、金龟子、蝼蛄等成了熟客，跳到脸上，爬到腿上，有的还钻进裤裆里。横行的蟛蜞也来凑热闹，嗡嗡成群的蚊子叮咬得令人无法忍受。

大家转移到茅寮边的苦楝树下睡觉。据说，苦楝树散发出一种特殊的气味，起到驱除蚊蝇的作用。"苦楝树下无和平"，大家睡不着觉，纷纷在苦楝树下诉苦情，吐苦水……

苦楝树下的村民酣然入睡，不时发出鼻鼾声响。蓦然，在苦楝树铺席而睡的旁边，出现动物低沉的声响和摇晃着的躯体。村民拿起手电筒照射，好家伙，一条粗大的眼镜蛇竖起上半身，吐出蛇信子左摇右摆，发出呼哧呼哧的声音。大工（管水员）饲养的那只老花猫弓着腰，翘起尾巴，与毒蛇对峙，摆出架势即将扑过去。大家急忙拿起竹枝、棍棒，上前将眼镜蛇打死。事后，村民心有余悸议论开来，若不是嗅觉灵敏的老花猫及时发现毒蛇，敢于同毒蛇对抗，后果是难以想象的。

被眼镜蛇折腾一阵后，疲倦的村民即将入睡时，突然又听到一个小孩哭喊着疼痛。原来，当孩子在半睡状态时，苦楝树上掉下一条硕大的毛毛虫，正好落在他的大腿上，被他狠狠地扇死。谁料过了一会，被毛虫爬过的大腿上，热辣肿痛起来。小孩的哭喊声又把大家吵醒了，小孩的父亲老辰连忙端来一盆清水，不停地为孩子清洗着伤口。有经验的村民马上亮着手电筒，在附近杂草丛中采摘蒲公英、蛇舌草等中草药捣碎，敷在小孩的伤口上。

小孩还抽抽噎噎地哭着，老辰老泪纵横叹息说："世上千般苦，无人苦相同，父老仔幼小，凄惨无尽头。"大家听了无言以对，默默地深表同情。老汉亚松接过话头嚷着说："你父老仔幼小还有指望啊！我'父老仔老'完全无指望了。"

亚松出言惊人，土言土语却揭示出一个复杂、深奥的哲理。大家默不作声，心里却佩服亚松讲得在理。大家联想起自己的身世和家庭的不幸遭遇，再也无法入眠，人间冷暖，世态炎凉，苦楝树下诉冤情、吐苦水，说也说不完。

亚松30多岁丧妻，带着五六岁的孩子，既当父亲又当母亲，相依为命，苦不堪言。儿子亚哆十六七岁又被"抓壮丁"当兵，染上了一些不良习气。1950年作为"解放战士"复员返乡时，已经30多岁了，他不务正业，游手好闲，找对象东不成西不就。他喜欢上村中一位寡妇，经常到她家门口惹是非、纠缠，她一见到他的身影马上逃进屋里关起门。

亚哆有时也帮父亲到李厝洲干些农活，但他是农业生产门外汉，又笨手笨脚。亚哆他油腔滑调，张冠李戴，东拉西扯，尽管大家不相信他的鬼话，但把他当为休息时消遣的笑料。夜晚睡觉前，亚哆总爱讲黄色故事，直讲的眉飞色舞，口沫横飞。

一阵笑声之后，却惹来七嘴八舌的指责声。大家趁此机会，纷纷指责亚哆厚颜无耻地纠缠寡妇，损害她的名誉，并警告说，今后一旦发现你对寡妇图谋不轨，就要按乡规严厉惩罚。亚哆心虚地说："我是有口无心的，我嘴硬心软，不敢做坏事。"大家又语重心长地鼓励他洗心革面，老实做人，辛勤劳动，迟早会得到好报。亚哆哭丧着脸叹息说：我家三代单传，我快40岁了，只是想讨个老婆传宗接代。

上巷村开展土地改革运动，贫下中农翻身做了主人。亚哆在农村新人新事新风尚的熏陶下，改掉受旧社会感染的恶习，面貌焕然一新，成为土地改革的积极分子。分田分地后，他带头组织"互助组"，帮助"五保户"安排生产。他主动当向导，为人民解放军解放南澳岛、南澎岛立了功。寡妇看在眼里，喜在心里，可是亚哆一见寡妇总是低着头回避，总觉得自己对不起她，配不起她。其实，亚哆对寡妇仍然一往情深。在村里妇联主任的帮助下，他们喜结连理。亚松心里乐开了花，看着儿媳和孙子，笑得合不拢嘴。

老辰已当上村里农会副主席，他特意带当年在李厝洲苦楝树下被毛毛虫所伤的儿子（现在已是中学生）来祝贺。这对当年曾叹息"父老仔幼小"和"父老仔老"的农民兄弟，现在都已经走上了康庄大道。

李厝洲番薯

　　普普通通的番薯品种，一经在李厝洲的土地上种植，吸收了阳光雨露，日月精华，耐旱耐肥，长出来的番薯个头大、产量高、淀粉多，在四乡八里中久负盛名。

　　改革开放之初，我出差路过山东济宁地区的嘉祥、兖州、曲阜、邹县（邹城）一带。深秋时节，公路两旁的农舍、柴门、土壁挂满大蒜、玉米、高粱、番薯等，屋前屋后地上晾晒着切片的番薯干。看来，这个地区的农民生活离不开番薯，据说番薯是当地粮食中的主食。改革开放后，这里同全国一样，农村经济迅猛发展，农民生活水平得到提高。在我的家乡，老百姓也同番薯结下了不解之缘。饲养畜禽离不开番薯，磨淀粉离不开番薯，稻米短缺时吃饭也离不开番薯。耐人寻味的是，家乡被海内外誉称为"海滨邹鲁"，当然同真实的邹鲁之地比较，可谓班门弄斧，可是，番薯藤却蔓延千里万里，把两地紧密连接在一起。

　　李厝洲沙田围与众不同，这里是高塱的旱园和低洼的沙田高矮相间。沙田一年只种植一造红米水稻；而旱园则一年两造，花生、甘蔗、番薯、黄红麻、埔占（旱稻）等轮作。旱园土层深，泥沙比例合理，适合番薯生长。澄海县早在1955年就成为全国第一个年亩产"千斤稻、万斤薯"的高产县。李厝洲亩产番薯一年以两造计算，亩产万斤薯是绰绰有余了。

李厝洲番薯，从采苗、栽培到收获，磨成淀粉，整个过程既辛苦又有趣。栽植番薯之前要先选好苗，挑选产量高，薯藤粗壮的，剪下一节七寸长的薯藤作为一株苗，集合若干薯苗，放在通风处备用（切忌随剪随栽），过一两天后才下地栽苗。立秋时节收获早造花生后，把花生藤压青作基肥，犁地起垄培畦后插下备好的薯苗，春节前后收获。中间要经过松土、除草、施肥、翻藤晒土等一系列田间管理环节。晚造番薯生长期较长，自然灾害较少，稳产高产。施肥和翻藤晒土是番薯高产的主要措施，外地人懂得施肥的重要性，但往往不知翻藤晒土是关键。

李厝洲远离村庄，难以运送农家肥。在我童年时，尚未开始应用化学肥料，家乡一带采用外地豆麸或自产的黄豆作为基肥。豆麸是把大豆榨油后剩下的豆渣压成汽车（大巴）轮胎般大小的豆饼，用刨刀刨开后折成小块作肥料，或用自产的黄豆、黑豆煮熟，沤数天后发霉发酵作肥料。在番薯主藤头旁边挖一个小洞，把一小块豆麸或一小把熟大豆放进去，然后盖上泥土。后来改为施用化肥，成本较高，但省时省力。

番薯是粗生作物，藤叶十分茂盛。又粗又长的薯藤到处蔓延，把畦面、地面都盖住了，甚至延伸到联畦。薯藤落地生根，有的薯根逐渐长成薯块，不规则杂乱生长，同主根结出来的薯块争水、争肥、争地，主次不分。落地生根的都是长不大的小薯，严重影响总产量。这样，务必根据番薯生长过程加强田间管理工作，定期翻藤晒土。把铺在地面上的四处蔓延的薯藤（附着在土里的根拔起）翻过来，顺势有序地铺在畦垄上。这样，既控制藤叶过度生长，又让先前被藤叶覆盖的地面得到阳光的充分照射，土松土热，利于吸收水肥，让主茎主根的薯块充分长大。

在北国大雪纷飞的季节，南疆海边天气晴朗时，阳光照得人暖烘烘的，田野一片翠绿，番薯地里尽管一些老薯叶已经枯黄，但状如牵牛花的紫蓝色番薯花盛开，引来成群蜜蜂嗡嗡闹，在花间采蜜，养蜂人把一箱箱的蜂蜜放置在地头。这是荔枝花和番薯花盛开的时节，也是蜜蜂采蜜最繁忙的时节。番薯花蜜和荔枝花蜜，在各种花蜜中品位甚高。

春节前后是收获番薯旺季，村民起早摸黑，晨披雾水，晚踏露水到李厝洲挖番薯。顽童们随行，成为附带劳动力，在番薯地里大显身手。先掀开藤叶，提起小镰刀，贴着地面利索割断主藤头，把藤叶推在一边。强壮劳动力挥起锄头，把地里的番薯挖出土。好家伙，每棵薯块都长得足有四五斤重，几乎铺满畦面。灰褐色的草蜢（形状酷似蚂蚱）飞飞跳跳，乐得顽童们摘下番薯搬放在一起，哼着前些日子在小学里学到的山西民歌《掏洋芋》："土溜溜那个蚂蚱儿满山跑……一锄头那个下去翻过来瞧一瞧，哎哟！这么大的个儿你说妙不妙！"

到李厝洲挖番薯的农户，往往一家一次挖上成千斤，运回村庄路途远，单家独户是束手无策的，好在村里有"今天你帮我，明天我帮你"的传统习惯，土地改革后农户又自愿组成"互相组"，几户联合起来，统筹安排，一家家、一丘丘有计划地进行收获。

番薯多，路途远，运输困难的问题突出。这里地处水网地带，运输工具主要靠船艇。收获番薯之前先向有关船艇管理单位租赁船艇，直接停泊在靠近番薯地的河堤边，方便番薯搬运起秤。李厝洲靠近河海交界处，起航河段河床较深，载满番薯的船艇顺着秋冬海洋季风和潮汐规律起航，扬帆、掌舵、撑船，各就各位，顺风顺水。船艇一进入弯弯曲曲的内河，跋涉航行，水浅扬不起帆，靠人力用木浆、竹篙撑船，费时费力，船艇往往早晚两头摸黑才从李厝洲抵达村庄附近。

顽童们最称心如意的是随船返村。水浅船小，站在船头看不到乘风破浪，坐在船尾欣赏不到浪花。天高云淡，长空雁声阵阵，微风吹皱一江秋水，前面远处村庄炊烟袅袅，近处的甘蔗园、番薯地成片，牛在河堤悠然地啃草，鸭在水里追逐捕食……向前望，两岸的景物都慢慢靠近又倒退到你身后。这种美景只有船上的人才能体会！

秋冬旱季，水位下降，处处露出沙滩，船搁浅了，几个人齐心协力撑船就是拖不动。大家围系着水布跳下河，有的在前面涉水探水情，选择水深地段前进，有的在船舷两旁吃力推船前行。在沙滩较大水较浅或七弯八转的河段，这种做法吃力不讨好，收不到推船前进的效果，除留一人在后面撑桨当舵手外，其余人都上岸当纤夫。把预先准备好的长麻绳套在肩膀上，低头屈身负重，三步一回头，弯腰系纤奋力向前蹬。为了步伐一致，劲往一处使，有节奏地嘿呦嘿呦地哼着，累得满头大汗。为了减轻船艇负重，顽童统统上岸步行，再也不是心旷神怡欣赏两岸风景，看到的虽然不是纤夫在伏尔加河的场面，但理解当纤夫的辛酸！

李厝洲番薯的品种繁多，潮汕地方有的，这里几乎都有，数也数不清。有耐旱耐肥，叶小而尖，淀粉含量高，水分含量少的"竹头种"（这是李厝洲番薯的当家品种）；有叶形似寿桃，肉质软滑，松爽香甜的；也有高糖分的。各种番薯的皮、肉也色彩缤纷，红、黄、白、橙、蓝、紫等。仅红色薯皮就有深红、浅红、橘红、枣红、胭脂红等。番薯烹饪的方法也多种多样，焗、烤、煮、蒸、烙、煎……几乎所有食物的烹饪方法都用得上。

潮汕人多地少，旧社会长期依赖从暹罗（泰国）、缅甸、越南等东南亚国家进口大米过日子。抗日战争时期，海运受阻，侨眷属同海外亲人联系渠道被截断，侨汇和大米都进不来，曾一度出现过扶老携幼逃荒，饥殍遍野的惨状，幸得这里盛产番薯，挽救了大批人的生命。遭受天灾人祸的"三年经济困难"时期，粮食和经济作物减产或失收，家乡一带泰山压顶不弯腰。尽管缺乏肉类、大米，但粮食以番薯为主，群众不会饿肚子，番薯、白粥、咸菜把妇女儿童养得脸色红润、白白胖胖，男子也长得彪悍、健壮。当时，童年时代的一批小伙伴，很多已进入城市念中等专业学校或大学，农村学生饭量大，在经济困难时期，食物奇缺，经常处于半饥半饱状态，严重影响了学业。家乡亲人们不断给他们邮寄番薯干和淀粉。在各地农副产品市场上，以番薯为主要原料制作的糕、饼、粿、点心等都受到消费者的欢迎。当时，番薯被称为救命薯！有谁能统计出数字，经济困难时期，故乡到底为内地提供了多少番薯干和番薯淀粉！

土地改革，农民分到田地，种稻又种薯、种蔗又种豆、种果又种菜，农民树立了"劳动致富，生产发家"的观念，迎来了劳动生产的热潮，农户家庭都堆放着番薯。番薯浑身都是宝，吃不完也销售不出，就用陶制的擂盆、擂桶捣碎后挤出番薯淀粉。李厝洲的番薯淀粉含量高，10斤番薯就能提炼出一斤干淀粉，成为农贸市场的抢手货。番薯渣也综合利用起来，作为禽畜的饲料，也可以用来酿番薯酒。

上巷村莲阳乡的番薯淀粉是当地的名优产品，有的加工为粉丝行销省内外。当地的食品加工作坊，以淀粉为主要原料，制成多种多样的糕、饼、粿等副食品。名扬海内外的潮州菜，其当家品种"护国菜"，主要原料就是番薯叶；久负盛名的汕头传统小吃蚝烙的主要原料就是番薯淀粉。

大乡风范

在澄海县（现在的汕头市澄海区）境内，最高的山峰是莲花山，最大的河流是莲阳河（韩江的主要出海口）。上巷是莲阳乡（现在分为莲上镇和莲下镇）辖下的一个村，坐落于莲阳河和莲花山之间。

千百年来，莲阳的百姓同莲花结下了不解之缘，男女老少都喜欢莲花"出淤泥而不染，濯清涟而不妖"的品性。这里，无论是聚居在明清古建筑的大宅院还是单家独户的村民，都竞相用陶瓷大水缸养殖莲花。盛夏季节，红、白色莲花在绿叶的扶持下怒放，绚丽多姿，香远益清，沁人肺腑，令人心旷神怡。陶瓷缸养莲，虽然只是方寸之地，但缸小乾坤大，把千家万户养殖的莲花集结起来，就能形成"接天莲叶无穷碧，映日荷花别样红"的美景。

凝聚着莲花山、莲阳河山川灵气的莲阳人，家在南海边，根在黄河流域。旧社会建乡村体制时，不知有多少位风水先生来来往往，摆罗盘、测方位，都异口同声赞美这里是难得的风水宝地。山不在高，水不在深，这里丽日蓝天，天下太平，河清海晏，物阜民丰，四季飞花，鳞潜羽翔。诗人墨客曰："莲花山低能起凤，莲阳河浅也腾蛟。"

1927年"八一"南昌起义，在莲阳撒下了革命的种子。抗日战争和解放战争时代，革命撒下的种子已经根深叶茂，在革命斗争中成为周围乡村中的带头大哥，堪称大乡风范。

一

中华人民共和国成立前，自然地理书籍中说：广东省澄海县人口密度是全国最高的。而莲阳乡人口的密度堪称是澄海县乡村之冠，也是在中国大地上罕见的大乡村了。

莲阳，面临南海，背靠南峙山，偎依在（汕）头（厦）公路旁，绵延十多里，村庄相连，院落屋瓦相接。中华人民共和国成立初期已近八万人口，还有八万人侨居在海外。这里得山川的灵气，大海的胸怀，民风淳厚、勤劳勇敢、耿直真诚。这里，传承了中华民族文化，尊孔孟学说，重视兴学育才，文风兴盛。黄土高原、黄河流域的传统音乐戏剧、书法国画、剪纸刺绣、手工艺术品等，在这里都有较高的造诣，被海内外誉称为"海滨邹鲁"。

莲阳，是由大海中的岛礁演变成的一个风沙迷蒙、土地贫瘠的地方，先人一代代平整土地，调整泥沙比例，兴修水利，整治排灌系统，改造成为亦田亦园的良田。中华人民共和国成立后一直是全国的农业高产区，1955 年，澄海县粮食面积平均亩产超过一千斤，成为全国第一个"粮食千斤县"。莲阳实现稻田排灌自如，农民实行传统绣花式的精耕细作和新的农业、新的科技知识相结合，水稻和经济作物单位面积产量一直处在全县最前列。

我国著名的马克思主义哲学家、历史学家杜国庠（杜国庠的家乡兰苑村，合作化时与上巷村同是一个生产大队），从事先秦诸子哲学思想研究。杜国庠同郭沫若是志同道合的革命者，又是莫逆之交。从学术流派、观点角度去观察，郭沫若是研究中国儒家学说的代表人物，杜国庠却被认为是研究墨家学说的代表人物。有一次，郭沫若同杜国庠在聊天时，郭沫若说："我们家乡乐山那尊大佛，是全国最大的石佛！"杜国庠不甘示弱地说："我们家乡澄海县莲阳，是全国最大的一个乡村呀！"两人相视而笑。第一次革命战争时，国内一批学者、文化人经过汕头时，杜国庠邀请大家游览历史文化名城潮州。他还特意邀请郭沫若、贺绿汀为涂城（朱良宝起义所在地）崇德小学填词谱曲作《崇德校歌》。

二

引起国内外强烈反响的南昌起义一声炮响，带来了"潮汕七日红"

的光辉日子。它也唤醒并鼓舞着莲阳人民群众的革命斗志，成为抗日战争和解放战争跟着共产党闹革命的重要标志。

1927年8月1日南昌起义后，起义部队在粤东三河坝分兵，另一部分主力由朱德带领向粤北、湖南挺进；一部分主力南下直达潮汕地区。周恩来、贺龙、叶挺、徐向前、彭湃等领导人也来到潮州城，起义军司令部设置在潮州西湖涵碧楼，并成立了临时革命政府。除布置一部分兵力留守潮州外，起义军的主力先后攻占汕头市和澄海县，足迹踏遍整个潮汕地区。南昌起义的南下部队于1927年9月24日进入潮汕地区的政治、经济、文化中心汕头市，到撤出汕头时长达七日，潮汕人民群众亲切地把这段时间称为流芳千古的"潮汕七日红"。

在"潮汕七日红"期间，汕头市、澄海县等地到处可见"打倒大财主""农民共有土地""农工武装暴动"等革命标语，街道上可以看到扛着红旗的农军。在汕头市的机关门口降了国民党的"青天白日旗"，升起共产党"斧头镰刀红旗"。起义军还在汕头兴办《红旗报》，宣传一切权力归农会和揭露国民党反动派的黑暗统治。

在"潮汕七日红"的日子里，莲阳乡农民闻风而动，率先建立红色"农民农会"，同反动势力"商团"作针锋相对的斗争，故乡群众称这是红、白派你死我活的斗争。童年时，经常听到村民讲述乡亲们同"商团"反动势力真刀真枪斗争的英勇故事。上巷村的"红色农会"骨干分子李锦波、李朝顺曾带领农民冲进"乡公所"抢夺枪支。当晚"商团"组织一股武装人员摸黑进村，企图逮捕李锦波、李朝顺，幸好他俩及时捅破屋顶，跳墙跑上南崎山才得以逃脱。

起义军退出潮汕地区后，"红色农会"继续坚持斗争，但是敌众我寡，最终还是被镇压下去了，一大批"红色农会"骨干分子被逮捕、暗杀。但撒下了大批革命种子，等待星火燎原，"老八"（村民称共产党为"老八"）转入了地下斗争。

抗日战争和解放战争时期，莲阳人民群众在"老八"的组织领导下，同敌人开展针锋相对的斗争，在四乡八里中树立了榜样。

抗日战争时期，日寇南下，潮汕沦陷，国民党军队听到风声四处逃窜，再也不敢标榜"向后前进"了，政府官员们也早已溜得无影无踪。

汕头市和澄海县首先沦陷，人民群众和一部分深明大义的地方武装联合起来守土抗敌。敌强我弱，澄海县城失守了，日寇惨无人道地到处烧杀奸淫掳掠。县城五百多同胞惨死在日寇的屠刀下，陈尸街头，县城三日三夜不见炊烟，听不到狗吠鸡啼，落木萧萧一片悲凉，澄海人民千秋万世忘不了这桩血海深仇。日寇的暴行激发了人民抗日的斗志，引起旅居东南亚各国华侨的义愤，一批爱国华侨青年也纷纷回国奔赴抗日前线。

莲阳河把澄海县城同莲阳乡分隔开来，日寇幻想渡河借道进攻福建漳州、厦门一带，却受到莲阳人民群众和地方武装的激烈阻击。后日寇不断增加兵力，趁莲阳河冬涸水浅的时机，涉水偷渡扑向莲阳乡。莲阳乡孤军无援，被豺狼日军大肆奸淫掳掠进行报复。

一次，一小队日本兵趁男人们农忙时下田耕种的时机，闯进莲阳乡永平村（现在的永新村）抢劫、奸淫妇女。愤怒的村民赶回村里，举起锄头、斧头、菜刀，同日寇展开巷战，当场劈死两个日本兵，其余的抱头鼠窜。尽管日寇进村报复，大肆打、砸、抢，造成村民多次疏散，携幼扶老离村避难，但在周边村庄的帮助下，永平村有组织地化整为零，避过敌人。永平村刀劈日寇的英雄事迹传遍潮汕平原，它成为抗日的桥头堡。

解放战争时期，莲阳乡更是做出了突出的贡献。闽粤边革命根据地凤凰山游击队的武工队员固定到莲阳乡各个村庄宣传、发动群众，探敌情，传递信息，地下工作人员和交通联络人员遍布各个村庄。武工队员一遇到危急情况，都会受到村民的周密保护。虽然莲阳乡各个村庄名义上还受到国民党的控制，也受到伪乡、保、甲长和特务们的监视（盯梢），但中小学学生们公开唱解放歌曲，毛泽东主席和朱德总司令的画像也进入人民群众的视线。正气上升，人多力量大，国民党也无可奈何！

小学三年级时，我的同班同学李友文的父亲李壮华，是澄海中学的教师，共产党地下党员。他不断向学生们灌输革命思想，结合国民党反动派腐败无能的现实，激发学生们的革命热情。高年级的男同学，大多跟着李壮华上凤凰山参加游击队，其中一部分同学先后成为革命队伍的骨干力量。

抗日战争时期用菜刀劈死日寇的永平村，不少青壮年是凤凰山游击队的武工队员，下山到澄海、潮安、饶平等县发动群众，宣传统一战线，开展锄奸和惩办官僚、恶霸活动，让敌人胆寒。青壮年们在游击区革命队伍中受到锻炼，政治立场坚定，工作积极上进。土地改革时期，一批人成为地方政府和"土改"工作队的负责人。中共广东省委曾做出决定：号召全省共产党员认真学习余家三兄弟（永新村人）余锡渠（汕头地委副书记、专员）、余锡希（汕头地委常委）、余丰昌（潮安县委代书记）坚定的政治立场、艰苦朴素的工作作风，全心全意为人民服务的精神。余锡渠的先进事迹上了《红旗》杂志，被称赞为"红旗书记"。

潮汕地区临近解放时，国民党反动派兵败如山倒，溃不成军，节节败退，在盘踞南澳岛、南澎岛即将逃往台湾之前，变本加厉抢劫掠夺，为了补充兵源，大肆"抓壮丁"。在游击区武工队的协助下，莲阳人民群众奋起开展"护村"和打击敌人的活动，当伪军迫近村庄时，村民拿着锄头、镰刀、斧头、棍棒奋起自卫，使得伪军不敢入村"拉壮丁"。倘若遇到伪军带着从外地抓来的"壮丁"路过，海螺声一响，村民纷纷围拢上去，临危不惧，见义勇为，在残军枪口前解救"壮丁"，并提供食物、路费，让他们回家与亲人团聚。外地人莫不称赞莲阳农民不畏强暴，扶持弱者，充分显示大乡风范。

记忆乡愁

乡愁，它无时无地不存在，永不消失。回忆童年时同父母一起居住的祖屋，走过的路，听过的故事，看过的景物，做过的事情，吃过的东西，都会引发乡愁。在魂牵梦绕的故乡，村容村貌和父老乡亲的音容笑貌，特别是童年时同小伙伴一起滚爬扑打、嬉戏追逐的情景，令人永难忘怀！

随着人类社会的发展，人们精神生活和物质生活的提高，祖祖辈辈传承下来的中华民族文化以及传统生活方式、思想意识和道德标准，经过长期的考验能够流传至今，说明它在社会发展中每个历史阶段都起着促进作用。哪怕是从面向黄土背朝天、手脚沾满泥水的农民成为城市里的"白领"阶层，住楼房，西装革履，开着小车上班；哪怕是从古代的网渔猎兽、男耕女织到现阶段被海内外誉称为中国新"四大发明"的"高铁""微信""支付宝""共享单车"的时代，社会在发展，兴许任何时候、居住任何地方、任何人，都会引发淡淡乡愁。

乡愁的分量不能用秤称、用尺量，真正的乡愁的精髓是心中迸发出来的爱乡、爱国的激情，爱乡是爱国的动力，爱国是爱乡的归宿，是因果关系。离开国家民族的盛衰兴败，离开国家民族在人类历史发展过程中所起的作用，那只是"为说乡愁而强说愁"。

乡愁更不是简单地忆旧追新，罗列乡村的历史、现状，更不是乱贴历史上有过名气或典故的标签。只看局部，不看全部而谈乡愁，那是无本之木，无源之水。乡愁绝不是怀旧，不是单纯眷恋过去家乡的美好生活环境，更不能以过去的人和事的优点、长处类比今天的人和事的缺点、短处。乡愁的原来面貌，绝不能加以乔装打扮，也不能随意用文学的尺度去描述、解读！

故乡的地名曾一度同全国各地一样多变，从莲阳变为苏湾、苏南、东方红，到头来又恢复为莲阳（现在分为莲上镇和莲下镇）。质朴的乡土名称无端被改为缺乏文化传承、缺乏根基的名字，幸好，古老的上巷村，根基牢固，一直屹立在南疆海隅，它牵挂着游子的心。

我于 1955 年阔别家乡，至今近 70 载。虽然因工作关系多次路过家乡，但来去匆匆，还来不及端详母亲头上多了几丝白发，脸上多了几条皱纹，就离开了。

1960 年之前，从家乡到广州，必须在汕头过夜，翌日天蒙蒙亮就搭乘长途汽车，500 公里路程，天黑时到达海丰县鲘门镇歇宿，第二天继续乘车赶路，傍晚时分到达广州。以燃烧煤炭为动力的汽车在崎岖不平的泥土路面颠簸爬行时，尘土飞扬，乘客东歪西斜，疲倦昏眩。出海丰县时，觉得离开潮汕地区了，引起淡淡乡愁。在海丰县城路段，遥想革命先烈彭湃在海陆丰建立了中国第一个苏维埃红色政权，战场上刀光剑影，群情激昂。经过海丰县，有线广播传来了悠悠扬扬的马思聪《思乡曲》，勾起我对故乡亲人的怀念。

退休后，我返回家乡看望乡亲父老的机会多了。"少小离家老大回"，别说"儿童相见不相识"，村里的青年人也相见不相识了。在同样的土地上，同样的空气、阳光、雨露哺养的上巷村，昔日的村容村貌，乡亲父老的音容笑貌也不见或少见了。古朴、恬静、和谐的村庄，田园牧歌式的风光消失得无影无踪，代之而来的是周围一派嘈杂、混乱的环境。

村道上少见村民荷锄负犁，牧童骑牛背踏着夕阳归村的景象，而是满载农产品、日常用品的机动车辆塞途，尘土飞扬。南崎山下纵横交错的河涌水网以及星罗棋布的水塘、水凼，再也看不到水面波光粼粼，现在已被削高填低，建起连片低矮、简陋的工场、作坊和仓库，远远近近传来了陈旧机械设备发出的沙哑声。这些旧设备是改革开放初期城市里引进来的"三来一补"外贸企业用过的，已经自然而然地向郊区农村转移。这些旧设备或许几年后就被淘汰而更换新设备，建标准的厂房。过去石头垒垒，飞鸟不落脚的南崎山，现在漫山遍野苍松、绿竹、果树，四季飞花，鸟语花香，流水潺潺。群众又到山坑提取泉水冲工夫茶了。顽童们滚爬扑打的村东畔连绵不断的沙垄，过去疏疏落落地长着仙人掌、剑麻、假菠萝、芦荟、茅草等亚热带植物，原来野兽出没、蛇蜥爬行、蝼鼠结窝、鹰鹗盘旋，现在已建起崭新的学校，并出现一排排错落有致的钢筋、水泥结构的小楼房……村子里看得见、摸得着的新鲜事物太多了。过去饮用的是井水、河水，现在换上自来水，电灯照明代替了煤油灯，过去厨房、灶头连在一起，现在贴上瓷砖，煮饭、烧水用上煤气。家用电器普及到寻常百姓家，一应俱全，不断更新，村民家里已竞相安装电脑，手机也普及了，轻轻点抹，各种信息、资料展现在你眼前。村民足不出户，也能知天下事。

上巷村过去交通闭塞，尽管粮食和经济作物单位面积产量甲全国，但货不畅其流，造成积压、变质。从事产品和生活日用品的运输，是最艰苦的行当。北方过去靠驴马大板车，而这里无论是长、短途贩运，全靠村民铁脚板，一条扁担两个箩筐用肩挑。后来，把自行车尾架改装，能载重三百多斤货物，大大提高了运输效率。进而用电动三轮车、摩托车和手扶拖拉机当作主要运输工具。现在，交通运输网四通八达，从事长途贩运的专业户掌控了车队，载重大卡车开到田头地里收购农副产品后，晚上发货，清晨就抵达广州、深圳等城市，鲜活农副产品还可以到汕头、厦门接驳航空、海运，送往国内外各地。

旧社会形成的自给自足的小农经济，人多地少无出路的紧箍咒束缚着村民的思想。随着经济发展，上巷村农业生产实现机械化、半机械化，走上集约化生产道路之后，大批劳动力从农业生产中解放出来。这样，剩余劳动力更多了，土地更少了，怎么办？随着集体或个人兴办起来的工副业和第三产业的发展，人人有事做，户户无闲人，务农、从工、经商各适其所，劳动力显得不足了，外地大批劳动力流向上巷村了。过去，许多适龄的小孩上不了学，现在，幼儿园、敬老院先后兴办起来，真正做到幼有所教，老有所养。

从食物结构的变化，看村民生活水平的提高。过去在自然经济的束缚下，农民基本上是自己种养什么就吃什么，既单调又乏味，遭受自然灾害时，还处于半饥饿的状态。现在，农副产品市场就开到家门口，粮、油、糖、肉、禽、蛋、水产品、水果、蔬菜等琳琅满目，应有尽有，货物源源不断，可以挑肥拣瘦。从过去种养什么就吃什么，变为想吃什么就选购什么。过去以稻米、番薯为主食，家家户户都自己腌制酸菜、菜脯等，现在，普通农户的餐桌上，天天都有肉类、鱼虾。食物结构发生了变化，面条、粉丝同大米一样成为主食。潮汕传统小吃牛肉丸、蚝烙、炒粿条、粽球、鼠壳粿、无米粿等的摊档布满村头巷尾。附近经营桂林米粉、沙县云吞面、兰州牛肉面、广州拉肠粉、杭州小笼包、上海灌汤包等的摊档随处可见，四川麻辣烫小吃也来凑热闹。村庄里的青年人对方便面、饼食已不太感兴趣，喜欢结伴到肯德基、麦当劳尝新，比萨、寿司、咖啡店和啤酒廊也在不知不觉中悄然兴起。农村家庭主妇也开始从厨房中解放出来，为了省时省力，不少农户自己不动手做午餐，打一个电话，快餐店的伙计如约送饭菜上门，有的农户直接到附近饭店用膳。

家乡发生了翻天覆地的变化，到家乡寻旧追新，都会引发乡愁。

随着生产力的发展和村政的建设，村容村貌也发生了重大的变化：环村的鱼塘被填了，很多老榕树被砍了；环村的古老的更楼（闸门）被拆除了，拓宽为机动车道；昔日屋瓦相连的明清古建筑大宅院，年久失修，残破不堪，满目颓垣断壁，门可罗雀，村民都住进楼房新居。很难再看到门楣上的"陇西世家"。禽声哓哓，炊烟袅袅，村民负犁荷锄迎着晨曦到田畴，踏着夕阳归村的情景一去不复原；农家见不到燕归巢，也见不到劳燕飞进飞出到田野捕虫喂雏；天高云淡，见不到雁字排排，听不到雁声阵阵……这些不免令人留下一个小小的遗憾！

从衣食住行的变化，可以了解探索村民心里的感受。但是，在社会大变革中，青壮年人的理想、抱负，你永远也猜不透，他们的思想行动，往往不按常规，没有固定形式，此时彼地，自由发挥。别说青壮年人，就是当今村里的小学生，接触的事物多了，知识面拓宽了，思维、想法也比爷爷奶奶们复杂得多了。凡此种种，都是正常、合理的现象。

其实，故乡的变化不是孤立的现象，它同国家的变化是相关的。青年人朝气勃勃，是国家民族的希望，敢想、敢干、敢担当。他们的弱点就是心急！很多事情都要分清轻重缓急，不能胡子眉毛一把抓，想一口吃成一个大胖子。城市的近郊或城镇化步伐大的乡村，一定要注意避免水源污染、土地污染、空气污染，生态环境至关重大。上巷村发展的道路，兴许在新时期中国特色社会主义的农村城镇化、奔小康方面具有一定的代表性。

在乡愁中一个回避不了的现实问题是家庭结构的变化，给传统生活习惯、传统思想观念带来了极大的冲击。

家庭是社会的基本细胞，家庭建设是国家建设、社会建设的基础工程。不论时代和生活格局发生了什么变化，祖祖辈辈都要紧紧抓住家风教育，以此来发扬光大中华民族传统家庭美德，以好的家风支撑起全社会好的风气。

乡愁不是虚的，不是笼统的概念，而是具体的，看得见摸得着的。它是游子对故乡的留恋，对亲人的怀念。从小就生活在城市里的人，对乡愁的理解往往只是朦朦胧胧。进城镇找工作的农民工，离乡别井，生活不安定，彷徨而引发乡愁，这是常情，是真情实意的。乡愁是一个大课题，各自抒发自己的心绪见解。凡是在中华民族这个大家庭中繁衍生息者，都会激发起乡愁，乡愁是神圣的，至诚至洁的。不能苛求它十全十美，不完善的地方，有待于继续深化改革来解决。但是乡愁不是简单怀旧。

把童年时家乡的村容村貌原封不动保留下来，那只是想象而已，万物的发展千变万化，吐故纳新，优胜劣汰。旧的乡愁消失了，新的乡愁又出现了，周而复始。岁月流逝，但乡愁总是若即若离，如影随形，或许在不久的将来，南疆海隅的"陇西世家"，变成高楼林立、马路宽阔、车水马龙的闹市，上巷村的村容村貌完全消失，但从地理位置上说，上巷村的地名还会标在地图上。

南疆海隅"陇西世家"是这样，黄土高原甘肃陇西地区李氏村庄也是这样。